古代文史名著选译丛书

主编 章培恒 安平秋 马樟根

管子选译

修订版

译注 缪文远 缪 伟

审阅 董治安

凤凰出版传媒集团 凤凰出版社

图书在版编目（CIP）数据

管子选译 / 缪文远，缪伟译注. -- 南京 : 凤凰出版社，2011.5
（古代文史名著选译丛书）
ISBN 978-7-5506-0428-5

Ⅰ. ①管… Ⅱ. ①缪… ②缪… Ⅲ. ①法家 Ⅳ. ①B226.1

中国版本图书馆CIP数据核字(2011)第046106号

书　　名　管子选译
译 注 者　缪文远　缪　伟
责任编辑　王华宝
出版发行　凤凰出版传媒集团
　　　　　凤凰出版社(原江苏古籍出版社)
　　　　　南京市中央路165号　邮编 210009
　　　　　发行部电话025-83223462
集团网址　凤凰出版传媒网　http://www.ppm.cn
照　　排　江苏凤凰制版有限公司
印　　刷　江苏凤凰扬州鑫华印刷有限公司
　　　　　扬州市江阳工业园蜀岗西路9号　邮编 225008
开　　本　960×1304毫米　1/32
印　　张　8.75
字　　数　142千字
版　　次　2011年5月第1版　2011年5月第1次印刷
标准书号　ISBN 978-7-5506-0428-5
定　　价　18.00元
(本书凡印装错误可向承印厂调换,电话:0514-85868858)

史名著选译丛书》编委会

《古代文史名著选译丛书》修订版出版说明

呈献在读者面前的这套《古代文史名著选译丛书》是2011年的修订版。全书共134册，包括了中国从先秦至清末两三千年间的著名典籍。每部典籍都选其精粹（《论语》《老子》则全文收录），收录原文，加以简明的注释，力求准确地译为现代汉语，并于每一篇之前写有对该文的提示性说明。这是近一个世纪以来，规模最大、收录种类相对齐全、译注质量较高的一套普及传统文化的今译丛书。

这套丛书，原在1992年—1994年由巴蜀书社分三批出齐，印行过万套；不久，又由台湾的出版机构买去海外版权在台湾及海外发行，可见这套丛书当年在两岸受欢迎的程度。时隔17年，丛书编委会决定重新修订，改由江苏凤凰出版集团所属的凤凰出版社出版。

这套丛书是由教育部属下的全国高等院校古籍整理研究工作委员会(简称古委会)于1985年策划的。古委会组织了全国18所大学的古籍整理研究所的所长任编委会编委，由我们三人任主编，在全国范围内选请学有专长的学者承担各书的译注。从1986年—1992年，历时7年完成。当时，编委会制订了严明、可行的体例和细则，译注者按要求完成书稿。每部书稿完成后，都在全国范围内请编委会之外的专门研究这一学术领域的两位专家初审，合格后再请两位编委参照初审意见审改，然后退还原译注者改正。待原译注者改正后，再由编委会集中常务编委和部分编委、相关专家在一地将每部书稿从头至尾审改。这样的集中审稿会一般都在8—15天，7年中开了12次审改会。审改后，三位主编再集中在一起逐一审定，交付出版社。这一工作程序，使得这套丛书的译注质量有了一定的提高。所以，这套丛书，在一定程度上是个人与多人合作的结果。关于这套丛书的编纂始末，我们曾在1992年4月全书交稿后写有一篇文章，这次附在修订版书末，便于读者了解。

这次修订，是交由原译注者自己修改。少数译注者已去世，则书稿一仍其旧。个别译注者已联系不上，也保持原貌。

1992年—1994年出版时，书前有当时古委会主任周林先生写的序。周林先生是这一丛书的发起者。他已于1997年6月去世，至今已14年了。为了尊重历史，也为了纪念他，修订版仍用他的序。

我们三人在1985年—1992年主持这套丛书工作时，年龄大的是从51岁到58岁之间，年龄小的是从44岁到51岁之间，那时尚有精力组织、参与这一工作，今天我们都已年逾古稀。全书修订版出版之际，心情似乎比当年更惴惴不安地期待着读者的评头品足，期待着不要对读者贻误太多。

回想这套丛书，真应该感谢我们的祖先为我们留下了这样深厚、丰富的思想、文化遗产，使我们今天仍然受用无穷。应该感谢这套丛书的全体译注者、审阅者、编委和当年的出版者巴蜀书社、今天的出版者凤凰出版社，是他们的学识、辛勤与真诚使得这套丛书得以面世。

章培恒　马樟根　安平秋

2011年3月15日

序

《古代文史名著选译丛书》与广大读者见面了。这是丛书编委会的同志与众多专家学者通力协作、辛勤耕耘的结果。

中华民族在五千年漫长的岁月里，创造了光辉灿烂的文化，给人类留下了丰富的精神财富。“观今宜鉴古，无古不成今”。今天，以马克思主义的科学理论为指导，整理研究我国古代文化典籍，做到汲取精华，剔除糟粕，古为今用，推陈出新，使人们在正确认识民族历史的同时，得到爱国主义的教育，陶冶道德情操，提高全民族的文化素质，促进社会主义文化的繁荣，使文明古国的历史遗产得以发扬光大，这是我们每个炎黄子孙的责任。而要做到这样,对古籍进行整理与研究是重要的基础工程。但是,整理与研究古籍仅作标点、校勘、注释、辑佚还不够,还要有今译,使老年人、中年人、青年人都愿意去读,都能读懂,以便从中得到教益。

基于以上认识,全国高等院校古籍整理研究工作委员会于1986年5月组成了以章培恒、安平秋、马樟根三位同志为主编的《古代文史名著选译丛书》编委会,确定了以全国十八所大学的古籍整理研究所为主力承担这一看似轻易、实则艰巨的今译任务。在第一次编委会议上,拟定了《凡例》、《编写与审稿要求》、《文稿书写格式》和一百余种书目。以每一种书为十万至十五万字计算,这套丛书大约有一千余万字,应该说是一项大工程。经过一年的努力,完成了第一批三十六部书稿的译注任务。在各研究所的专家与所长把关的基础上,于1987年5月和7月,先后在复旦大学、北京大学召开了部分编委参加的审稿会,通过了二十五部书稿,作为《古代文史名著选译丛书》与广大读者见面的第一批作品。与此同时,在1987年7月6日,邀请了在京的十几位专家教授与编委会十几位编委一起座谈这套丛书与古籍今译的问题。专家们肯定了今译工作的必要性与深远意义，并以他们数十年的教学科研和创作的经验，说明今译是一项难度很大的工作，是培养人才，使之打下坚实基本功的一种有效方法；专家们还对《古代文史名著选译丛书》提出了宝贵的建议，这对当时的审稿工作和保证《丛书》的质量起了很好的作用。

实践证明，古籍的今注不易，今译更难。没有对作品的深入、透彻的研究，没有准确、通俗、生动的语言表达能力，要想做好今译是不可能的。两年多来，全国高等院校古籍整理研究工作委员会在探索古籍的今注、今译的道路上，做了一些工作。这部丛书的出版，是系统今译的开始，说明古籍整理研究工作有了新的进展。更可喜的是，一批中青年学者参加了今注今译工作，为古籍整理增添了新生力量，相信他们会在实践中，在学习中，成长成熟。我希望，这套丛书的编委会和高校各古籍整理研究所要敞开大门，加强同国内外专家学者的联系，征求他们和广大读者的意见，并向有真才实学而又适宜做今译工作的专家学者约稿，以提高古籍译注的水平，使《古代文史名著选译丛书》的第二批、第三批作品的质量更上一层楼。

这是一套以文史为主的大型的古籍名著今译丛书。考虑到普及的需要，考虑到读者对象，就每一种名著而言，除个别是全译外，绝大多数是选译，即对从该名著中精选出来的部分予以译注，译文力求准确、通畅，为广大读者打通文字关，以求能读懂报纸的人都能读懂它。我希望这套丛书能成为中小学教师的语文、历史教学的参考书，成为大专院校学生的课外读物，成为广大文史爱好者的良师益友。由于系统的古籍今译工作还刚刚起步，这套丛书定会有不少缺点、错误，也诚恳地希望读者批评指正。

巴蜀书社要我为这套丛书写序，我欣然接受了。我相信这套丛书不仅会使八十年代的人们受益，还将使子孙后代受益，它将对祖国的繁荣昌盛起到点滴的作用。最后借此机会向曾给予我们支持、帮助的专家学者和巴蜀书社的同志表示衷心的感谢！并殷切地希望台湾同胞、港澳同胞、海外侨胞和我们一同做好祖先留给我们的文化遗产的整理工作，为中华民族灿烂的文化再放异彩而努力！

周　林

1987年10月于北京

目 录

前　言

管仲，生年不详，卒于公元前 645 年。春秋时齐国颍上（今安徽颍上县）人。名夷吾，字仲。他和鲍叔牙是莫逆之交，彼此深为了解。齐襄公时，国势混乱，管仲、召忽奉长弟公子纠奔鲁，鲍叔牙奉次弟公子小白奔莒。后来齐襄公在政治纷争中被杀，公子纠和公子小白都想回国争位。管仲带兵，守在莒国通往齐国的路上，望着小白乘坐的兵车到来，他一箭射去，小白中箭倒下。管仲认为小白已被射死，放慢了行军速度，哪里知道他只射中小白的带钩（腰带上的金属扣），小白乃是装死。等管仲一行到达齐国边境，公子小白早已宣布即位了，他就是春秋五霸之首的齐桓公。其后，鲁人杀掉公子纠，召忽自杀。在鲍叔牙的大力推荐下，齐桓公不记旧怨，任用管仲为辅政大臣。君臣同心协力，开创霸业。

管仲未执政时，齐国混乱不堪，他执政之后，就大加整顿，使齐国气象一新。他的施政纲领，对内是富国强兵，对外是“尊王攘夷”，其目标是建立霸业，赢得对诸侯的领导权。

管仲的做法是：根据土地的肥瘠不同，“相地而衰征”，轻徭薄赋，以发展农业。又利用齐国传统的工商业优势，“通货积财”，使国家财力充盈。这是“富国”的措施。他又采取士农工商“四民者勿使杂处”的办法。农民居住的地区和“工商之乡”都不服兵役，只有“士乡十五”才是部队的组成人员。每乡出战士两千人，五乡组成一军，十五乡出三军，共三万人，这在当时就算是一支强大的战斗力量了。管仲又“作内政以寄军令”，使兵员便于征集调遣。同时还制定了用武器赎罪的办法，使“甲兵大足”。这是“强兵”的办法。（本段引文均见《国语·齐语》）

经过政治上的刷新，齐国的国势蒸蒸日上。当时邢、卫两国受到落后的狄人侵犯。齐桓公帮助邢国另迁新地，并帮助被灭的卫国复国。在南方，他率领诸侯挡住了楚国北上的势头。周王室受到狄人进攻,管仲亲自出面,协助平定,并号召诸侯尊奉周王。公元前651年,当齐桓公在葵丘(今河南民权县东北)召集诸侯会盟时,周襄王派专使到会赏赐祭祀宗庙的胙肉,就是表示对齐国霸主地位的承认。

上述齐国所取得的一系列成功,都是和管仲的政绩分不开的。孔子评价管仲说:"管仲相桓公,霸诸侯,一匡天下,民到于今受其赐。微管仲,吾其被发左衽矣。"(《论语·宪问》)

《管子》一书,托名管仲所著,其实并非管仲自己写的,而是后来齐地学者所写的一些论文的汇编,因为管仲的事功显赫,又是齐国人,所以这部论文集就以《管子》的名称流传下来。这部书虽非管仲亲著,但很多篇章讲的是富国强兵之术,其精神还是与管仲的功绩合拍的,并且《管子》书中的《大匡》、《中匡》、《小匡》诸篇,讲述管仲的事迹,可以和《左传》、《国语》等书互相参证,帮助我们了解管仲其人。

据当代许多学者的研究,认为《管子》是稷下学者的论文总集。稷下之学是怎么来的呢?原来从战国早期的齐桓公田午时起，就在国都临淄（今山东淄博市东北）西门外的稷下设立学官，“设大夫之号，招致贤人而尊宠之”。（徐干《中论·亡国》）到齐宣王时，稷下之学有进一步发展，据《史记·田敬仲完世家》说：“宣王喜文学游说之士，自如驺衍、淳于髡、田骈、接予、慎到、环渊之徒七十六人，皆赐列第，为上大夫，不治而议论。是以齐稷下学士复盛，且数百千人。”一直到齐襄王时，“齐尚修列大夫之缺，而荀卿三为祭酒。”（《史记·孟子荀卿列传》）从齐国的桓公始，经历威王、宣王、闵王、襄王，前后五世，垂及百年，各派学者可以在稷下这个东方学术中心优游讲学，议论政事，“各著书言治乱之事，以干世主”，（同上）他们学术论文的结集，就是《管子》。也有人认为其中杂有部分西汉时期的著作。

我们现在所见到的《管子》附有西汉后期整理者刘向的叙录。据刘向说，他所见的《管子》书共有五百六十四篇，除去重复的四百八十四篇，“定著八十六篇”。《汉书·艺文志》著录的《管子》篇数为八十六篇，今本的《管子》目录仍是这个数字，不过正文亡佚了十篇，实存七十六篇，大体上还是刘向整理编辑时的原貌。

先秦诸子，大都是一个学派的著作总集，如《墨子》是墨家学派的著作总集，《庄子》收集了庄周及其后学的论文，《商君书》收集了法家中商鞅一派的论述等等。只有《管子》比较特殊，它不是某一个学派的论文集，而是许多学派的论文集。它也不能作为“杂家”看待，因为杂家是要想吸收各家之长，形成自己完整的新体系，而《管子》一书并非这样的著作。

《管子》一书，《汉书·艺文志》把它列入道家，《隋书·经籍志》把它列入法家，从全书的大量篇章看，以上两种归类都有一定的道理，因而吕思勉先生把《管子》的许多篇章作为“道法家”的作品看待。

如果概略地划分一下，《牧马》、《乘马》等篇是重农学派的著作。《地员》是农家的著作。《明法》、《任法》、《八观》等篇是法家著作。《轻重》诸篇是法家讲理财的著作（《轻重己》除外）。《四时》、《幼官》、《轻重己》等篇是阴阳家著作。《兵法》、《七法》等篇是兵家著作。《弟子职》讲弟子侍奉老师的礼节，是儒家的著作。《心术》、《白心》诸篇，有人认为是宋钘、尹文的作品，蒙文通先生认为是黄老学派田骈、慎到的作品，这一说法，已获学者认可。

战国时期，田氏代齐之后，颇有一番新的气象。齐威王奖赏“田野辟，民人给，官无留事，东方以宁”的即墨大夫，赐以万家封邑。对“田野不辟，民贫苦”，用金钱收买威王左右，为他说好话的阿（今山东阳谷县东北）大夫，则处以烹刑。这样一来，使得“人人不敢饰非，务尽其诚，齐国大治”（《史记·田敬仲完世家》）。这说明齐国存在重视法治、赏罚严明和注意发展农业生产的传统。这些事实，稷下先生们都是耳熟能详的，因而《管子》书中在论述治国之道时，特别高举“加强法治”和“富国富民”两大纲领。

《管子》讲到法治的地方很多，如《法法篇》强调信赏必罚，文中说：“法者，民之父母也。”接着又说：“赦过遗善，则民不励。有过不赦，有善不遗，励民之道，于是乎用之矣。”本篇还着重指出，法令应该自公布之日起生效。法令还没有公布，人民偶然做到符合要求的事，不应行赏；偶然做了违背要求的事，不应施罚。法令一经公布，如不能依法行赏，就会使人民不勉力从公，不执行军令，不为国死节。法令公布之后，如不能依法行罚，人民就会不服从法令，使君主的地位岌岌可危，所以应该号令严明，

“赏罚必信”，使人民有法可循。

《任法篇》谈到：“法者，天下之至道也，圣君之宝用也。”也就是说，法是人们行为的最高准则，是明君治国的法宝。《禁藏篇》说：“法者，天下之仪也，所以决疑而明是非也，百姓所县（悬）命也。”由于法律是人民生命攸关的，所以明君对法非常慎重，绝不为亲故权贵改变法律，他手下的官吏绝不敢破坏法令，百姓也不敢用行贿的手段来逃避法律的制裁。

《七臣七主篇》认为法是治国的急务，它的作用在于明确人民的权利义务，使社会秩序保持稳定，即：“法者所以兴功惧暴也，律者所以定分止争也，令者所以令人知事也。”

《管子》还认为法律使治理国家有一个共同遵守的规范，使国家有自己的权威，使人民认识一致，步调整齐，使上面的行政措施能够有效地贯彻下来。不然的话，“虽有广地众民，犹不能以为治也。”（《法禁篇》）

《管子》还有许多篇章，如《重令》、《八观》、《权修》、《禁藏》等，都论述了法治是保持社会稳定、国家发展的重要条件，请读者参看本书的选文，这里就不赘述了。

以下我们再对《管子》富民的论述略作介绍。

《治国篇》说明了治国必先富民的理由，文中说："凡治国之道，必先富民。民富则易治也，民贫则难治也。奚以知其然也？民富则安乡重家，安乡重家则敬上畏罪，敬上畏罪则易治也；民贫则危乡轻家，危乡轻家则敢凌上犯禁，凌上犯禁则难治也。故治国常富，而乱国常贫。是以善为国者，必先富民，然后治之。"在其他不少的篇章中，都涉及到富民的问题。为什么要富民？归纳起来，大致有三点：一是民贫则无法制止他们逃亡，二是民贫则教育不能顺利实施，三是民贫则法令难于贯彻，这三者又是互相影响的。导致民贫的原因，《管子》认为有以下诸端：一是农业生产不发达，二是赋敛过重，三是习俗奢侈，四是没有处理好货币流通和控制物价，五是财货的外流。找到了原因，就要寻找救治的方法，《管子》提出的富民之道，主要是提倡节俭和发展农业，前者重在"节流"，后者重在"开源"。

《管子》主张在人民生活和国家的开支两方面都应实行节约，务期使物力的消耗和生产发展的水平相适应，决不能有无谓的浮靡浪费。《八观篇》

说："国侈则用费，用费则民贫，民贫则奸智生，奸智生则邪巧作。故奸邪之所生，生于匮；匮之所生，生于侈。"《五辅篇》说："实圹虚，垦田畴，修墙屋，则国家富；节饮食，撙衣服，则财用足。……明王之务，在于强本事（按：指农业），去无用，然后民可使富。"节约的目标是什么呢？它在于有充足的经费推行政教上的措施，并为使国家达到称霸称王的远大目标做准备。正如《重令篇》所说："国虽富，不侈泰，不纵欲……必为天下政理，此正天下之本，而霸王之主也。"

至于重农政策，则是《管子》富民的基本国策。《管子》认为一国的贫富，全以农业生产发展的程度为标准，农产品是国家的主要财富，离开农业，人民的生计也无从谈起。所以《五辅篇》说："善为政者，田畴垦而国邑实。……不能为政者，田畴荒而国邑虚。"又说："辟田畴，制廛宅，循树艺，劝士民，勉稼穑，修墙屋，此谓厚其生。"

《管子》认为，农业是对国家和人民有利无弊，经常可靠的生产事业。《重令篇》说："何谓民之经产？畜长树艺，务时殖谷，力农垦草，禁止末事（按：末事主要指奢侈品的生产和流通）者，民之经产也。……民不务经产则仓廪空虚，财用不足。”

《管子》提出发展农业的重要措施有以下四项：一是经营山林川泽，二是兴修水利，三是大兴蚕业和其他副业，四是奖励发展畜牧业。在《立政篇》中，对以上诸方面作了详尽的论述。

和“富民”紧相连接的是“教民”。《管子》非常重视“富而后教”的问题，《牧民篇》中所说的：“仓廪实则知礼节，衣食足则知荣辱”，成为千载流传的著名格言。教育的内容是礼义廉耻，即所谓四维。“礼义廉耻，国之四维，四维不张，国乃灭亡。”（同上）教化推行，人民的思想修养提高，做坏事的人自然减少，社会趋于稳定，国家的政令也就易于推行了。

以上所介绍的，只不过是《管子》中治国理论的一部分。从现在的科学分支看，《管子》的内容涉及哲学、政治学、经济学、军事学、地理学以及自然科学等许多学科领域，是一个很丰富的文化宝藏，值得我们认真钻研、领会。

《管子》一书，经历年代久远，文字的脱误错乱很多，从来号称难读。旧有唐人尹知章的注（一说是房玄龄所作），浅陋穿凿，价值不大。明人刘绩作

《管子补注》，“简明贯穿，多所发明”。清人戴望又有《管子校正》，收集了清代许多学者校释《管子》的见解，帮助读者解决了许多阅读上的困难。当代则有郭沫若、闻一多、许维遹等撰著的《管子集校》，搜罗各家校释文字最为完备，是我们研治管子必不可少的参考书。

我们这本选译，以清光绪二年(1876年)浙江书局据明吴郡赵氏(赵用贤)本校刻的本子作为底本，节选《小匡篇》以表现管仲的事功，其他则主要选入明法、治国、治军、理财的篇章，以帮助读者了解《管子》富国强兵学说的梗概。所有校改的文字，主要参考《管子集校》，注文对诸家说法，择善而从，不作繁琐考辨。译文力求贴近原文，以直译为主。书中的不当之处，敬希读者指正。

缪文远（四川大学古籍所）

缪　伟（成都市民盟市委组织处）

牧　民

本篇是《管子》的第一篇，阐述了有关治理国家、巩固政权的纲领性意见。

"仓廪实则知礼节，衣食足则知荣辱"是本文提出的著名论断，也是《管子》全书立论的一个重要基点。文章主张发展农业生产，强调整顿"四维"，提出要"顺民心"，"量民力"，使"民无怨心"，对于安定国家、协调社会上下关系，有一定的意义；又主张合理使用财富和任用贤才，值得注意。

凡有地牧民者①，务在四时②，守在仓廪③。国多财则远者来④，地辟举则民留处⑤。仓廪实则知礼节，衣食足则知荣辱。上服度则六亲固⑥，四维张则君令行⑦。故省刑之要，在禁文巧⑧；守国之度，在饰四维⑨；顺民之经⑩，在明鬼神⑪、祇山川⑫、敬宗庙、恭祖旧⑬。不务天时，则财不生；不务地利，则仓廪不盈；野芜旷，则民乃荒⑭。上无量，则民乃妄；文巧不禁，则民乃淫；不障两原⑮，则刑乃繁。不明鬼神，则陋民不悟；不祇山川，则威令不闻；不敬宗庙，则民乃上校⑯；不恭祖旧，则孝悌不备。四维不张，国乃灭亡。

---

① 牧民：治理人民。牧，牧养，引申为治理的意思。 ② 务：致力。四时，指春夏秋冬四季的农事安排。 ③ 守：掌管。仓廪：粮仓。此处指粮食储备。 ④ 远者：远方的人，指来自其他诸侯国的人。 ⑤ 辟举：开垦荒地。留处：留住下来。 ⑥ 上：指君主。服度：遵礼守法。六亲：六种血缘关系较近亲属。指父母兄弟、夫妻等。 ⑦ 四维：指能对事物起到重要固定作用的四项原则，即下文所说的“礼、义、廉、耻”。维，系物的大绳。 ⑧ 文巧：指华丽的奢侈品。文，指华丽服饰。巧，指奢侈的器物。 ⑨ 饰：通“饬”，整顿。 ⑩ 顺：通“训”，教训。经：要点。 ⑪ 明：尊崇的意思。 ⑫ 祇(zhī 支)：恭敬。 ⑬ 祖：指宗亲。旧：指故旧。 ⑭ 民乃荒：民众就会怠惰。荒，原作“菅”，据文义改。 ⑮ 障：原作“璋”，据文义改。两原：指“上无量”是妄之源，“文巧不禁”是淫之源。原，通“源”。 ⑯ 上校：指与统治者不合。校，计较。

国有四维，一维绝则倾，二维绝则危，三维绝则覆，四维绝则灭。倾可正也，危可安也，覆可起也，灭不可复措也①。何谓四维？一曰礼，二曰义，三曰廉，四曰耻。礼不逾节②，义不自进③，廉不蔽恶，耻不从枉④。故不逾节则上位安，不自进则民无巧诈，不蔽恶则行自全⑤，不从枉则邪事不生。

政之所行⑥，在顺民心；政之所废，在逆民心。民恶忧劳，我逸乐之；民恶贫贱，我富贵之；民恶危坠⑦，我存安之⑧；民恶灭绝⑨，我生育之⑩。能逸乐之，则民为之忧劳；能富贵之，则民为之贫贱；能存安之，则民为之危坠；能生育之，则民为之灭绝。故刑罚不足以畏其意⑪，杀戮不足以服其心。故刑罚繁而意不恐，则令不行矣；杀戮众而心不服，则上位危矣。故从其四欲⑫，则远者自亲；行其四恶⑬，则近者叛之。故知予之为取者⑭，政之

---

① 不可复措：不能复原的意思。 ② 节：分寸，法度。 ③ 自进：钻营的意思。 ④ 从枉：指走邪道、干坏事。 ⑤ 全：疑当作“正”，指行为端正。 ⑥ 行：原作“兴”，据别本改。 ⑦ 危坠：危险，失败。 ⑧ 存安：生存，安定。 ⑨ 灭绝：指断绝后嗣。 ⑩ 生育：生养，繁息。 ⑪ 畏：震慑。 ⑫ 四欲：指上述“逸乐”、“富贵”、“存安”、“生育”等一般人的四种欲望。 ⑬ 四恶（wù 务）：指上述“忧劳”、“贫贱”、“危坠”、“灭绝”等一般人所厌恶的四项内容。 ⑭ 予之为取：“给予”就是“索取”。意思说予人好处将得到报答。

宝也。

措国于不倾之地①，积于不涸之仓②，藏于不竭之府③，下令于流水之源④，使民于不争之官⑤。明必死之路⑥，开必得之门⑦。不为不可成⑧，不求不可得，不处不可久⑨，不行不可复⑩。错国于不倾之地者，授有德也⑪；积于不涸之仓者，务五谷也；藏于不竭之府者，养桑麻、育六畜也；下令于流水之源者，令顺民心也；使民于不争之官者，使各为其所长也⑫。明必死之路者，严刑罚也；开必得之门者，信庆赏也⑬。不为不可成者，量民力也；不求不可得者，不强民以其所恶也；不处不可久者，不偷取一时也⑭；不行不可复者，不欺其民也。故授有德则国安，务五谷则食足，养桑麻、育六畜则民富，令顺民心则

---

① 措：放置。 ② 积：储存。不涸（hé 合）：不尽。涸，水干。 ③ 竭：穷尽。府：指国家储藏财富的府库。 ④ 流水之源：比喻政令顺应民心，易于推行，就像水从源头往下流，畅行无阻。 ⑤ 官：指职务，行业。 ⑥ 必死：指犯罪定受惩处。 ⑦ 必得：指立功定然得赏。 ⑧ 为：做。 ⑨ 处：立足，置身。 ⑩ 不可复：指不能再干的事。 ⑪ 错：通“措”。有德：德行好、品质好的人。 ⑫ 所长：所擅长的职业。 ⑬ 信：守信，兑现。庆赏：奖赏。 ⑭ 偷取一时：指用不正当手段取得一时之利。“时”原作“世”，音近而误。下同。

威令行①,使民各为其长则用备②。严刑罚则民远邪③,信庆赏则民轻难④。量民力则事无不成,不强民以所恶则诈伪不生,不偷取一时则民无怨心,不欺其民则下亲其上。

以家为乡⑤,乡不可为也;以乡为国,国不可为也;以国为天下,天下不可为也。以家为家,以乡为乡,以国为国,以天下为天下。毋曰不同姓,远者不听⑥;毋曰不同乡,远者不行;毋曰不同国⑦,远者不从。如地如天,何私何亲?如日如月,唯君之节⑧。

御民之辔⑨,在上之所贵;道民之门⑩,在上之所先;召民之路⑪,在上之所好恶。故君求之则臣得之,君嗜之则臣食之,君好之则臣服之⑫,君恶之则臣匿之⑬。毋蔽汝恶⑭,毋异汝度⑮,贤者将不汝助⑯。言室满室,言堂满堂⑰,是谓圣王。

---

① 威令:指政令。“威”字当为衍文。 ② 用备:用品齐全。 ③ 远邪:远离邪恶,指不干坏事。 ④ 轻难:不把死难放在心上。 ⑤ 为:治理(下几句“为”字义同)。 ⑥ 远者:指关系疏远的人。 ⑦ 国:指诸侯国。 ⑧ 节:准则。 ⑨ 御:驾驭,统治。辔:缰绳。 ⑩ 道:通“导”。 ⑪ 召:通“诏”,引导。 ⑫ 服:使用。 ⑬ 匿:隐藏。 ⑭ 毋:不要。汝:你,指君主。 ⑮ 异:改变。度:法度。 ⑯ 不汝助:不帮助你。 ⑰“言室”二句:意思是君主言事开诚布公,让周围的人不论尊卑都能听得到。

城郭沟渠①，不足以固守；兵甲强力②，不足以应敌；博地多财，不足以有众③。唯有道者能备患于未形也④，故祸不萌⑤。

天下不患无臣，患无君以使之；天下不患无财，患无人以分之。故知时者可立以为长⑥，无私者可置以为政⑦，审于时而察于用而能备官者⑧，可奉以为君也。缓者后于事⑨。吝于财者失所亲，信小人者失士。

【翻译】

凡是拥有土地、治理人民的人，要致力于安排四季的农业生产，掌管好粮食的储备。国家的财富多，远方的人自会前来投奔；荒地都开垦了，人民就安心地留住下来。粮仓充实，人民就懂得讲礼；衣食充足，人民就懂得什么是光荣和耻辱。君主能遵礼守法，人们亲属之间的关系就会稳固；四条基本原则确立了，命令就能推行。所以，减少刑罚的要点，在于禁止华丽奢侈的东西流行；

---

① 城郭：泛指城邑。郭，古代城市外城。沟渠：指护城河。② 兵甲：兵器和铠甲等装备。③ 有众：拥有群众。④ 有道者：懂得治国之道的君主。未形：指灾患未至之时。⑤ 萌：发生。⑥ 时：时势。⑦ 政：通“正”，长官。⑧ 审：了解。用：指对财力、物力的使用。备官：安排各部门的官吏。⑨ 缓者：指政治反应迟缓的人。

维持政权的法规，在于整顿四条基本原则；教育人民的要点，在于尊崇鬼神，敬奉山川，认真祭祀宗庙，尊敬宗亲故旧。不注重天时，财富就不会增长；不注重地利，粮食就不会丰收；田园荒芜，人民就会游荡懒惰。君主肆意挥霍，人民就会胡作非为；不禁止奢侈之风，人民就会放纵；不堵塞君主挥霍、百姓奢侈这两个源头，犯罪的人就会加多。不尊崇鬼神，浅陋的小人就不会感悟；不祭祀山川，威令就不能传播；不礼敬宗庙，人民就会犯上作乱；不恭敬宗亲故旧，孝悌之道就有所欠缺。四条基本原则不能确立，国家就会灭亡。

国家有四维，缺一维就会倾斜，缺两维就有危险，缺三维就会被颠覆，缺四维就会灭亡。倾斜的可以扶正，危险的可以使它安定，被颠覆的可以让它站起来，已灭亡的就不能再恢复了。什么是四维？一是礼，二是义，三是廉，四是耻。知礼，就不会逾越规范；知义，就不会去钻营；知廉，就不会掩盖过错；知耻，就不会走邪道。所以说，下民不超越规范则君主的地位必然稳定，无钻营之心人们就不会弄虚作假，不隐瞒过失则行为自会端正，不走邪道则坏事就不会发生。

政令的推行，在于顺应民心；政令的废弛，由于违背民心。人民厌恶忧劳，我就使他们安逸快乐；人民厌恶贫贱，我就使他们富贵；人民害怕危险失败，我就使他们稳定安全;人民害怕后代灭绝,我就使他们得以生养蕃息。能使人民安逸快乐,人民就会为他忧劳;能让人民富贵,人民就会安于贫贱;能使人民稳定安全,人民就会为他涉险;能让人民生养蕃息,人民就会为他卖命。刑罚不能使人民害怕,杀戮不会让人民心服。刑罚繁多而民心不怕,政令就难以推行了;杀戮的人多而民心不服,统治者的地位就危险了。所以,顺从人民的四种愿望,疏远的自然会亲近;实行人民所厌恶的四条,亲近的也会背叛。所以,懂得给予其实是索取这个道理,就是有了治国的法宝。

让国家立于不败之地,把粮食储备在取之不尽的粮仓里,把财富收藏在用之不竭的府库中,政令的下达如源泉的流水,让人民明确去做应该做的事情。指明犯罪者必然是死路一条,打开立功必然受奖的大门。不勉强做力量办不到的事,不追求得不到的东西,不停留在不能长久站住的地方,不做不能再干的坏事。使国家立于不败之地,就是要把职位交给有道德的人;把粮食储备在取之不尽的粮仓里,就是要争取五谷丰登;把财富收藏在用之不竭的府库中,就是要栽种桑麻和饲养牲畜;政令的下达如源泉的流水,就是要使政令顺应民心;让人民明确去做应该做的事情,就是要发挥他们各自的长处。指明犯罪者必然是死路一条,就要严刑重罚;打开立功必然受奖的大门，就是要使人民相信奖励一定兑现。不勉强做办不到的事，就要估量人民的承受能力；不追求得不到的东西，就是不强迫人民做他们所厌恶的事；不停留在不能长久站住的地方，就是不用不正当的手段谋求一时之利；不做不应再干的事，就是不能欺骗人民。所以，职务交给有道德的人，国家就安定；努力农业生产，就会使粮食充足；栽种桑麻、饲养牲畜，人民就会富裕；法令顺应民心，威信自然提高；使人民各尽所能，使用的物品就会齐备。刑罚严厉，人民就会远离邪恶；相信有功必赏，人民就不怕牺牲。正确估量民力，就没有办不成的事；不强迫人民做他们所憎恶的事，就不会发生弄虚作假的现象；不用不正当手段谋取一时之利，人民就没有怨恨之心；不以欺骗对待民众，下民就会拥戴他们的君上。

用治家的方法治乡，治不好乡；用治乡的方法治国，治不好国；用治国的方法治天下，治不好天下。应当按治家的要求去治家，按治乡的要求去治乡，按治国的要求去治国，按治天下的要求去治天下。不要因为不是同姓亲族，就不听疏远者的意见；不要因为不同乡，就不采纳疏远者的主张；不要因为不同属一个诸侯国，就不照疏远者的建议去办。就像天和地对待万物，哪有特殊私情和亲疏之分呢？像日月普照一切，这才是君主应持的态度。

驾驭人民走向的缰绳，在于君上崇尚的内容；诱导人民所进之门，在于君主倡导什么；指引人民走那条路，在于君主喜欢什么和讨厌什么。所以君主追求什么，臣下就要得到什么；君主嗜好什么，臣下就要吃什么；君主喜欢什么，臣下也就要使用什么；君主讨厌什么，臣下就要把什么藏匿起来。不要掩饰你的错误，不要擅改你的制度，否则贤者将不会给你帮助。在室内说话，让全室人都能听见；在堂上说话，让堂上人都能听见，开诚布公，这就是圣王的作风。

单靠城郭和壕沟，不足以固守国土；单靠武器和强大的兵力，不足以抵挡敌人；单靠地大物博，并不足以得到群众拥护。只有懂得治国道理的人才能防患于未然，使灾祸不会产生。

天下不怕没有贤臣，就怕没有明君去使用他们；天下不怕没有财富，就怕没有适当的人去支配它们。所以知道掌握时机的人，可以任命他们做官长；没有私心的人，可以安排他们的官职；善于掌握时机，深通使用财富的方法，又能把人才都放在适当岗位上的人就可以拥奉为君主。思想行动迟缓的人常常落后于形势。对财富吝啬的人会失去亲近的人，听信小人的人会失去贤能之士。

权　　修

本篇的中心是论述如何加强君主权力、巩固国家政权，所以题为《权修》，“修”的意思就是整治、加强。

文中提出，要加强君权、巩固政权、富国强兵，君主必须慎重使用人力物力，必须重视农业、抑制工商，必须善于培养和使用人才，必须加强法治、严明赏罚，必须以身作则，用礼义廉耻教化人民，等等。

本文认为“取于民有度，用之有止”，又提出“十年之计，莫如树木；终身之计，莫如树人”，都包含着积极、深刻的内容，富于启发性。

万乘之国①，兵不可以无主②；土地博大，野不可以无吏；百姓殷众③，官不可以无长④；操民之命，朝不可以无政⑤。

地博而国贫者，野不辟也⑥；民众而兵弱者，民无取也⑦。故末产不禁⑧，则野不辟；赏罚不信，则民无取。野不辟，民无取，外不可以应敌，内不可以固守。故曰，有万乘之号，而无千乘之用，而求权之无轻，不可得也。

地辟而国贫者，舟车饰⑨，台榭广也⑩；赏罚信而兵弱者，轻用众⑪，使民劳也。舟车饰，台榭广，则赋敛厚矣⑫；轻用众，使民劳，则民力竭矣。赋敛厚，则下怨上矣；民力竭，则令不行矣。下怨上，令不行，而求敌之勿谋己，不可得也。

欲为天下者⑬，必重用其国⑭；欲为其国者，必重用其民；欲为其民者，必重尽其民力⑮。无以畜之⑯，则往而不可止也；无以牧之⑰，则处而不可使也。远人至而不

---

① 万乘之国：拥有一万辆兵车的国家。指大的诸侯国。 ② 主：指统帅。 ③ 殷众：众多。 ④ 长：常，指常规、常法。 ⑤ 朝：朝廷。政：指正确的政策、法令。 ⑥ 辟：开垦。 ⑦ 取：通"趋"，趋向。 ⑧ 末产：指经营奢侈品的工商业。 ⑨ 车：原作"舆"，据下文改。饰：装饰。 ⑩ 台榭：泛指宫殿楼台。榭，台上所建的房子。 ⑪ 轻：轻易。 ⑫ 赋敛：指各种税收。厚：重。 ⑬ 为：治理。 ⑭ 重：慎重。国：此指国力。 ⑮ 尽：用完。 ⑯ 畜：养活。 ⑰ 牧：牧养、治理。

去，则有以畜之也；民众而可一，则有以牧之也。

见其可也，喜之有征①；见其不可也，恶之有形②。赏罚信于其所见，虽其所不见，其敢为之乎？见其可也，喜之无征，见其不可也，恶之无形，赏罚不信于其所见，而求其所不见之为之化③，不可得也。

厚爱利足以亲之④，明智礼足以教之⑤。上身服以先之⑥，审度量以闲之⑦，乡置师以导之⑧，然后申之以宪令，劝之以庆赏，振之以刑罚⑨。故百姓皆悦为善，则暴乱之行无由至矣。

地之生财有时⑩，民之用力有倦⑪，而人君之欲无穷。以有时与有倦养无穷之君，而度量不生于其间⑫，则上下相疾也⑬。是以臣有杀其君、子有杀其父者矣。故

① “见其”二句：是说，君主看见好人好事，要用行动来证明他对好人好事的喜爱；换句话说，就是要加以奖励。下句与此相反。可：指好人好事。征：证，证明。 ② 形：表现，此指惩罚。原作“刑”，据下文改。下同。 ③ 为之化：指听从君主的教化。 ④ 厚爱利：指给以厚爱和厚利。 ⑤ 智礼：指是非界限和封建礼法。 ⑥ 身服：亲身执行（礼法）。先之：给他们（百姓）带头。 ⑦ 审：明确。度量：指法度。闲：防范，控制。 ⑧ 师：指乡师，主管一乡教化的人。“导”上原有“说”字，据上文文例删。 ⑨ 振：同“震”，震慑。 ⑩ 有时：指受四时季令的限制。 ⑪ 倦：疲倦。 ⑫ 其间：指“地生财有时”、“民用力有倦”和“人君之欲无穷”二者之间。 ⑬ 疾：憎视。

取于民有度，用之有止①，国虽小必安；取于民无度，用之不止，国虽大必危。

地之不辟者，非吾地也；民之不牧者，非吾民也。凡牧民者，以其所积者食之②，不可不审也。其积多者其食多，其积寡者其食寡，无积者不食。或有积而不食者，则民离上；有积多而食寡者，则民不力；有积寡而食多者，则民多诈；有无积而徒食者③，则民偷幸④。故离上、不力、多诈、偷幸，举事不成，应敌不用⑤。故曰，察能授官，班禄赐予⑥，使民之机也⑦。

野与市争民，家与府争货⑧，金与粟争贵⑨，乡与朝争治⑩。故野不积草，农事先也；府不积货，藏于民也；市不成肆⑪，家用足也；朝不合众⑫，乡分治也。故野不积草，府不积货，市不成肆，朝不合众，治之至也。

人情不二⑬，故民情可得而御也。审其所好恶，则其

---

① 止：节制。 ② 积：通“绩”，功绩，劳绩。食（sì 四）：拿东西给人吃，此指给予俸禄、赏赐。 ③ 徒食：指白白得到报酬。 ④ 偷幸：苟且侥幸。 ⑤ 应：对。不用：不用力。 ⑥ 班禄：制定不同等级的俸禄标准。 ⑦ 机：关键。 ⑧ 家：私家。府：指国家府库。 ⑨ 金：指货币。争贵：指“金”与“粟”竞相显示其重要。 ⑩ 乡：这里泛指地方政权。朝：指朝廷。 ⑪ 肆：指市场上的店铺和售货摊。 ⑫ 合众：指召集群臣议事。 ⑬ 人情：指人的本性。

长短可知也①；观其交游，则其贤不肖可察也②。二者不失③，则民能可得而官也。

地之守在城，城之守在兵④，兵之守在人，人之守在粟，故地不辟则城不固，有身不治⑤，奚待于人⑥？有人不治，奚待于家？有家不治，奚待于乡？有乡不治，奚待于国？有国不治，奚待于天下？天下者，国之本也⑦；国者，乡之本也；乡者，家之本也；家者，人之本也；人者，身之本也；身者，治之本也。故上不好本事⑧，则末产不禁；末产不禁，则民缓于时事⑨，而轻地利；轻地利而求田野之辟，仓廪之实，不可得也。

商贾在朝⑩，则货财上流⑪；妇人言事⑫，则赏罚不信；男女无别，则民无廉耻。货财上流，赏罚不信，民无廉耻，而求百姓之安难⑬、兵士之死节⑭，不可得也。朝

---

① 长短：长处和短处。 ② 贤：好人。不肖（xiào 孝）：坏人。 ③ 二者：指“长短”和“贤不肖”两方面。 ④ 兵：兵器。 ⑤ 身：自身。 ⑥ 奚：何，怎么。待：期待，要求。 ⑦ 国之本也：以国（诸侯国）作为根本。之：是。以下至“治之本也”六句中的“之”字，用法同。 ⑧ 本事：农业，对“末产”（工商）而言。 ⑨ 时事：指春耕、夏耘、秋收、冬藏四时中的农事。 ⑩ 商贾（gǔ 古）：商人。 ⑪ 货财上流：指行贿受贿。 ⑫ 妇人言事：“人言”原作“言人”，据文义改。妇人：指君主身边得宠的女人。 ⑬ 安难（nàn）：即安于难，不怕患难。 ⑭ 死节：坚守节操而死，这里指为国牺牲。

廷不肃①，贵贱不明，长幼不分，度量不审，衣服无等②，上下凌节③，而求百姓之尊主政令④，不可得也。上好诈谋间欺⑤，臣下赋敛竞得⑥，使民偷一⑦，则百姓疾怨，而求下之亲上，不可得也。有地不务本事，君国不能一民⑧，而求宗庙社稷之无危⑨，不可得也。上恃龟筮⑩，好用巫医⑪，则鬼神骤祟⑫。故功之不立，名之不章⑬，为之患者三⑭：有独王者，有贫贱者，有日不足者⑮。

一年之计，莫如树谷⑯；十年之计，莫如树木；终身之计，莫如树人。一树一获者，谷也；一树十获者，木也；一树百获者，人也。我苟种之⑰，如神用之；举事如神，唯王之门⑱。

---

① 肃：严肃，整肃。 ② 衣服无等：服制不分等级。 ③ 凌节：指超越应守的规范。 ④ 尊主政令：尊重君主的政令。 ⑤ 间欺：欺诳。 ⑥ 竞得：争相求取。 ⑦ 偷一：疑当作“偷幸”，即苟求一时的侥幸，不顾长远利益。 ⑧ 君国：治国。君，君临，统治，名词作动词用。一民：使百姓行动一致。 ⑨ 宗庙社稷：代指国家。宗庙：国君祭祀祖先之处。 ⑩ 龟筮（shì誓）：用龟甲和蓍（shī诗）草占卜吉凶。这里泛指占卜 ⑪ 巫医：用巫术治病的人。 ⑫ 骤：屡次，经常。祟（suì碎）：作怪。 ⑬ 章：同“彰”，显著。 ⑭ 独王：当作“独任”，固执个人见解，不信任别人。 ⑮ 日不足：时间不够用。足：够。 ⑯ 树：种植，培养。 ⑰ 苟：如果。 ⑱ 唯王之门：指称王天下的必由之路。

凡牧民者，使士无邪行①，女无淫事。士无邪行，教也；女无淫事，训也；教训成俗，而刑罚省，数也②。凡牧民者，欲民之正也。欲民之正，则微邪不可不禁也③。微邪者，大邪之所生也；微邪不禁，而求大邪之无伤国，不可得也。凡牧民者，欲民之有礼也。欲民之有礼，则小礼不可不谨也。小礼不谨于国，而求百姓之行大礼，不可得也。凡牧民者，欲民之有义也。欲民之有义，则小义不可不行也。小义不行于国，而求百姓之行大义，不可得也。凡牧民者，欲民之有廉也。欲民之有廉，则小廉不可不修也④。小廉不修于国，而求百姓之行大廉，不可得也。凡牧民者，欲民之有耻也。欲民之有耻，则小耻不可不饰也⑤。小耻不饰于国，而求百姓之行大耻，不可得也。凡牧民者，欲民之谨小礼，行小义，修小廉，饬小耻，禁微邪，此厉民之道也⑥。民之谨小礼，行小义，修小廉，饬小耻，禁微邪，治之本也。

凡牧民者，欲民之可御也。欲民之可御，则法不可不重⑦。法者，将立朝廷者也⑧。将立朝廷者，则爵服不

---

① 士：指男子。 ② 数：方法，指治国的方法。 ③ 微邪：小的邪恶。 ④ 修：培养。 ⑤ 饰：通“饬”，整饬，讲究。下句同。⑥ 厉：同“砺”，砥砺，教导。 ⑦ 重：慎重。原作“审”，据别本改。 ⑧ 立朝廷：意思是使朝廷权威得以树立。

可不贵也①。爵服加于不义②，则民贱其爵服。民贱其爵服，则人主不尊。人主不尊，则令不行矣。法者，将用民力者也③。将用民力者，则禄赏不可不重也。禄赏加于无功，则民轻其禄赏。民轻其禄赏，则上无以劝民④。上无以劝民，则令不行矣。法者，将用民能者也。将用民能者，则授官不可不审也。授官不审，则民间其治⑤。民间其治，则理不上通⑥。理不上通，则下怨其上。下怨其上，则令不行矣。法者，将用民之死命者也。用民之死命者，则刑罚不可不审也⑦。刑罚不审，则有辟就⑧。有辟就，则杀不辜而赦有罪⑨。杀不辜而赦有罪，则国不免于贼臣矣⑩。故夫爵服贱，禄赏轻，民间其治，贼臣首难⑪，此谓败国之教也。

【翻译】

一个拥有万乘兵车的大国，军队不能没有主帅；土地辽阔，不能没有管理田野的官吏；人民众多，官府不能

---

① 爵服：爵位和服制，此处指爵位。 ② 不义：指"不义"之人。 ③ 用民力：意思是使人民出力。 ④ 劝民：劝勉人民。 ⑤ 间（jiàn 见）：背离。 ⑥ 理：指百姓的要求。上通：上达于君主。 ⑦ 不审也："也"字原无，据文例补。 ⑧ 辟就：逃避和迁就（逃避法律，迁就坏人）。辟，同"避"。 ⑨ 不辜：无罪的人。 ⑩ 贼臣：指篡夺政权之臣。 ⑪ 首难：带头作乱。

没有常规常法；掌握着人民的命运，朝廷里不能没有正确的政策、法令。

地大而国家贫穷，是由于荒野没有开垦；人民众多而兵力反弱，是由于人民没有进取的目标。那些妨害农业的工商业如不禁止，田野就不能开垦；赏罚不能兑现，人民就感到没有进取的目标。田野不能开垦，人民没有进取心，对外不能抗御敌人，对内不能坚守本土。所以说，空有万辆兵车大国的虚名，却没有千辆兵车的实力，要想君主的权力不被削弱，是不可能的。

土地已经开垦而国家仍然贫穷，那是由于把君主的舟车装饰华美，楼台亭阁修得太多；赏罚严明反而兵力薄弱，那是因为随意动用民力，使百姓感到疲劳。舟车过分华丽，楼台修得太多，赋税必然繁重；轻易用兵，过分役使百姓，就会耗尽民力。赋税繁重，下民就会怨恨君上；耗尽民力，政令就不能推行了。下民怨恨君上，政令不能推行，要想敌国不打自己的主意，那是办不到的。

要想治理好天下，必须慎重地使用本国力量；要想治理好国家，必须爱惜自己的百姓；要想治理好百姓，必须爱惜民力，不要把民力用尽。没有办法养活百姓，百姓就会外逃而无法制止；没有办法管理百姓，百姓即使留下来也不会听从支配。别国的百姓前来投奔而留下不走，是因为能很好养活他们；百姓众多而能一致服从政令，是因为能很好管理他们。

君主看到好人好事，要用行动来证明他的喜爱；看到坏人坏事，要用行动来表示他的厌恶。对于看到的，能做到赏罚分明，即使有看不到的地方，难道谁还敢做坏事吗？要是看到好人好事不用奖赏来鼓励，看到坏人坏事不用惩罚来反对，对见到的好人坏人尚且不能作到奖惩分明，要想没有见到的人们都能听从教化，那是不可能的。

君主如能给以厚爱厚利，就可以亲近人民；如能明确是非界限和礼节，就可教化人民。君上亲身执行礼法去带动人民，申明法度去管理人民，设置乡师去教导人民，然后再用法令加以约束，用奖赏加以劝勉，用刑罚加以震慑。这样，百姓都会乐于做好事，暴乱的行为就不会发生了。

土地出产财物受四时季节的限制，人民使用气力有疲倦的时候，而君主的欲望却是无穷无尽。以有限的财力和民力，供养欲望无穷的君主，在二者之间又缺乏一定的制度加以调节，君主和百姓就会互相憎视。因而就有臣杀君、子杀父的现象产生。所以说，对人民的索取有适当节制，花费有一定限度，国家虽然小也必然安定；相反，对人民索取没有节制，花费没有限度，国家虽大也会发生危机。

土地没有开垦出来，不能算是自己的土地；百姓没有管理好，不能算是自己的百姓。凡是统治人民的君主，对于按照功劳大小给予俸禄赏赐的问题，不能不审慎对待。功多的应该俸禄赏赐多，功少的应该俸禄赏赐少，没有功劳的就不应给予俸禄赏赐。如果有功劳而没有俸禄赏赐，人们就会与君主离心离德；如果功劳多而俸禄赏赐少，人们就不会卖力；如果功劳少而俸禄赏赐多，人们就会谎报成绩；如果没有功劳而自享俸禄赏赐，人们就会产生侥幸的心理。如果存在离心离德、不卖力、弄虚作假、希图侥幸等情况，办事就不能成功，临战对敌也不肯用力。所以，考察才能而授以适当的官职，按照功劳大小给以应得的俸禄赏赐，这是用人的关键。

农田和市场争夺劳动力，私家和国家府库争夺财物，货币和粮食争夺地位，地方和朝廷互争权限。农田没有杂草，是因为把农业放在首位；府库里没有聚集财货，是因为把财富藏在了民间；市场上店铺和货摊稀少，是因为农民家里有够用的东西；朝廷不经常召集百官议事，是因为地方政权分别作好了治理工作。所以说，田地里没有丛生的杂草，府库没有蓄积财货，市场摊位寥寥，朝廷的官员不经常议事，表明国家的治理已达到最高水准。

人们的本性没有什么两样，所以人民的思想感情是可以掌握的。观察他喜欢什么和讨厌什么，就可知道他的长处和短处；观察他交往的是些什么人，就能确定他是好人还是坏人。如果能掌握这两点，就可以量才授官了。

保卫国土要靠城堡，守护城堡要靠武器，使用武器要靠人，人们防守要靠粮食，所以土地没有开垦，城堡就不能固守。自身不能管好，怎么可能管好别人？别人管不好，怎么可能管好一家？一家管不好，怎么可能管好一乡？一乡管不好，怎么可能管好一国？一国管不好，怎么可能管好天下？天下以国作为根本，国以乡作为根本，乡以家作为根本，家以每个人作为根本，人以自身作为根本，以身作则是管好政事的根本。所以，国君不重视农业，就无法禁止那些妨害农业的工商业；工商业不禁止，人们就会放松农事，轻视土地的收益；轻视土地收益而要求土地的开垦、粮仓的充实，那是不可能的。

商人在朝廷上活动，朝廷上就会出现行贿受贿的事；妇女干预政事，赏罚就不可能严明；男女交往没有界限，百姓就不知道廉耻。贿赂公行，赏罚不明，百姓不知廉耻，而要求百姓不怕患难、兵士为国捐躯，是不可能的。朝廷不整肃，贵贱不分明，长幼没区别，法制不审慎，服制没有等级，上下逾越礼法，而要想百姓尊重君主的政策法令，是不可能的。君主喜欢权谋欺诈，臣下争相敛取财富，使人们只顾眼前，百姓怨声载道，而要求下民爱戴君上，是不可能的。有土地而忽视农业生产，统治国家不能使百姓协调一致，要想国家不发生危险，是不可能的。君主依靠占卜办事，喜欢用巫医祈祷治病，鬼神就反而会经常作怪。因此，君主的功业不能建立，名声不能显著，这就带来三种祸患：会出现固执己见、独断专行的君主；会出现财用不足、经费困难的君主；会出现时间不够，整天穷于应付的君主。

作一年的打算，最好是种粮食；作十年的打算，最好是种树木；作终身的打算，最好是培养人才。耕种一次获益一次的是粮食，种植一次获益十次的是树木，一次培养百次获益的是人才。君主如果重视培养人才，使用起来就会得心应手，如有神助；办事得心应手如有神助，这是称王天下的必由之路。

凡是治理百姓的人，要使男子没有不正当的行为，女子没有淫荡的事。男子没有不正当的行为，要靠教育；女子没有淫荡的事，要靠训诲；经过教育和训诲而形成风俗，用刑罚的事就少了，这是治国的法术。凡治理百姓的人，是想要人们都走正道。要想人们都走正道，必须禁止小邪恶的发生。小邪恶是大邪恶产生的根源；不禁止小邪恶，要想大邪恶不伤害国家，是不可能的。凡是治理百姓的人，是想要人们知礼。要想使人们知礼，就不能不谨守小礼。国家不谨守小礼，要想人们遵行大礼，是不可能的。凡是治理百姓的人，是想要使人们知义。要想使人们知义，就不能不实行小义。国家不实行小义，要求人们能实行大义，是不可能的。凡是治理百姓的人，是想要使人们品行廉正。要想使人们品行廉正，就不能不培养小廉。国家不培养小廉，要想人们实行大廉，是不可能的。凡是治理百姓的人，是想要使人们知耻。要想使人们知耻，就不能不注重小耻。国家不注重小耻，要求人们能知道大耻，是不可能的。凡是治理百姓的，要求人们谨守小礼，实行小义，培养小廉，注重小耻，制止小的邪恶，这是教导百姓的方法。百姓能作到谨守小礼，实行小义，培养小廉，注重小耻，制止小的邪恶，这是治理国家的根本。

凡是治理人民的君主，都希望百姓服从统治。要想使百姓服从统治，就不能不重视法的作用。法是用来树立朝廷权威的。要树立朝廷的权威，就不能不重视爵位。如把爵位授给不义之人，人们就会瞧不起爵位。人们轻视爵位，君主就没有威信。君主没有威信，政令就难以推行了。法是用来促使人们出力的。要使人们肯于出力，不能不重视俸禄和赏赐。如果把俸禄和赏赐给予没有功劳的人，人们就会轻视俸禄和赏赐。人们轻视俸禄和赏赐，君主就失去了勉励人们的东西。君主无法勉励百姓，政令就不能推行了。法是用来发挥人们才能的。要发挥人们的才能，对官员的任用就不能不慎重。任用官员不慎重，百姓就会背离君主的统治。百姓背离君主的统治，他们的意愿就不能和君上沟通。意愿不能和君上沟通，下民就会埋怨君上。下民埋怨君上，政令就不能推行了。法是用来决定人们生死的。决定人们的生死，刑罚就不能不慎重。刑罚不慎重，就会出现逃避法律、迁就坏人的情况。逃避法律，迁就坏人，就会使无辜的人被杀，而坏人反被赦免。无辜的人被杀，有罪的人反被赦免，国家就难免被奸臣所把持了。所以，轻视爵位，不看重俸禄和赏赐，人们背离君主的统治，奸臣带头作乱，这就是所谓国家败亡之道啊！

立　政(节选)

本篇论如何“治国”、“安国”、“富国”，涉及到施政若干带根本性的问题，因名“立政”。

作者强调君主集权的重要性，要求迅速传达和认真执行国家颁布的法令。又认为用人是否得当是关系国家治乱安危的根本，从而提出了使用人才的三项原则，(即“三本”:“德当其位”、“功当其禄”、“能当其官”)，以及任命卿相大臣、军事主帅和地方长官的四条标准(“四固”)，都体现了德才兼备的用人思想。

在经济方面，作者强调发展农业生产，充分利用自然资源，搞好沟渠水利的兴修，合理组织手工业生产和加强劳动管理，以加强封建国家的经济基础。

国之所以治乱者三[①]，杀戮刑罚不足用也。国之所以安危者四[②]，城郭险阻不足守也。国之所以富贫者五[③]，轻税租、薄赋敛不足恃也。治国有三本，而安国有四固[④]，而富国有五事。五事五经也[⑤]。

君之所审者三[⑥]：一曰德不当其位，二曰功不当其禄，三曰能不当其官。此三本者，治乱之原也。故国有德义未明于朝者，则不可加于尊位；功力未见于国者[⑦]，则不可授以重禄；临事不信于民者[⑧]，则不可使任大官。故德厚而位卑者谓之过[⑨]，德薄而位尊者谓之失[⑩]。宁过于君子，而毋失于小人[⑪]。过于君子，其为怨浅；失于小人，其为祸深。是故国有德义未明于朝而处尊位者，

---

① 治乱者三：即下文的“三本”，指有关国家治乱的三个根本问题。 ② 安危者四：即下文的“四固”，指有关国家安危的四条必须坚持的原则。 ③ 富贫者五：即下文的“五事”，指能使国内贫者变富的需要注意的五件事。富贫：使贫穷的人富起来。 ④ 固：固守，这里指坚持的原则。 ⑤ 五事五经也：疑当作“三者，三经也”，指上文的“治国”、“安国”、“富国”三者而言。经，常道，根本措施。 ⑥ 审：谨慎。 ⑦ 见（xiàn现）：表现，显现。下同。 ⑧ 临事：处理政事。 ⑨ 过：过错（指职位安排不当）。 ⑩ 失：失误（指职位安排不当）。 ⑪ “宁过于”二句：意思是宁肯对君子安排不当也不要错用小人。

则良臣不进①；有功力未见于国而有重禄者，则劳臣不劝②；有临事不信于民而任大官者，则材臣不用③。三本审者，则下不敢求④；三本者不审，则邪臣上通⑤，而便辟制威⑥。如此则明塞于上⑦，而治壅于下⑧，正道捐弃⑨，而邪事日长。三本者审，则便辟无威于国，道途无行禽⑩，疏远无蔽狱⑪，孤寡无隐治⑫。故曰刑省治寡，朝不合众⑬。

君之所慎者四：一曰大德不至仁⑭，不可以授国柄⑮；二曰见贤不能让，不可与尊位；三曰罚避亲贵⑯，不可使主兵⑰；四曰不好本事、不务地利而轻赋敛⑱，不可与都邑⑲。此四固者⑳，安危之本也。故曰卿相不得众，

① 进：进用。 ② 劳臣：办事勤奋的臣。 ③ 材臣：有才能的臣。材，同“才”。 ④ 求：指妄求爵禄和赏赐。 ⑤ 上通：指与君主接近，得到信任。 ⑥ 便辟（pián bì 骈闭）：指逢迎谄媚、受到君主宠爱的人。辟，通“嬖”。制威：专权。 ⑦ 明塞于上：君主受到蒙蔽不能明察。 ⑧ 壅（yōng 拥）：堵塞。 ⑨ 捐弃：抛弃。 ⑩ 禽：同“擒”，指囚犯。 ⑪ 蔽狱：冤狱，冤案。 ⑫ 隐治：藏于心中而不能申辩的讼事。治，同“辞”，指讼词。 ⑬ 众：指群臣、百官。 ⑭ 大：作动词用，重视、崇尚的意思。 ⑮ 国柄：国家大权。 ⑯ 避：避开。亲：指和自己关系亲近的人。贵：有权势的人。 ⑰ 主兵：统帅军队。 ⑱ 轻赋敛：随便征收捐税。轻，轻易，轻率。 ⑲ 都邑：地方行政中心。 ⑳ “固”原作“务”，据上文改。

国之危也；大臣不和同，国之危也；兵主不足畏，国之危也；民不怀其产①，国之危也。故大德至仁则操国得众②，见贤能让则大臣和同，罚不避亲贵则威行于邻敌，好本事、务地利、重赋敛则民怀其产③。

君之所务者五：一曰山泽不救于火④，草木不殖成⑤，国之贫也；二曰沟渎不遂于隘⑥，障水不安其藏⑦，国之贫也；三曰桑麻不植于野，五谷不宜其地，国之贫也；四曰六畜不育于家，瓜瓠荤菜百果不备具⑧，国之贫也；五曰工事竞于刻镂⑨，女事繁于文章⑩，国之贫也。故曰，山泽救于火，草木殖成，国之富也；沟渎遂于隘，障水安其藏，国之富也；桑麻殖于野，五谷宜其地，国之富也；六畜育于家，瓜瓠荤菜百果备具，国之富也，工事无刻镂，女事无文章，国之富也。

……

---

① 怀其产：关心自己的生产。 ② 操国：掌握国家大权。 ③ 重：慎重对待的意思。 ④ 救：止，防止。 ⑤ 殖成：蕃殖成长。“殖”原作“植”，据下文改。 ⑥ 沟渎（dú 读）：沟渠。遂：通畅。隘（ài 爱）：狭窄的地方。 ⑦ 障水：指用堤围起来的水。不安其藏：指水流泛滥。 ⑧ 瓠（hù 互）：瓠子，指葫芦一类的蔬菜。荤：指葱蒜一类辛辣的蔬菜。 ⑨ 工事：工匠从事的工作。刻镂：雕刻，此指在器物上刻饰花纹。 ⑩ 女事：妇女从事的工作，如织布缝衣等。文章：花纹，这里指过于追求花饰。

修火宪①，敬山泽林薮积草②，天财之所出③，以时禁发焉④，使民足于宫室之用、薪蒸之积⑤，虞师之事也⑥。决水潦⑦，通沟渎，修障防，安水藏⑧，使时水虽过度⑨，无害于五谷，岁虽凶旱，有所粉获⑩，司空之事也⑪。相高下⑫，视肥硗⑬，观地宜，明诏期⑭，前后农夫⑮，以时均修焉⑯，使五谷桑麻皆安其处⑰，申田之事也⑱。行乡里⑲，视宫室，观树艺⑳，简六畜㉑，以时均修焉，劝勉百姓，使力作毋偷㉒，怀乐家室，重去乡里㉓，乡师之事也。

---

① 修：制定。火宪：防火的法令。 ② 敬：同“警”，小心，指小心管好。薮（sǒu 叟）：生长杂草的沼泽。 ③ 天：原作“夫”，形近而误，今改正。 ④ 禁发：封锁和开放。 ⑤ “足”字原缺，据文义补。宫室：泛指一般居住的房屋。薪蒸：烧柴。“积”上原有“所”字，据文义删。 ⑥ 虞师：管理山泽的官吏。 ⑦ 决：疏导。水潦（lǎo 老）：积水。 ⑧ 安：加强，加固。水藏：指蓄水的塘堰。 ⑨ 时水：季节性雨水。 ⑩ 粉（fén 纷）获：收获。 ⑪ 司空：主管水利、建筑工程的官吏。 ⑫ 相：度量，观测。 ⑬ 硗（qiāo 敲）：土质瘠薄。 ⑭ 诏期：征调服役的日期。诏，同“召”。 ⑮ 前后农夫：安排农民生产和服役的先后次序。 ⑯ 以时均修：按季节做好各项工作。 ⑰ 安其处：指种植合理。 ⑱ 申田：即司田，主管农业的官吏。申，原作“由”，形近而误，今改正。 ⑲ 行：视察。 ⑳ 树艺：指种植的树木和农作物。 ㉑ 简：阅，查看。 ㉒ 力作毋偷：努力生产，不偷懒。 ㉓ 重：不轻易。去：离开。

论百工①，审时事②，辨功苦③，上完利④，监一五乡⑤，以时均修焉，使刻镂文采毋敢造于乡，工师之事也⑥。

……

期而致⑦，使而往，百姓舍己以上为心者⑧，教之所期也⑨。始于不足见，终于不可及，一人服之⑩，万人从之，训之所期也。未之令而为，未之使而往，上不加勉而民自尽竭，俗之所期也⑪。好恶形于心，百姓化于下⑫，罚未行而民畏恐，赏未加而民劝勉，诚信之所期也。为而无害，成而不议⑬，得而莫之能争，大道之所期也⑭。为之而成，求之而得，上之所欲，小大必举，事之所期也。令则行，禁则止，宪之所及，俗之所被⑮，如百体之从心，政之所期也。

---

① 论：检验，考核。百工：各种工匠。 ② 时事：不同季节的生产活动。 ③ 功：指质量好的产品。苦：指质量低劣的产品。 ④ 上：同“尚”，提倡，崇尚。完利：指坚固适用的产品。 ⑤ 监一：监督并统一管理。五乡：原书上文（本书省略）说“分国以为五乡”，可能是齐国的行政区划。 ⑥ 工师：国家管理手工业的官员。 ⑦ 期而致：期，定期征召。致：指应召前来。 ⑧ 以上为正：视君上为自己的主宰。 ⑨ 期：期望，期待。 ⑩ 服之：服，从事。 ⑪ 俗：风气，习俗。 ⑫ 化：变化，感化。 ⑬ 议：通“俄”，倾败。 ⑭ 大道：指治国之道。大，原作“天”，据文义改。 ⑮ 被：覆盖，影响所及。

【翻译】

决定国家治乱的有三个条件,单凭依赖杀戮和刑罚是不够的。决定国家安危的有四个条件,单有城池和险要地势是不能守住的。决定国家贫富的有五个条件,单靠少收租税、减少苛捐也是不够的。所以,治国要解决三个根本问题,安定国家有四个重要方面,富国要做到五件事。以上三项,是治理好国家之三个方面的根本措施。

君主用人要谨慎注意三点:一是其人品德和职位不相称,二是其人功绩和俸禄不相称,三是其人才能和官位不相称。这三个根本问题,是国家治乱的根源。因此,凡是德义没有在朝廷中显露出来的人,不能给以高贵的职位;没有表现出对国家有大功劳的,不能给以优厚的俸禄;处理政事没有取得百姓信任的人,不能让他担任重要官职。因此品质高尚而爵位低微,这是用人不当;品质恶劣而窃据要职,这是用人失误。宁可对君子安排不当,也不能错用小人。对君子安排不当,招来的怨恨较浅;错用了小人,带来的祸患就大了。所以,在一个国家里,如果让德义并未显示于朝廷的人占据高位,贤臣就得不到进用,让没有对国家有立功表现的人取得厚禄,辛勤办事的人就得不到鼓励;让办事不能取得百姓信任的人担任要职,有才能的人就不会出力。这三个根本问题谨慎对待了，臣下就不敢妄求官爵；这三个根本问题没有谨慎对待，奸臣就会钻到君主身边，阿谀奉承、受君主宠信的人就会专权。这样，君主受到蒙蔽而看不清是非，政策法令也不能贯彻执行，正当的道路被抛弃，不正之风便会滋长。如果三个根本问题认真解决了，君主的亲信就不能作威作福，道路上就看不到被押送的囚犯，疏远的人就不会蒙冤，孤寡无靠的人也就不会无处申诉其讼事了。这样，刑罚和政事都会减少，朝廷也用不着经常召集百官议事。

君主需要慎重处理的有四个问题：一是貌似崇尚道德却做不到“仁”，不能让他掌握国家大权；二是见到贤才而不能推位相让的人，不能让他占据高位；三是对于关系亲近和权贵该罚不罚的人，不能让他统帅军队；四是不重视农业，不开发地利，轻易征收赋税的人，不能任用他做地方官吏。这四条必须坚持的原则，是国家安危的根本。所以，卿相得不到众人支持，是国家的危险；大臣不能协调一致，是国家的危险；统帅没有威信，是国家的危险；百姓不关心自己的生产，是国家的危险。所以，道德达到仁的境界，执政就能得到众人的拥护；见到贤才能推位相让，大臣们就能协调一致；执法不对亲近和权贵徇私，声威就能震慑邻近的敌国；重视农业，开发地利，不随便征收赋税，百姓就会关心自己的生产。

君主务须注意的事有五件：一是山泽不能防止火灾，草木不能繁殖长成，国家就会贫穷；二是沟渠狭窄处不能畅通，堤坝中的水泛滥成灾，国家就会贫穷；三是田野上没有栽种桑麻，粮食的种植不能因地制宜，国家就会贫穷；四是农家不喂养牲畜，不培植各种蔬菜瓜果，国家就会贫穷；五是工匠所制器物竞作华丽刻饰，妇女织布缝衣多追求花花哨哨，国家就会贫穷。反之，山泽能防止火灾，草木得以繁殖长成，国家就会富足；沟渠畅通，堤坝中的水不泛滥，国家就会富足；田野里遍种桑麻，种植粮食能因地制宜，国家就会富足；农家饲养各种牲畜，瓜果蔬菜品种齐全，国家就会富足；工匠制作器物不竞作华丽刻饰，妇女织布缝衣不一味追求花花哨哨，国家就会富足。

……

制定防火条例，小心管好山泽林薮堆积的枯草，对自然资源生长的地方，定期封闭和开放，使人们有足够的建材和烧柴，这是虞师的职责。排除积水，疏通沟渠，修缮堤坝，加固塘堰，做到雨季降雨即使过多也不致妨害庄稼，遇到严重旱灾，亦能有所收获，这是司空的职责。观察地势的高低，考查土壤的肥瘠，调查土地适宜种植哪类作物，明确征召服役的日期，安排农民生产和服役的先后次序，按照季节做好各项农活，使五谷和桑麻都能得到合理的种植，这是申田的职责。巡视乡里，察看房屋，观察栽种的树木和作物，察看牧畜的饲养情况，按时节进行安排，鼓励百姓，使他们努力干活而不偷懒，留恋自己的家庭，不轻易离开乡里，这是乡师的职责。评议工匠的优劣，安排各个季节的生产项目，检查产品质量的好坏，提倡生产坚固适用的产品。监督和统一管理五乡，按季节安排工匠活路，使华而不实的奢侈品没人在乡里制造，这是工师的职责。

……

听到征召马上到达，接到派遣立即出发，百姓放弃自己的一切而视君上为自己的主宰，这是教化所期望的效果。开初还看不到迹象，最后却收到意想不到的成效，君主作倡导，千万人跟着干，这是训导所期望的效果。不待下令就已去作，不待派遣就已出动，君主不加奖励而百姓自动尽心竭力，这是树立良好风气所期望的效果。君主的好恶形成于心头，百姓就化为行动，没有采用刑罚而下民已感到畏惧，没有给予奖赏而百姓就已努力去做，这是提倡诚信所期望的效果。做事不会产生有害的后果，事情做成也没有失败，得到的成果没有人争夺，这是遵循治国之道所期望的效果。做事就能成功，追求就能实现，君主所想的，大事小事都能办到，这是办事所期望的效果。有令就能推行，有禁就能制止，凡属法令所达到和风俗所覆盖的地方，百姓服从君主就像人体的各种器官受心的支配一样，这是为政所期望的效果。

七　法(节选)

本文是一篇重要的军事论文。文章重视“治民”和“为兵”的密切关系，把政治措施和军事活动联系起来加以考虑，作者显然认为军事行为是政治手段的延伸。

本文认为“治民”和“强兵”都有规律可循。“明法”是“治民”的基础，而要想改变社会风气，就要做好民众的管理、教化工作和“布令必行”。

本文总结了治兵的方法，认为如能做到“聚财”、“论工”、“制器”、“选士”、“政教”、“服习”、“遍知天下”和“明于机数”等就是“兵未出境而无敌者八(在八个方面无可匹敌)”。

本文结尾强调，进攻要急如飞鸟，防守则固

若金城，军威所指，战无不胜，这样就可做到政权巩固，万众一心，仍然归结到政治和军事的不可分割性。

言是而不能立①，言非而不能废，有功而不能赏，有罪而不能诛②，若是而能治民者，未之有也。是必立，非必废，有功必赏，有罪必诛，若是安治矣③？未也。是何也？曰形势、器械未具，犹之不治也④。形势、器械具，四者备⑤，治矣。不能治其民，而能强其兵者⑥，未之有也。能治其民矣，而不明于为兵之数⑦，犹之不可。不能强其兵，而能必胜敌国者，未之有也。能强其兵，而不明于胜敌国之理，犹之不胜也。兵不必胜敌国，而能正天下者⑧，未之有也。兵必胜敌国矣，而不明正天下之分⑨，犹之不可。故曰：治民有器⑩，为兵有数，胜敌国有理，正天下有分。

---

① 言是：言论正确。立：采纳。 ② 诛：惩罚。 ③ 安：则，就。矣：同“耶”。 ④ 犹之不治也：“之”为语中助词，无实义。 ⑤ 四者：指上文所说的“立是”，“废非”、“赏功”、“诛罪”。 ⑥ 强：使其强大。 ⑦ 为兵：治军。数：方法，规律。 ⑧ 正天下：治理天下的意思。 ⑨ 分：措施。 ⑩ 器：指方法。

则、象、法、化、决塞、心术、计数①:根天地之气②,寒暑之和③,水土之性,人民鸟兽草木之生,物虽甚多④,皆有均焉⑤,而未尝变也,谓之则;义也、名也、时也、似也、类也、比也、状也⑥,谓之象;尺寸也、绳墨也、规矩也、衡石也、斗斛也、角量也⑦,谓之法;渐也、顺也、靡也、久也、服也、习也⑧,谓之化;予夺也、险易也、利害也、难易也、开闭也、杀生也⑨,谓之决塞;实也、诚也、厚也、施也、度也、恕也⑩,谓之心术;刚柔也、轻重也、大小也、实虚也、远近也、多少也,谓之计数。

---

① 则:法则。象:现象。法:指各种度量衡之类的标准。化:教化。决塞:开放和禁止。心术:掌握思想动态的方法。计数:掌握数据。 ② 根:追究的意思。气:时令,节气。 ③ 和:协调。 ④ 物虽甚多:“甚”上原有“不”字,据文义删。 ⑤ 有均:原作“均有”,据文义钩乙。均:规律。 ⑥ 义:同“仪”,指事物的外形。名:名称。时:时间。似:相似。类:类同。比:比较。状:状态。 ⑦ 绳墨:木工取直画线的工具。规矩:圆规和曲尺。衡石:称量轻重的工具。斗斛(hú 胡):量多少的器具。角量:平斗斛的用具。 ⑧ 渐:渐进。顺:随顺。靡:通“磨”,切磨。久:通“灸”,熏陶。服:使用。习:习惯。 ⑨ 予夺:给予和夺取。险易:危险和平易。杀生:杀死和给予生路。 ⑩ 实:忠实。诚:诚恳。厚:宽厚。施:施舍。度:度量。恕:体谅。

不明于则，而欲措仪画制①，犹立朝夕于运均之上②，摇竿而欲定其末③。不明于象，而欲论材审用④，犹绝长以为短⑤，续短以为长。不明于法，而欲治民一众，犹左书而右息之⑥。不明于化，而欲变俗易教⑦，犹朝揉轮而夕欲乘车⑧。不明于决塞，而欲驱众移民⑨，犹使水逆流⑩。不明于心术，而欲行令于人，犹倍招而必射之⑪。不明于计数，而欲举大事⑫，犹无舟楫而欲经于水险也⑬。故曰：措仪画制，不知则不可；论材审用，不知象不可；治民一众⑭，不知法不可；变俗易教，不知化不可；驱众移民，不知决塞不可；布令必行，不知心术不可；举事必成，不知计数不可。

百匿伤上威⑮，奸吏伤官法⑯，奸民伤俗教，贼盗伤

---

① 措仪画制：制定法令制度。此四字原作"出号令"，据下文改。 ② 朝夕：早晨和晚上。此指早晚测量日影的标竿。运：运转。均：制陶器的转轮。 ③ 末：末梢。 ④ 论材：衡量一个人的才能。审用：恰当地使用。 ⑤ 绝：切断。 ⑥ 左手：指左手写字。息：停止，阻止。 ⑦ 变俗易教：改变风俗习惯。 ⑧ 揉轮：弯曲直木以制造车轮。揉：使直木弯曲。 ⑨ 驱众移民：驱使和调遣人民。 ⑩ 逆流：倒流。 ⑪ 倍：通"背"。招：射箭的把子。"射"原作"拘"，据文义改。 ⑫ 大事：指战争。 ⑬ 楫：船桨。经：直行。 ⑭ 治民一众："治"原作"和"，据上文改。 ⑮ 百匿：指朝中的各种坏人。匿：同"慝(tè特)"，邪恶。上威：君主权威。 ⑯ 官法：政府法令。

国众①。威伤则重在下②，法伤则货上流③，教伤则从令者不辑④，众伤则百姓不安其居。重在下则令不行；货上流则官德毁⑤；从令者不辑则百事无功；百姓不安其居则轻民处而重民散⑥；轻民处、重民散则地不辟；地不辟则六畜不育；六畜不育则国贫而用不足；国贫而用不足则兵弱而士不厉⑦；兵弱而士不厉则战不胜而守不固；战不胜而守不固则国不安矣。故曰：常令不审则百匿胜⑧；官爵不审则奸吏胜；符籍不审则奸民胜⑨；刑法不审则盗贼胜。国之四经败⑩，人君泄见危⑪。人君泄则言实之士不进⑫；言实之士不进则国之情伪不竭于上⑬。

世主所贵者宝也⑭，所亲者戚也⑮，所爱者民也，所重者爵禄也。明君则不然⑯，致所贵非宝也⑰，致所亲非

---

① 国众：国内民众。 ② 重：指大权。 ③ 货上流：钱财上流入贪官污吏手中，指贿赂公行。 ④ 从令者：顺从命令的人，指百姓。辑：和睦。 ⑤ 官德毁：官吏的道德败坏。德，原作“徒”，据文义改。 ⑥ 轻民：指从事工商业活动的人。一说轻民指盗者。重民：指农民。 ⑦ 士不厉：战士不卖力。 ⑧ 常令：国家的常规常法。审：严明。胜：占上风。 ⑨ 符：凭证。籍：登记簿之类。 ⑩ 四经：指上文的“常令”、“官爵”、“符籍”、“刑法”。 ⑪ 泄：泄露机密。见：遇到。 ⑫ 言实之士：说老实话的人。 ⑬ 情伪：真假。竭：尽。 ⑭ 世主：指一般的君主。宝：珍宝。 ⑮ 亲：亲近。戚：亲属。 ⑯ 明君：英明的君主。明，原作“亡”，声近而误。 ⑰ 致：通“至”，极，最。

戚也，致所爱非民也，致所重非爵禄也。故不为重宝亏其命[①]，故曰令贵于宝。不为亲戚危其社稷[②]，故曰社稷亲于戚[③]。不为爱民枉其法[④]，故曰法爱于民。不为重禄爵分其威，故曰威重于爵禄。不通此四者，则反于无有[⑤]。故曰治人如治水潦[⑥]，养人如养六畜，用人如用草木。居身论道循理[⑦]，则群臣服教，百吏严断[⑧]，莫敢开私焉[⑨]。论功计劳，未尝失法律也[⑩]。便辟、左右、大族、尊贵、大臣[⑪]，不得增其功焉；疏远、卑贱、隐不知之人[⑫]，不忘其劳。故有罪者不怨上，受赏者无贪心[⑬]，则列阵之士[⑭]，皆轻其死而安难[⑮]，以要上事[⑯]。为兵之极也[⑰]。

为兵之数：存乎聚财，而财无敌；存乎论工[⑱]，而工无

---

① 亏：损害。命：同“令”，政令，法规。 ② 亲戚：原作“爱亲”，据上文改。 ③ 社稷：代指国家。亲于戚：原作“戚于亲”，据文义改。 ④ 爱民：原作“爱人”，据上文改。 ⑤ 反：通“返”，归。 ⑥ 水潦（lǎo 老）：河水和地面积水。 ⑦ 居身：要求自己。论道：研究治国原则。循理：按道理办事。循，原作“行”，声近而误。 ⑧ 严断：指严格执行法令。 ⑨ 开私：循私。 ⑩ 失法律：违背法令规章。 ⑪ 便辟：阿谀奉承的人。左右：指君主身边亲近的人。大族：有地位的宗族。 ⑫ 隐不知：没有名气。 ⑬ 受：原作“爱”，形近而误。 ⑭ 列阵之士：指战士。 ⑮ 安难：安于险难，指不怕危险。 ⑯ 要：求，达到。上事：君主期望的事。 ⑰ 为兵：治兵。为，原作“本”，字有误，据上下文文例改。极：最。 ⑱ 论工：考究工匠的技艺。

敌；存乎制器①，而器无敌；存乎选士②，而士无敌；存乎政教③，而政教无敌；存乎服习④，而服习无敌；存乎遍知天下⑤，而遍知天下无敌；存乎明于机数⑥，而明于机数无敌。故兵未出境，而无敌者八。是以欲正天下，财不盖天下，不能正天下；财盖天下，而工不盖天下，不能正天下；工盖天下，而器不盖天下，不能正天下；器盖天下，而士不盖天下，不能正天下；士盖天下，而教不盖天下，不能正天下；教盖天下，而习不盖天下，不能正天下；习盖天下，而不遍知天下，不能正天下；遍知天下，而不明于机数，不能正天下。故明于机数者，用兵之势也⑦，大者时也，小者计也。

……

是故器成卒选，则士知胜矣。遍知天下，审御机数⑧，则独行而无敌矣。所爱之国，而独利之，所恶之国，而独害之，则令行禁止。是以圣王贵之⑨。胜一而服百⑩，则天下畏之矣。立少而观多⑪，则天下怀之矣⑫。

---

① 制器：制造兵器。② 选士：指选拔战士。③ 政教：政治教化。④ 服习：训练。⑤ 遍知天下：了解天下情况。⑥ 机数：时机和策略。⑦ 势：指优势。⑧ 审御：精于掌握。⑨ 圣王：英明的君主。贵：重视。⑩ 服：使之服从。⑪ 立少：指扶植少数国家。观：通“劝”，受到鼓励。⑫ 怀：归附。

罚有罪，赏有功，则天下从之矣。故聚天下之精材①，论百工之锐器，春秋角试以练②，精锐为右③。成器④，不课不用⑤，不试不藏。收天下之豪杰，有天下之骏雄⑥。故举之如飞鸟⑦，动之如雷电，发之如风雨，莫当其前⑧，莫害其后⑨，独出独入，莫敢禁圉⑩。成功立事，必顺于理义⑪，故不理不胜天下，不义不胜人。故贤智之君，必立于胜地⑫，故正天下而莫之敢御也。

若夫曲制时举⑬，不失天时⑭，毋旷地利⑮，其数多少⑯，其要必出于计⑰。故凡攻伐之为道也，计必先定于内，然后兵出乎境。计未定于内，而兵出乎境，是则战之自败⑱，攻之自毁也。是故张军而不能战⑲，围邑而不能

① 精材：质量优良的材料。“材”原作“财”，声近而误。 ② 角试：比试。练：选择。 ③ 精锐：锐利的器械。右：上等。 ④ 成器：制成的武器。 ⑤ 课：检查。 ⑥ 骏雄：指猛士。 ⑦ 举：行动，发动。 ⑧ 当：抵挡。 ⑨ 害：伤害。 ⑩ 取：能。禁圉（yǔ 雨）：抵抗。圉，同“御”。 ⑪ 理义：正义。理，原作“礼”，据别本改。 ⑫ 胜地：不败之地。 ⑬ 若夫：至于。转接连词。表示说完一事，另提一事。曲制：军队的组织编制，借指军队。时举：抓紧时机作战。 ⑭ 天时：指气候，季节。 ⑮ 旷：废。地利：利用地形险易以因利乘便。 ⑯ 其数：指兵员，兵器及军需物资数量。 ⑰ 其要必出于计：“计”下原有“数”字，据文义删。 ⑱ 战之自败：“败”原作“胜”，据《参患篇》文改。 ⑲ 张军：布阵，摆开队伍。

攻，得地而不能实①，三者见一焉，则可破毁也。故不明于敌人之政，不能加也②；不明于敌人之情，不可约也③；不明于敌人之将，不先军也④；不明于敌人之士，不先阵也⑤。是故以众击寡，以治击乱，以富击贫，以能击不能，以教卒练士击驱众白徒⑥，故十战十胜，百战百胜。

故事无备，兵无主⑦，则不早知敌⑧；野不辟，地无吏⑨，则无蓄积；官无常⑩，下怨上，则器械不功⑪；朝无政则赏罚不明⑫，赏罚不明则民幸生⑬。故早知敌则独行⑭，有蓄积则久而不匮⑮，器械功则伐而不费⑯，赏罚明则人不幸生⑰，人不幸生则勇士劝矣⑱。故兵也者，审于地图⑲，谋于日官⑳，量蓄积，齐勇士㉑，遍知天下，审御

① 实：占领的意思。 ② 加：加兵，举兵进攻。 ③ 约：约战。 ④ 先军：先发动攻击。 ⑤ 阵：列阵，布阵。 ⑥ 教卒练士：受过教育训练的战士。驱众白徒：指未经训练的士兵。 ⑦ 主：主帅。 ⑧ 早知敌：及早掌握敌情。“敌”字原缺，据《兵法》篇补。 ⑨ 吏：通“事”，管理。 ⑩ 官：指政府管理部门。常：指常法常规。 ⑪ 功：通“工”，精良。 ⑫ 无政：指没有良好的政治风气。 ⑬ 幸生：侥幸偷生。 ⑭ “敌”下原有“人”字，据《兵法》篇删。则：原作“如”，据《兵法》篇改。独行：意思说所向无敌。 ⑮ 久：指战争时间久。匮：物资缺乏。 ⑯ 费：耗费。 ⑰ 此句及下句两“幸”字下并缺“生”字，据上文补。 ⑱ 劝：努力。矣：原作“之”，据文义改。 ⑲ 地图：指地形、地势等。 ⑳ 谋于日官：与掌握天文气象的官员商量。此句原作“谋十官日”，据文义改。 ㉑ 齐：统一，训练。

机数，兵主之事也。

有风雨之行[①]，故能不远道里矣[②]。有飞鸟之举，故能不险山河矣[③]。有雷电之战，故能独行而无敌矣。有水旱之功[④]，故能攻国拔邑矣[⑤]。有金城之守[⑥]，故能定宗庙、育男女矣[⑦]。有一体之治[⑧]，故能出号令、明宪法矣[⑨]。

风雨之行者，速也。飞鸟之举者，轻也[⑩]。雷电之战者，士卒齐也[⑪]。水旱之功者，野不收、耕不获也[⑫]。金城之守者，用货财、设耳目也[⑬]。一体之治者，去奇说、禁雕俗也[⑭]。不远道里，故能威绝域之民[⑮]。不险山河，故能服恃固之国[⑯]。独行无敌，故令行而禁止。攻城拔邑，

---

① 有风雨之行："有"上原有"故"字，据文义删。 ② 不远道里：不怕路远。 ③ 不险山河：不怕山川险阻。 ④ 有水旱之功：使对方国内好象发生水旱灾害。功：事。 ⑤ 拔：原作"救"，据文义改，下同。"邑"下"矣"字，据文例增。 ⑥ 金城：防守坚固的城市。 ⑦ 定宗庙、育男女：指政权稳定，世代相传。 ⑧ 一体之治：统一的指导思想。 ⑨ 宪法：法制。 ⑩ 轻：轻捷。 ⑪ 士卒齐：战士齐心。卒，原作"不"，据文义改。 ⑫ 野不收、耕不获：指我军掠取对方田野，使敌方不能收获。 ⑬ 用货财：使用金钱。设耳目：指派遣间谍。 ⑭ 去奇说：取缔奇谈怪论。雕俗：不好的风俗。 ⑮ 威：威慑。绝域：极远的地方。 ⑯ 恃固：凭借险要地形。

不恃权与之国①，故所指必听②。定宗庙，育男女，天下莫之能伤，然后可以有国③。制仪法，出号令，莫不响应，然后可以治民一众矣。

【翻译】

正确的言论不能采纳，错误的言论不能舍弃，立功的不能得到奖赏，有罪的不会受到惩罚，这样要想把百姓治理好，那是没有的事。正确的意见一定采纳，错误的意见一定舍弃，有功的一定给予奖励，有罪的一定给予处罚，这样就能把国家治理好吗？还不行。这是为什么？回答是：客观条件和军事装备还不具备，仍然不能治理好国家。客观条件和武器装备都具备了，“立是”、“废非”、“赏功”、“诛罪”这四方面也做到了，国家就可以治好了。不能治理好自己的百姓，而要想使自己的兵力强大，那是不可能的。能治理好自己的百姓，而不了解治军的方法，仍不可以。不能使自己的兵力强大，而一定能战胜敌国，那是不可能的。能使自己的兵力强大，但不了解战胜敌国的道理，仍然是不能取胜的。军队不一定能战胜敌国，而能把天下治理好，这可从来没有听

① 权与之国：同盟国家。② 所指：军队打到的地方。听：服从。③ 有国：保有国家，指保持政权。

说过。军队能够战胜敌国了，但不了解治理天下的措施，仍然是不行的。所以说：治理百姓有一定的方法，治军有一定的规律，战胜敌国有一定的道理，治理天下有一定的措施。

关于法则、现象、法规、教化、决塞、心术、计数：考察时令节气的变化，寒暑的调和情况，水土的性质，人类以及鸟兽、草木的繁衍、生长，事物虽然很多，但都有一定的规律，这就叫“则”。外形、名称、时间、相似、类同、比较、状态，叫作“象”。尺子、绳墨、圆规和直尺、秤杆、斗斛、角量，叫作“法”。渐进、随顺、切磋、薰陶、使用、习惯，叫作“化”。给予和夺取、危险和平易、利和害、难和易、开放和关闭，杀死和放生，叫作“决塞”。忠实、诚恳、宽厚、施舍、有度量、体谅，叫作“心术”。强硬和缓和、轻和重、大和小、实和虚、远和近、多和少，叫作“计数”。

不明白规律，而想制定法令制度，就像是把测日影的标竿竖立在转动的陶轮上，摇动竹竿而想把它的末梢固定下来。不了解表现，而想量才录用，就像是把长的截成短的，把短的接成长的一样。不了解度量衡的标准，而要想治理百姓、统一群众，就像是用左手写字而用右手拉它停下来。不了解教化，而要想移风易俗，就好像是早上制造车轮而晚上就想乘车。不了解开放和堵塞的道理而要想调遣和使用百姓，就像是要水倒流。不了解掌握思想动态的方法，而要想对人们发号施令，就像是背着把子而要想射中。不掌握各种数据，而要想进行战争，就像是没有船和桨而想渡过险恶的水流！所以说：制定法令制度，不掌握规律不行；量材录用，不掌握表现不行；治理百姓、统一群众，不了解度量衡的标准不行；移风易俗，不懂得教化不行；调遣和使用百姓，不懂得开放和禁止不行；发布命令一定能贯彻，不懂得掌握思想动态的办法不行；办事一定成功，不掌握各种数据不行。

朝中的坏人会损害君上权威，奸吏会损害政府法令，奸民会败坏风气教化，盗贼会伤害国中百姓。君主的权威受损害，就会大权旁落；法制受到损害，钱财就会流进贪官污吏手中，风气教化败坏，人民就不相和睦；群众受到伤害，百姓就不能安心生活。大权旁落，国家的法令就不能贯彻；钱财上流，官场的风气就会败坏；人民不和睦，就什么事都办不成；百姓不能安心生活，就会使从事工商业的人留住下来，而农民却流散在外；从事工商业的人留住下来，农民都背井离乡，土地就不能开垦；土地不能开垦，六畜就不能繁殖；六畜不能繁殖，就会使国家贫穷而用费不足；国家贫穷而用费不足，就会使战斗力削弱而士气不振；战斗力削弱而士气不振，就将使得战不能取胜、守不能坚固；战不能取胜、守不能坚固，国家也就没法安定了。所以说：法令不明，就会使朝中各种坏人得逞；官爵的升迁不严，奸吏就会爬上高位；各种凭证、簿册登记不严格，奸民就会钻空子；刑法不严明，盗贼就会肆无忌惮。上述“四经”遭到破坏，就会出现君主不能控制局势的危险。君主不能控制局势，敢说老实话的人就无法和君主接近；说老实话的人不能接近君主，国家的真伪情况君主就不能尽知。

当今一般君主看重的是珍宝，亲近的是有血缘关系的人，所爱的是属下的百姓，所重视的是爵位和俸禄。英明的君主就不是这样，他所最看重的不是珍宝，所最亲近的不是亲属，所最爱的不是属下的百姓，所最看重的不是爵位和俸禄。因而他不会为了珍宝去损害法令，所以说法令贵于珍宝。不因为袒护亲戚而危害国家，所以说国家重于亲戚。不因为爱其属民而歪曲法律，所以说爱法甚于爱民。不因为重视爵禄而减少威信，所以说威信重于爵禄。不了解以上四个方面，就会弄得一无所有。所以说治理百姓就像治理河水和积水，养活百姓就像养活六畜，使用官吏就像使用草木。君主本人讲道理，按原则办事，官吏们就都会服从命令，百官严格依法办事，没有谁敢于徇私。衡量臣下的功劳，从不违反法令规章。阿谀逢迎的人、左右亲近的人、有地位的大族、身份尊贵的人、掌权的大臣，不会额外增加他们的功劳；

地位疏远的人、身份卑微的人、不知名的人、不会忘记他们的成绩。所以犯罪受罚的不埋怨君主,受到奖赏的也没有贪心,冲锋陷阵的战士,都不怕牺牲,不怕危险,努力为国效劳。这就是治军最重要的原则啊!

治军的方法:在于积累财富,而使财富无可匹敌;在于讲究工匠的技艺,而使工匠的技艺无可匹敌;在于制造武器,而使武器无可匹敌;在于选拔战士,而使战士无敌;在于政治教化,而使政治教化无可匹敌;在于军事训练,而使军事训练无可匹敌;在于了解各国情况,而使情报工作无可匹敌;在于明察战机,而使明察战机的能力无可匹敌。因而军队还未出境,就在八个方面是无可匹敌的。所以要想统一天下,如果财力不压倒天下,就不能统一天下;财力压倒天下而工匠技艺不能压倒天下,就不能统一天下;工匠技艺压倒天下而武器不能压倒天下,就不能统一天下;武器压倒天下而战士不能压倒天下,就不能统一天下;战士压倒天下而政治教化不能压倒天下,就不能统一天下;政治教化压倒天下而训练不能压倒天下,就不能统一天下;训练压倒天下而不能了解天下的情况,就不能统一天下;了解天下的情况而不懂得掌握战机,就不能统一天下。所以善于掌握战机和制定策略,用兵就有了优势,重要的在于掌握时机,其次在于运用计策。

……

因此，武器制成、士兵选定，战士就具有必胜的信心了。普遍了解天下的情况，善于掌握战机和制定策略，就能所向无敌了。对友好国家，给它以特殊照顾，对怀有敌意的国家，给以特别打击，这样就有令能行、有禁能止。所以圣明的君王对此十分重视。战胜一个国家而使许多国家服从，天下就会对此感到恐惧了。扶植少数国家而使多数国家受到鼓励，天下就会都来归附了。惩罚有罪的，奖赏有功的，天下就会都服从了。聚集天下质量优良的材料，研究工匠们制造的利器，春秋两季通过比试加以挑选，把精锐武器列为上等。武器制造好了，不经过检查，不投入使用，不经过试用，不收藏入库。收揽天下的豪杰，拥有天下的英雄。这样举兵就像飞鸟那样轻快，动作像雷电那样猛烈，进军像风雨那样急骤，正面无人能敌，背后无人为害，军队如入无人之境，没有谁能够抵抗。建功立业，一定要合乎道理和正义，因而不合道理就不能战胜天下，不合正义就不能战胜别人。聪明的君主一定要立于不败之地，所以统一天下而没有人能够阻挡。

至于军队抓住战机作战，不错过天时的条件，不使地形、地势得不到利用，应投入多少军队和装备，关键在于计谋的运用。所以凡是行兵作战的原则，计划必须在国内事先制定，然后军队出境作战。计划没在国内事先制定，部队冒然出境，那就将是参战自取其败，攻击自取其毁。所以摆开队伍而不能作战，包围城邑而不能攻取，得到土地而不能占有，出现了上述三种情况里的一种，就会被毁灭。所以不明了敌人的政治，不能发动进攻；不掌握敌人的情况，不能向对方宣战；不了解敌方的将领，不能先采取军事行动；不了解敌方的战士，不能先摆开阵势。所以集中优势兵力打击少数，用治国打击乱国，用富国打击贫国，用能力强之国打击缺乏能力之国，用经过严格训练的战士打击乌合之众，就能做到十战十胜，百战百胜。

对战争缺乏准备，军中没有主帅，就不能及早掌握敌情；田野没有开垦，土地没有官吏管理，就没有粮草储备；政府管理部门没有常法常规，工匠怨恨政府，武器就制造不好；朝廷政治腐败就会赏罚不公，赏罚不公，人们就会侥幸偷生。所以事先掌握敌情，就能独立行动；有粮草储备，战争持久也不致感到物资缺乏；武器精良，作起战来就耗费不大；赏罚严明，人们就不会侥幸偷生；人们不侥幸偷生，勇士就会努力作战了。所以用兵之事，要了解地形地势，与掌管天文气象的人员商量，计算物资储备，训练战士，普遍了解各国情况，精心掌握战机和制定策略，这就是主帅应当做的事情。

军队像风雨一样的行动，就能不怕路途遥远。像飞鸟一样振翼高飞，所以能不怕山河的险阻。像雷电一样进行作战，所以能单独行动而所向无敌。像降下水旱灾害一样去破坏敌方生产，所以能攻城取邑。有坚固的防御能力，所以能政权巩固，世代相传。有统一的指导思想，所以能颁布号令，推行法制。

风雨一样的行进，就是要做到快速。飞鸟一样的动作，就是要做到轻便。像雷电一样的战斗，就是战士齐心。像降下水旱灾害一样，就是使敌人田野没有收成，耕种不能收获。坚固的防御，就是使用钱财和派遣间谍。有统一的指导思想，就是取缔邪说和禁止不好的风俗。不怕路途遥远，所以能威慑远方的人们。不怕山河险阻，所以能制服凭借天险的国家。独立行动而所向无敌，所以能对天下发号施令。能攻城取邑，并不依靠盟国，所以军队打到哪里，哪里就会俯首听命。能保持政权，世代相传，没有什么国家能够伤害，这样就可以牢牢掌握政权。制定法规，颁布号令，没有不响应的，这样就可以治理好百姓，使群众齐心协力了。

五　辅

五辅指德、义、礼、法、权，是能够“辅弼”国家的五种政治经济措施。文章就“德有六兴、义有七体、礼有八经、法有五务、权有三度”等逐次进行了阐述，强调了政治思想教育工作的必要，论析了民富国强的具体途径。

本文结尾着重指出，英明统治者的主要任务，就在于发展生产，使百姓富足起来；选任贤能，使政治出现勃勃生机；以忠爱待人，以赢得人们的支持和拥护。能做到这三点，就有了成王创霸的基础。

古之圣王所以取明名、广誉、厚功①，大业显于天下②，不忘于后世，非得人者③，未之尝闻。暴王之所以失国家、危社稷、覆宗庙、灭于天下④，非失人者，未之尝闻。今有土之君，皆处欲安、动欲威、战欲胜、守欲固⑤，大者欲王天下，小者欲霸诸侯，而不务得人⑥，是以小者兵挫而地削⑦，大者身死而国亡。故曰：人，不可不务也，此天下之极也⑧。

曰：然则得人之道奈何⑨？曰：莫如利之⑩；利之之道，莫如教之以政⑪。故善为政者，田畴垦而国邑实⑫，朝廷闲而官府治，公法行而私曲止⑬，仓廪实而囹圄空⑭，贤人进而奸民退，其君子上中正而下谄谀⑮，其士民贵武勇而贱得利⑯，其庶人好耕农而恶饮食⑰，于是财

---

① 明名：盛名。广誉：普遍的赞誉。厚功：丰功。 ② 大业：伟大的业绩。 ③ 得人：得到人民拥护，指得人心。 ④ 暴王：暴虐的君主。 ⑤ 威：威慑。 ⑥ 务：从事，致力于。 ⑦ 削：分割。 ⑧ 极：准则，关键。 ⑨ 奈何：二字原缺，据文义补。⑩ 曰：字原缺，据文义补。 ⑪ 教之以政：意思是用实际的政绩教育人民。 ⑫ 田畴：田亩。国邑：全国城镇。 ⑬ 私曲：指私人不正当的行为。 ⑭ 囹圄（líng yǔ 灵雨）：监狱。 ⑮ 君子：指上层有地位的人。上：同“尚”，崇尚，提倡。下：轻视。谄谀（chǎn yú 产鱼）：阿谀奉承。 ⑯ 得利：指获得私利。⑰ 恶（wù 务）饮食：指厌恶大吃大喝。

用足而饮食薪菜饶[①]。是故上必宽裕而有解舍[②]，下必听从而不疾怨[③]，上下和同而有礼义[④]，故处安而动威，战胜而守固，是以一战而正诸侯[⑤]。

不能为政者[⑥]，田畴荒而国邑虚，朝廷凶而官府乱[⑦]，公法废而私曲行，仓廪虚而囹圄实，贤人退而奸民进，其君子上谄谀而下中正，其士民贵得利而贱武勇，其庶人好饮食而恶耕农，于是财用匮而食饮薪菜乏。上弥残苛而无解舍[⑧]，下愈愎鸷而不听从[⑨]，上下交引而不和同[⑩]，故处不安而动不威，战不胜而守不固，是以小者兵挫而地削，大者身死而国亡。以此观之[⑪]，则政不可不慎也。

德有六兴[⑫]，义有七体[⑬]，礼有八经[⑭]，法有五务[⑮]，权有三度[⑯]。所谓六兴者何？曰：辟田畴，制廛宅[⑰]，循

① 薪：木柴。饶：充足。 ② 解舍：指免除徭役。 ③ 疾怨：怨恨。 ④ 和同：协调。 ⑤ 正：匡正。 ⑥ 不能：不善。 ⑦ 凶：通“讻”，吵闹。 ⑧ 弥：更加。苛：苛刻。字原作“苟”，形近而误。 ⑨ 愎鸷：凶狠，固执。愎，原作“覆”，形近而误。 ⑩ 交引：疑作“交弗”，交恶的意思。 ⑪ “以”上原有“故”字，据文义删。 ⑫ 兴：兴办。 ⑬ 体：主干的意思。 ⑭ 经：常规。 ⑮ 务：应做的事。 ⑯ 度：尺度。 ⑰ 制廛（chán 蝉）宅：规划居住区。廛：一家一户的住宅。“制”原作“利”，形近而误。“廛”原作“坛”，通“廛”。

树艺[1]，劝士民，勉稼穑，修墙屋，此谓厚其生[2]；发伏利[3]，输滞积[4]，修道途，便关市，慎将宿[5]，此谓输之以财；导水潦[6]，利陂沟[7]，决潘渚[8]，溃泥滞，通郁闭[9]，慎津梁[10]，此谓遗之以利[11]；薄征敛，轻征赋，弛刑罚，赦罪戾[12]，宥小过[13]，此谓宽其政；养长老，慈幼孤[14]，恤鳏寡[15]，问疾病，吊祸丧[16]，此谓匡其忽[17]；衣冻寒[18]，食饥渴[19]，匡贫窭[20]，振罢露[21]，资乏绝[22]，此谓振其穷[23]。凡此六者，德之兴也。六者既布，则民之所欲无不得矣。夫民必得其欲然后听上，听上然后政可善为也。故曰：德不可不兴也。

曰：民知德矣而未知义，然后明行以导之义[24]。义有

---

① 循树艺：视察栽种情况。循，行视的意思。字原作“修”，形近而误。 ② 厚其生：指提高人们的生活。 ③ 伏利：没有开发的利益。 ④ 滞积：贮积。 ⑤ 将宿：止宿的地方。 ⑥ 水潦（lǎo 老）：河流和积水。 ⑦ 陂（bēi 碑）：池塘。 ⑧ 潘：水流回旋的地方。渚（zhǔ 主）：水中的小滩地。 ⑨ 郁闭：堵塞不通。 ⑩ 津梁：桥梁。 ⑪ 遗（wèi 未）：赠送，给予。 ⑫ 罪戾（lì 利）：罪过。 ⑬ 宥（yòu 又）：宽恕。 ⑭ 慈：爱护。 ⑮ 恤：怜悯。 ⑯ 吊：哀悼。 ⑰ 匡：救助，帮助。 ⑱ 衣（yì 意）：给人衣服穿。 ⑲ 食（sì 四）：给人东西吃。 ⑳ 贫窭（jù 具）：贫穷。 ㉑ 振：通“赈”，救济。罢露：败坏，指家庭困难。罢，通“疲”。 ㉒ 资：助。乏绝：匮乏。 ㉓ 振：通“赈”。 ㉔ 明行：明确的行为，指自己以身作则的实践。

七体，七体者何？曰：孝悌慈惠以养亲戚①，恭敬忠信以事君上，中正比宜以行礼节②，整齐撙诎以辟刑僇③，纤啬省用以备饥馑④，敦懞纯固以备祸乱⑤，和协辑睦以备寇戎⑥。凡此七者，义之体也。夫民必知义然后中正，中正然后和调⑦，和调乃能处安，处安然后动威，动威乃可以战胜而守固，故曰：义不可不行也。

曰：民知义矣而未知礼，然后饬八经以导之礼⑧。所谓八经者何？曰：上下有义⑨，贵贱有分⑩，长幼有等⑪，贫富有度⑫。凡此八者，礼之经也。故上下无义则乱，贵贱无分则争，长幼无等则背⑬，贫富无度则失⑭。上下乱，贵贱争，长幼背，贫富失，而国不乱者，未之尝闻也。是故圣王饰此八经以导其民⑮。八者各得其义，则为人君者中正而无私，为人臣者忠信而不党，为人父者慈惠以教，为人子者孝悌以肃，为人兄者宽裕以诲，为人弟者

---

① 亲戚：古代主要指父母兄弟。 ② 中正：正直。比宜：守规矩。 ③ 整齐：整饬，恭谨。撙（zǔn 尊）诎（qū 曲）：克制。辟：同“避”。刑僇（lù 鹿）：刑罚。 ④ 纤啬（sè 色）：节约。饥馑：泛指灾荒。 ⑤ 敦懞（méng 萌）：忠诚老实。纯固：专一，没有杂念。 ⑥ 和协：协调。辑睦：和睦。寇戎：指战争。 ⑦ 和调：和谐。 ⑧ 饬：整顿。 ⑨ 义：规范。 ⑩ 分（fèn 份）：名分，本分。 ⑪ 等：次序。 ⑫ 度：法度，界限。 ⑬ 背：违背，相背离。下同。 ⑭ 失：通“佚”，放纵。 ⑮ 饰：通“饬”，整饬。

比顺以敬[1]，为人夫者敦懞以固[2]，为人妻者劝勉以贞夫。然则下不背上，臣不杀君，贱不逾贵[3]，少不凌长[4]，远不间亲[5]，新不间旧，小不加大[6]，淫不破义[7]。凡此八者，礼之经也。夫人必知礼然后恭敬[8]，恭敬然后尊让，尊让然后少长、贵贱不相逾越，故乱不生而患不作。故曰：礼不可不谨也。

曰：民知礼矣而未知法[9]，然后布法以任力[10]。任力有五务，五务者何？曰：君择臣而任官，大夫任官辩事[11]，官长任事守职，士修身功材[12]，庶人耕农树艺。君择臣而任官则事不烦乱，大夫任官辩事则举措时[13]，官长任事守职则动作和，士修身功材则贤良发，庶人耕农树艺则财用足，故曰：凡此五者，法之务也[14]。夫民必知务然后心一[15]，心一然后意专，心一而意专然后功足观也[16]。故曰：法不可不务也[17]。

曰：民知法矣而未知权[18]，然后考三度以动之。所谓

---

① 比顺：顺从。“比”与“顺”是同义字。 ② 固：坚固，态度专一。 ③ 逾：越过。 ④ 凌：欺侮。 ⑤ 间：离间。 ⑥ 加：凌驾。 ⑦ 淫：放荡，邪恶。破：损害。 ⑧ 夫（fú 扶）：指示形容词，凡。 ⑨ 法：原作“务”，据文义改。 ⑩ 任力：任用人才。 ⑪ 辩事：治理所担任的工作。辩：治理。 ⑫ 功材：指精研自己的技艺。功，同“攻”。材，技艺。 ⑬ 举措时：行动及时。 ⑭ 法：原作“力”，据文义改。 ⑮ 一：专一。 ⑯ 功：功效。 ⑰ 法：原作“力”，据文例改。 ⑱ 法：原作“务”，据文例改。

三度者何？曰：上度之天祥①，下度之地宜②，中度之人顺③，此所谓三度。故曰：天时不祥则有水旱，地道不宜则有饥馑，人道不顺则有祸乱，此三者之来也④，政召之⑤。曰：审时以举事，以事动民，以民动国，以国动天下，天下动然后功名可成也。故民必知权然后举措得⑥，举措得则民和辑⑦，民和辑则功名立矣。故曰：权不可不变也。

五经既布⑧，然后逐奸民，诘诈伪⑨，屏逸慝而毋听淫辞⑩，毋作淫巧⑪。若民有淫行邪性，树为淫辞，作为淫巧，以上谄君上而下惑百姓⑫，移国动众以害民务者，其刑死、流⑬。故曰：凡人君之所以内失百姓，外失诸侯，兵挫而地削，名卑而国亏⑭，社稷灭覆，身体危殆，非生于谄淫者，未之尝闻也。何以知其然也？曰：淫声谄耳⑮，淫观谄目，耳目之所好谄心，心之所好伤民，民伤而身不

---

① 天祥：指气候风雨调和。 ② 地宜：地利。 ③ 人顺：指人际关系和谐。 ④ 三者：指水旱、饥馑、祸乱。 ⑤ 政：政事。 ⑥ 得：恰当，合适。 ⑦ 和辑：和睦。 ⑧ 五经：指上文所提出的“德”、“义”、“礼”、“法”、“权”五个方面。“五”上原有“故曰”二字，据文义删。 ⑨ 诘：查禁。 ⑩ 屏（bǐng 丙）：去掉。逸慝（tè 特）：奸邪。淫辞：错误言论。 ⑪ 淫巧：奢侈不实用的器物。 ⑫ 谄（chǎn 产）：讨好，迷惑。 ⑬ 流：流放。 ⑭ 名卑：名声卑下。国亏：国力削弱。 ⑮ 谄：通“慆（tāo 滔）”，喜悦。下同。

危者，未之尝闻也。

曰：实圹虚、垦田畴、修墙屋则国家富①，节饮食、撙衣服则财用足②，举贤良、务功劳、布德惠则贤人进，逐奸人、诘诈伪、去谗慝则奸人止，备饥馑、救灾害、赈疲露则国家定③。明王之务，在于强本事、去无用④，然后民可使富；论贤人⑤，用有能，而民可使治；薄税敛，毋苛于民⑥，待以忠爱，而民可使亲。三者霸王之事也⑦。事有本而仁义其要也⑧。

今工以巧矣而民不足于备用者⑨，其悦在玩好；农以劳矣而天下饥者，其悦在珍怪⑩；女以巧矣而天下寒者，其悦在文绣⑪。是故博带梨⑫，大袂列⑬，文绣染⑭，刻镂削，雕琢平⑮，关几而不征⑯，市廛而不税⑰。古之良工

---

① 圹(kuàng 旷)虚：空旷的地方。 ② 撙：减少。 ③ 备：原作“修”，据文义改。 ④ 强：加强。本事：指农业。 ⑤ 论：选择的意思。 ⑥ 苛：苛刻。字原作“苟”，形近而误。 ⑦ 三者：指上文所说的“民可使富”、“民可使治”和“民可使亲。” ⑧ 本：根本。要：关键。 ⑨ 以：同“已”。于：通“以”。 ⑩ 珍怪：指珍奇的宝物。“怪”字下原有“方丈陈于前”，据文义删。 ⑪ 文绣：绣有华丽花纹的衣服。 ⑫ 博带：宽大的腰带。梨：通“离”(lí 丽)，划开。 ⑬ 袂(mèi 妹)：衣袖。列：同“裂”，裂开。 ⑭ 染：指染成一色。 ⑮ 雕琢：雕金琢玉。平：磨平。字原作“采”，形近而误。 ⑯ 关：关隘。几：盘查。征：征税。 ⑰ 市：市场。廛：住房。指只收房租。不税：不收营业税。

不劳其智巧以为玩好。是故无用之物守法者不生①。

【翻译】

古代圣明的君王之能获得盛大的名声、普遍的赞誉和重大的成功，伟大的业绩为天下人所知晓，名扬后世，要不是得到人心，那是办不到的。残暴的君王之所以失掉国家、危害社稷、颠覆宗庙、被人灭掉，要不是失去人心，是不会这样的。现在拥有国家的君主都想平时能够安定，行动能威慑别国，作战能胜利，防守能稳固，大则想称王天下，小则想称霸诸侯，但不去争取民心，因而轻则兵败而丧失土地，重则身死而国家灭亡。所以说：得人心，不能不努力去做，这是治理天下的关键。

那么，怎样才能获得人心呢？回答是：最好是使他们获利；使他们获利的办法，最好是用实际政绩向他们进行教育。所以善于施政的人，田地开垦而城邑充实，朝廷上安闲而官府里秩序井然，公法得到尊行而私人不正当的行为得到制止，粮仓充实而监狱空虚，有贤德的人得到提拔而奸邪的人被排斥，上层君子们崇尚正直而看不起阿谀奉承，士民们以勇武为贵而以谋取私利为

① 守法者：指守法的工商业者。生：生产。字原作“失”，形近而误。

贱，庶民们喜好农耕而厌恶讲究吃喝，于是乎财政用费宽裕而粮食、蔬菜和烧柴都很充足。所以君上一定要为政宽缓而减免一些人的徭役，下民一定要服从命令而不抱怨，上下互相协调而讲究礼义，所以国家平时安定而有所行动时能威慑别国，作战能获胜而守卫能稳固，因而能一战成功，成为诸侯的表率。

不善于施政的人，土地荒芜而城邑空虚，朝廷上闹哄哄的而官府里乱糟糟，国法被废弃而徇私舞弊邪道盛行，粮仓空虚而监狱里关满了人，有贤德的人受排斥而奸邪的人得以进用，上层君子们崇尚阿谀奉承而看不起正直无私，士民们以获得私利为贵而以勇武为贱，庶民们喜好吃喝而厌恶农业生产，这就使得财政开支不足而粮食、蔬菜、烧柴缺乏。君上更加苛刻而没有免除徭役的事，下民更加固执而不肯服从命令，上下互相憎恶而不能协调一致，这样平常政局动荡而一旦有所行动也不能威慑别国，作战不能获胜而守卫不能稳固，所以轻则兵败而土地被占领，重则身死而国家灭亡。这样看来，施政是不能不慎重对待的。

德包括六项应该兴办的事，义包括七条主干内容，礼包括八种经常的规范，法包括五方面应做的事，权包括三个应该掌握的尺度。什么是六项应该兴办的事呢？它们是：开垦田地，规划住宅，视察作物种植情况，鼓励士民，勉励农耕，修缮墙屋，这就是提高人们生活的途径；开发利源，使积压的货物流通，修治道路，给关隘和市场提供方便，安排好行人的住宿，这就是使物畅其流的办法；排除积水，修通水沟，决开回流处的浅滩，挖掉泥沙堵塞，疏通障碍，建造桥梁，这就是给人们以利益；少收租税，减轻杂赋，放松刑罚，赦免罪过，原谅小错，这就是实行宽缓的政治；赡养老年人，爱护幼小者，怜悯鳏夫寡妇，慰问生病的人，哀悼遭祸丧的人，这就是帮助急难；把衣服给予寒冷的人，把饮食给予饥渴的人，救助贫穷的人，赈济家庭困难的人，资助用费缺乏的人，这就是赈人之贫穷。上述六个方面，就是德所要求兴办的事。六方面都做到了，百姓的要求就没有得不到满足的了。百姓一定要满足自己的愿望才会听从君主的命令，服从君主的命令，行政就容易奏效了。所以说：德政不能不实行。

百姓懂得德了，但还不懂得义，就要用具体行动引导他们行义。义包括七条主干内容。七条主干内容是什么？它们是：孝悌慈爱以赡养父母兄弟，恭敬忠信以事奉君主，正直端庄以实行礼节，小心谨慎以避免犯罪，省吃俭用以防备灾荒，忠诚专一以防避祸乱，和睦相处以防备战事。上述七个方面，就是义的主干内容。民众一定要懂得义才能品行端正，品行端正才能关系和谐，关系和谐才能局势安定，局势安定才能举动有威信，举动有威信才能战必胜而守必固，所以说：义是不可以不实行的。

百姓懂得义了，但还不懂得礼，就要整顿八条规范以引导他们行礼。所谓八条规范是什么呢？它们是：上和下有一定的规矩，贵和贱各有本分，长和幼有一定的次序，贫和富各有应守的法度。以上八个方面是礼的八条规范。所以上和下都不守义就会发生混乱，贵和贱没有一定的名分就会争夺，长和幼没有顺序就会互相背离，贫和富不遵守一定的法度就会放纵。上下混乱，贵贱相争，长幼背离，贫富放纵，这样国家不乱，那是不可能的。所以圣明的君王整顿这八方面的礼节以引导百姓。八个方面都合乎义的要求，那么做君主的就公正而不偏心，做臣子的就忠诚老实而不拉帮结派，做父亲的就慈爱地进行教育，做儿子的就严肃地实践孝道，做兄长的宽厚地实行教诲，做弟弟的顺从地表示尊敬，做丈夫的忠诚而专一，做妻子的以守贞于夫自行勉励。能作到这些，就会下不背离上，臣不杀君，身份卑贱的不超过尊贵的，年幼的不欺侮年长的，疏远的人不离间亲近的人，新来的人不离间旧有的人，小的不凌驾在大的之上，放荡的人不会有破坏正义的机会。上述八个方面，就是礼的规范啊！一个人一定要懂得礼才会恭敬，恭敬然后才会谦让，谦让然后才能做到少长贵贱各守本分而不相逾越，少长贵贱不相逾越，就不会发生祸乱。所以说：礼是不能不谨慎地遵守的。

百姓懂得礼了，但还不懂得法，就要颁布政令以安排人力。安排人力有五方面应做的事，五方面应做的事是什么？它们是：君主根据臣子的才能安排他们的官职，大夫任用官员治理好自己的政事，官长分工治事忠于职守，士人们修身而钻研技艺，庶人积极从事农耕种植。君主量材录用，政事就不致烦杂混乱；大夫任用下属做好自己担负的工作，措施就能及时不误；官长忠于职守，行动就会协调一致；士人们修身并钻研技艺，贤才就会被发现；庶人努力从事农耕种植，财政用度就会充足。所以说：上述五个方面，都是政令所规定应当从事的。百姓一定要知道应当从事什么，然后才能专心不二，专心不二才能意志集中，专心不二而意志集中，然后做事才有可观的成效。所以说：政令是不能不就应做的事作出规定的。

百姓懂得法了，但还不懂得权，就要从三个方面进行考察以决定行动。考察的三个方面是什么？它们是：在上面考察天时，在下边考察地利，中间考察人们的关系是否和谐，这就是所谓的“三度”。所以说：天时不顺就有水旱灾害，地利使用不当就会发生饥饿，人事不协调就会发生祸乱，这三种情况的发生都是政治措施不当所带来的。我们说：应该审度时机来举办事情，用举事来动员百姓，用百姓来发动国家，用国家来号召天下，天下都行动起来，这样就可以功成名就了。所以百姓一定要懂得“权”，然后举动才会得宜；行动得宜，百姓就会和睦；百姓和睦，就可以建功立业了。所以说：“权”是不能不加以考察的。

上述“德”、“义”、“礼”、“法”、“权”等五方面的纲领既已确立，然后驱逐奸民，查禁欺诈，排除说坏话的人，不听流言蜚语，不制造不切实用的器物。如果百姓有不端正的行为和品质，发表错误言论，制造不切实用的器具，上讨好君主而下迷惑百姓，动用国内人力物力去妨害百姓正常生产的，他就犯了死罪和流放之罪。所以说：凡是君主之所以在国内失去民心，在国外失去诸侯的支持，兵败而土地被削减，名声卑下而国力受损，国家灭亡，自身难保，要不是沉迷于邪恶之中，那是不会如此的。为什么知道是这样呢？回答是：淫乱的声音悦耳，淫乱的观赏悦目，耳目喜欢的会使心里高兴，心里喜欢这些东西就会伤害百姓，百姓受到伤害而君主不发生危险，那是不可能的。

充实空旷的地方，开垦土地，修缮墙屋，国家就会富裕；节衣缩食，财政用费就会充足；选用贤臣，注重功劳，广施德惠，贤才就会得到进用；驱逐坏人，盘查奸诈，排除说坏话的人，奸人就会停止活动；预防饥荒，援救灾害，赈济困难的人，国家就会安定。英明的君王所要从事的，在于加强农业，去掉不切实用的器物，然后可以使百姓富起来；选拔贤人，任用有能力的人，百姓就会得到治理；减轻税收，不要苛求百姓，用忠爱对待他们，就会获得百姓的拥戴。这三点就是称霸称王所要做的事情。作事有个根本，而仁义就是其中的关键。

现在工匠们的技艺已经很精巧了，而百姓仍感到需要的东西不能满足，因为君主喜欢玩赏的器物；农民已经很辛苦了，而天下仍有饿肚子的人，因为君主喜欢珍奇的宝物；女工们已经很灵巧了，而天下仍然有挨冻的人，因为君主喜欢花纹艳丽的服装。所以，应把宽带子划破，把大衣袖裁开，把繁杂的花纹染成素色，把刻镂的图案削掉，把雕琢的金玉磨平，关口只盘查而不收税，市场只安排房屋而不征营业税。古代高明的工匠不耗费他们的聪明才智去制造玩赏的器物。所以，不切实用的东西，守法的人者是不去生产的。

八　观

本文是一篇对于国家进行政治、经济综合考察评估的提纲。“八观”，就是从八个方面考察国家盛衰的原因。八个方面分别是：饥饱、贫富、侈俭、实虚、治乱、强弱、兴废、存亡。文章前部分是考察国内情况，末尾部分是考察对外关系。而其着力探讨的要点，仍在于如何走上富国强兵之路。

大城不可以不完①，郭周不可以外通②，里域不可以

① 大城：指内城。完：坚固。 ② 郭周：指外城城周。

横通①,闾闬不可以毋阖②,宫垣、关闭不可以不备③。故大城不完,则乱贼之人谋④;郭周外通,则奸遁逾越者作⑤;里域横通,则攘夺窃盗者不止⑥;闾闬毋阖,外内交通,则男女无别;宫垣不备,关闭不固,虽有良货⑦,不能守也。故形势不得为非⑧,则奸邪之人悫愿⑨;禁罚威严,则简慢之人整齐⑩;宪令著明⑪,则蛮夷之人不敢犯⑫;赏庆信必⑬,则有功者劝⑭;教训习俗者众,则民化变而不自知也⑮。是故明君在上位,刑省罚寡,非可刑而不刑,非可罚而不罚也⑯。明君者,闭其门,塞其途,掩其迹,使民毋由接于淫非之地⑰。是以民之道正行善也⑱,

---

① 里域:指里墙,古代五家为邻,五邻为里,里与里间有界墙。横:不由正道。 ② 闾(lǘ 驴)闬(hàn 汗):里门。毋:不。阖:关闭。 ③ 宫垣:院墙。古代平民住的地方也叫"宫",秦以后才专把皇帝住的地方称为"宫"。关闭:门闩。"备"原作"修",据下文文例改。 ④ 乱贼:从事捣乱和杀人。贼:杀。谋:图谋不轨。 ⑤ 奸:坏人。遁:指逃亡的罪犯。作:发生。 ⑥ 攘夺:抢劫。 ⑦ 良货:指财宝。 ⑧ 形势:客观环境。 ⑨ 悫(què 确)愿:老实谨慎。 ⑩ 简慢:忽视,轻视,指藐视政府法令。整齐:有秩序。 ⑪ 宪令:法令。 ⑫ 蛮夷:指文化落后地区的少数民族。 ⑬ 庆:奖赏,与"奖"是同义词。信:诚实,守信用。必:肯定。 ⑭ 劝:受到鼓励。 ⑮ "民"上原有"君"字,据文义删。 ⑯ 非可罚而不可罚也:两"罚"字原作"罪",据上文"刑省罚寡"改。 ⑰ 淫:邪恶。"淫非之地"指为非作歹的客观环境。 ⑱ 道正:走正道。

若性然，故刑省罚寡①，而民以治矣②。

行其田野③，视其耕耘，计其农事，而饥饱之国可知也。其耕之不深，耘之不谨④，地宜不任⑤，草田多秽⑥，耕者不必肥，荒者不必硗⑦，以人猥计其野⑧，草田多而辟田少者⑨，虽不水旱，饥国之野也。若是而民寡，则不足以守其地；若是而民众，则国贫民饥；以此遇水旱，则众散而不收。彼民不足以守者，其城不固；民饥者，不可以使战；众散而不收，则国为丘墟⑩。故曰，有地君国而不务耕耘⑪，寄生之君也。故曰：行其田野，视其耕耘，计其农事，而饥饱之国可知也。

行其山泽，观其桑麻，计其六畜之产，而贫富之国可知也。夫山泽广大，则草木易多也；壤地肥饶，则桑麻易植也；荐草多衍⑫，则六畜易繁也。山泽虽广，草木毋禁⑬；壤地虽肥，桑麻毋数⑭；荐草虽多，六畜有征⑮；闭货之门也⑯。故曰，时货不遂⑰，金玉虽多，谓之贫国也。

---

① 刑省罚寡：原作“罪罚寡”，据上文改。 ② 以：同“已”。 ③ 行：巡行，巡视。 ④ 谨：通“勤”。 ⑤ 任：利用。 ⑥ 草田：荒地。秽：杂草丛生。 ⑦ 硗（qiāo 敲）：土质瘠薄。 ⑧ 猥（wěi 伟）计：总计。 ⑨ 辟田：开垦出来的熟地。 ⑩ 丘墟：废墟。 ⑪ 君国：统治国家。 ⑫ 荐草：牧草。多衍：蕃盛。 ⑬ 禁：禁令，指禁止任意砍树割草的法令。 ⑭ 数：指种植的计划和措施。 ⑮ 征：税收。 ⑯ 闭货之门：堵塞财货的来源。 ⑰ 时货：指各个季节的物产。遂：顺利开发。

故曰：行其山泽，观其桑麻，计其六畜之产，而贫富之国可知也。

入国邑①，视宫室，观车马衣服，而侈俭之国可知也。夫国域大而田野浅狭者②，其野不足以养其民；城域大而人民寡者，其民不足以守其城；宫营大而室屋寡者③，其室不足以实其宫；室屋众而人徒寡者，其人不足以处其室；囷仓寡而台榭繁者④，其藏不足以供其费⑤。故曰，主上无积而宫室美⑥，氓家无积而衣服修⑦，乘车者饰观望⑧，步行者杂文采⑨，本资少而末用多者⑩，侈国之俗也。国侈则用费，用费则民贫，民贫则奸智生⑪，奸智生则邪巧作。故奸邪之所生，生于匮⑫；匮之所生，生于侈；侈之所生，生于毋度⑬。故曰，审度量，节衣服，俭财用，禁侈泰，为国之急也⑭。不通于若计者⑮，不可使用国⑯。故曰：入国邑，视宫室，观车马衣服，而侈俭之国可知也。

---

① 国邑：指都城。 ② 国域：国家的地域。“域”原作“城”，形近而误。浅狭：狭小。 ③ 宫营：宫室的范围。 ④ 囷（qūn）：圆形的粮仓。台榭：泛指楼台亭阁。榭，修在高台上的敞屋。⑤ 藏：粮食和物资储备。 ⑥ 主上：君主。积：蓄积。 ⑦ 氓家：民家。修：美好。 ⑧ 饰：装饰。观望：观瞻，外表。 ⑨ 杂：掺杂。 ⑩ 本资：指农副业收入。末用：指奢侈品方面的用费。⑪ 奸智：奸心，邪念。 ⑫ 匮：贫乏。“匮”下原有“不足”二字，乃注文误入正文，今删去。下句同。 ⑬ 度：限度，节制。⑭ 为国：治国。 ⑮ 若：此。 ⑯ 用国：掌握国家大权。

课凶饥①，计师役②，观台榭，量国费，而实虚之国可知也。凡田野万家之众，可食之地方五十里③，可以为足矣；万家以上④，则就山泽可矣；万家以下⑤，则去山泽可矣。田野悉辟而民无余积者⑥，国地小而食地浅也⑦；田半垦而民有余食，而粟米多者，国地大而食地博也；国地大而野不辟者，君好货而臣好利者也；辟地广而民不足者，上赋重，流其藏者也⑧。故曰，粟行于三百里⑨，则国毋一年之积；粟行于四百里，则国毋半年之积⑩；粟行于五百里，则众有饥色。其稼亡三之一者⑪，命曰小凶⑫；小凶三年而大凶⑬，大凶则众有遗殍矣⑭。什一之师⑮，什三毋事，则稼亡三之一。稼亡三之一，而非有故积

---

① 课：考查。 ② 师役：兵役和徭役。 ③ 可食之地：指产粮的可耕地。 ④ 上：原作“下”，形近而误。 ⑤ 下：原作“上”，形近而误。 ⑥ 悉：皆。 ⑦ 国地：指国家的土地面积。食地：即上文的“可食之地”。浅：狭小。 ⑧ 流其藏：储备的粮食流到了其他国家。 ⑨ 粟行三百里：此及下“粟行四百里”、“粟行五百里”都指粮食流失路程的远近。 ⑩ 半：原作“二”，据文义改。 ⑪ 亡：指因灾损失。三之一：三分之一。 ⑫ 小凶：小荒年。 ⑬ 而：如，好象。 ⑭ 遗殍（piǎo 瞟）：饿死在路上的人。殍，饿死的人。 ⑮ “什一”以下三句：意思是抽调十分之一的人当兵，又需十分之二的人为其提供军备、给养等，就等于十分之三的人不从事农业生产，无异于庄稼少收三分之一。

也[1]，则道有捐瘠矣[2]；什一之师，三年不解[3]，非有余食也，则民有鬻子矣[4]。

山林虽近[5]，草木虽美，宫室必有度，禁发必有时[6]。是何也？曰大木不可独伐也[7]，大木不可独举也，大木不可独运也，大木不可加之薄墙之上。故曰山林虽广，草木虽美，禁发必有时；国虽充盈[8]，金玉虽多，宫室必有度；江海虽广，池泽虽博，鱼鳖虽多，网罟必有正[9]。船网不可一财而成也[10]，非私草木爱鱼鳖也[11]，恶废民于生谷也[12]。故曰，先王之禁山泽之作者[13]，专民于生谷也[14]。彼民非谷不食，谷非地不生，地非民不动[15]，民非作力[16]，毋以致财。夫财之所生[17]，生于用力；力之所生[18]，生于

① 故积：原有的粮食储存。“故”下原有“盖”字，据下文例删。 ② 捐瘠：被丢弃的饿死的人。捐，原作“损”，形近而误。 ③ 解：解除，结束。 ④ 鬻（yù玉）：卖。 ⑤ 山林虽近：此句上原有“故曰”二字，据文义删。 ⑥ 禁发：封禁和开放。 ⑦“大木”以下七句意思是说，采伐大木修建宫室耗费人力，妨害农事，所以宫室须有度，禁发必有时。伐：砍伐。薄墙：指小的建筑物。 ⑧ 充盈：充足，指财力雄厚。 ⑨ 罟（gǔ古）：网。正：标准。古代规定过密的网不能用于捕捞，以免妨碍小鱼的繁殖。 ⑩ 财：通“裁”，体裁，规格。 ⑪ 私：偏私，偏爱。 ⑫ 恶（wù务）：担心。废：妨碍。生谷：生产粮食。 ⑬ 禁山泽之作，禁止破坏山泽禁令的行为。 ⑭ 专民：使百姓专心从事。 ⑮ 动：开垦。 ⑯ 作力：劳动。 ⑰ 夫财：原作“天下”，据文义改。 ⑱“力”上原有“用”字，据文义删。

劳身[①]。是故主上用财毋已[②]，是民用力毋休也[③]。故曰，台榭相望者，其上下相怨也。民毋余积者，其禁不必止[④]；众有遗殍者，其战不必胜；道有捐瘠者，其守不必固。故令不必行，禁不必止，战不必胜，守不必固，则危亡随其后矣。故曰：课凶饥，计师役，观台榭，量国费，而实虚之国可知也[⑤]。

入州里[⑥]，观习俗，听民之所以化其上[⑦]，而治乱之国可知也。州里不隔，闾闬不设，出入毋时，早晏不禁[⑧]，则攘夺、窃盗、攻击、残贼之民毋自胜矣[⑨]。食谷水[⑩]，巷凿井，场圃接[⑪]，树木茂，宫墙毁坏，门户不闭，外内交通，则男女之别毋自正矣[⑫]。乡毋长游[⑬]，里毋士舍[⑭]，时无

① 劳身：体力劳动。 ② 毋已：无休止。 ③ 是：则。 ④ 不必：不一定。 ⑤ 而实虚之国："实"上原无"而"字，据上文文例补。 ⑥ 州里：泛指地方基层行政组织。周代以二千五百家为"州"，二十五家为"里"。 ⑦ 听：听取，了解。化：接受教化。上：君主。 ⑧ 晏：晚。 ⑨ 攘夺：抢劫。攻击：用暴力袭击。残贼：杀人。"残"和"贼"都是杀的意思。毋自：无从，没办法。胜：战胜。 ⑩ 谷水：山沟里的水。 ⑪ 场圃：场院和菜园。 ⑫ 正：指正确划定。 ⑬ 长游：成年人互相交往。《小匡》篇说"少相居，长相游"。 ⑭ 士舍：乡里的学校。

会同①，丧烝不聚②，禁罚不严，则齿长辑睦毋自生矣③。故婚礼不谨，则民不修廉；论贤不乡举④，则士不返行⑤；货财行于国⑥，则法令毁于官；请谒得于上⑦，则党与成于下⑧；乡官毋法制，则百姓群徒不从⑨。此亡国弑君之所自生也⑩。故曰：入州里，观习俗，听民之所以化其上者，而治乱之国可知也。

入朝廷，观左右⑪，求本朝之臣⑫，论上下之所贵贱者，而强弱之国可知也。功多为上，禄赏为下，则积劳之臣不务尽力；治行为上⑬，爵列为下，则豪杰材臣不务竭能；便辟左右不论功能而有爵禄⑭，则百姓疾怨非上，贱爵轻禄；金玉货财商贾之人不论志行而有爵禄⑮，则上令轻⑯，法制毁；权重之人不论才能而得尊位⑰，则民背本

① 时：四季。会同：群众的聚会。 ② 丧：丧事。烝：冬季举行的祭祀。这里泛指一般祭祀活动。 ③ 齿长：按年龄大小排列。辑睦：和睦。 ④ 乡举：由乡里推举。 ⑤ 返行：返回正道。返，原作"及"，形近而误。 ⑥ 货财：钱财，这里指贿赂。 ⑦ 请谒：托人情。得：成功。 ⑧ 党与：朋党。 ⑨ "则"字原无，据上文文例补。 ⑩ 弑(shì 世)：以下杀上。 ⑪ 左右：指君主身边的亲信。 ⑫ 求：探求。"求本朝"原作"本求朝"，据文义改。 ⑬ 治行：政绩。 ⑭ 便(pián 片)辟：阿谀奉承的人。 ⑮ 金玉货财：指拥有这些财富。志行：品德。"爵禄"下原有"也"字，据上文文例删。 ⑯ 上令：君主的命令、法令。 ⑰ 权重之人：掌大权人物。

行而求外势[①]。彼竭劳之人不务尽力，则兵士不战矣；豪杰材臣不务竭能[②]，则内治不别矣[③]；百姓疾怨非上，贱爵轻禄，则上毋以劝众矣；上令轻，法制毁，则君毋以使臣，臣毋以事君矣；民背本行而求外势，则国之情伪竭在敌国矣[④]。故曰：入朝廷，观左右，求本朝之臣，论上下之所贵贱者，而强弱之国可知也。

置法出令[⑤]，临众用民[⑥]，计其威严宽惠行于其民与不行于其民[⑦]，而兴废之国可知也[⑧]。法虚立而害疏远，令一布而不听者存，贱爵禄而毋功者富，然则众必轻令而上位危。故曰，良田不在战士，三年而弱[⑨]；赏罚不信，五年而破；上卖官爵，七年而亡[⑩]；背人伦而禽兽行[⑪]，十年而灭。战不胜，弱也；地四削[⑫]，入诸侯，破也；离本国，徙都邑，亡也；有者异姓[⑬]，灭也。故曰：置法出令，临众用民，计其威严宽惠行于其民与不行于其民[⑭]，而兴废之

---

① 本行：本职工作。外势：国外的势力。 ② 材臣：原作“材人”，据上文文例改。 ③ 内治：内政。别：辨别，条理。 ④ 情伪：真假，虚实。 ⑤ 置：建立。出：颁布。 ⑥ 临：统治。 ⑦ 威严：指刑罚。宽惠：指奖赏。 ⑧ 而兴废之国：原无此五字，据文例增入。 ⑨ “弱”上原有“兵”字，据下文文例删。 ⑩ 七：原作“十”，形近而误。 ⑪ 人伦：指封建的伦理道德。禽兽行：行为和禽兽一样。 ⑫ 削：分割。 ⑬ 有者异姓：政权被异姓所夺取。 ⑭ “其”字原缺，“惠”下原有“而”字，均据上文订正。

国可知也[1]。

计敌与[2]，量上意[3]，察国本[4]，观民产之所有余不足，而存亡之国可知也。敌国强而与国弱，谏臣死而谀臣尊，私情行而公法毁，然则与国不恃其亲，而敌国不畏其强，豪杰不安其位，而积劳之人不怀其禄。悦商贩而不务本货[5]，则民偷处而不事积聚[6]。豪杰不安其位，则良臣出[7]；积劳之人不怀其禄，则兵士不用[8]；民偷处而不事积聚，则囷仓空虚。如是而君不为变，然则攘夺、窃盗、残贼、进取之人起矣[9]。内者廷无良臣，兵士不用，囷仓空虚，而外有强敌之忧，则国居而自毁矣[10]。故曰：计敌与，量上意，察国本，观民产之所有余不足，而存亡之国可知也。

故以此八者观人主之国，而人主毋所匿其情矣[11]。

【翻译】

大城不能不坚固，外城不能有缺口，里墙不能任意

---

①“而兴废之国”五字：据上文补正。 ② 敌：敌国。与：盟国。 ③ 上意：君主的意志。 ④ 国本：国家的本业，指农业生产。 ⑤ 本货：农产品。 ⑥ 偷处：苟且偷生，得过且过。事：从事。 ⑦ 出：出走。 ⑧ 不用：不接受命令。 ⑨ 进取：疑当作“进攻”。前文列举“攘夺、盗窃、攻击、残贼”四种人，“进攻”与“攻击”同意，即暴力袭击。 ⑩ 居：坐。 ⑪ 匿：隐瞒。

通过，里门不能不关闭，院墙和门闩不能不完备。大城要是不坚固，盗贼就会图谋不轨；外城有缺口，就会发生坏人、逃犯偷越城墙的事；里墙可以随意通过，抢窃偷盗就会层出不穷；里门要是没有门闩，里里外外自由往来，就会男女无别；院墙不谨慎，门闩不牢固，即使有珍宝，也是难以保住的。只有造成无法干坏事的客观环境，坏人才会老老实实。禁令和刑罚严格，轻视法令的人就会规规矩矩；法令明确，蛮夷之人也就不敢犯法；奖赏兑现，有功的人就会得到鼓励；受到教育、养成良好习俗的人多了，人们就会在不知不觉中接受教化。所以贤明的君主执政，很少采用刑罚，并不是该用刑的不用刑，该处罚的不处罚。贤明的君主关闭犯罪之门，堵塞犯罪之路，消除犯罪的迹象，使百姓无法接触为非作歹的环境。所以人们走正道，做好事，就好像出于天性，因而很少动用刑罚，就把百姓治理得很好了。

巡视一国的田野，看看耕种得怎么样，考查农业劳动的情况，这个国家的粮食够不够吃就很清楚了。如果土地耕得不深，除草也不勤快，宜于种植的土地未得利用，田里长满杂草，耕种的土地不一定是肥沃的，荒芜的土地不一定是贫瘠的，根据人口数量计算它的耕地有多少，如果荒地多而熟地少，即使没有水旱灾害，也会是个闹饥荒的国家。像这样的国家，老百姓少了，就守不住土地；老百姓多了，就必然是国贫民饥；遇到水旱灾害，人民就会流散四方，拢不回来。老百姓不能担负起守卫任务，城防就不会坚固；百姓腹内空空，就不能迎战应敌；百姓流离失所，国家就会变为废墟。所以说，一个拥有土地、统治国家的君主，如果不努力发展农业，这只能是依靠别国过活的君主。所以说：巡视一个国家的田野，看看耕种得怎么样，考查农业劳动的情况，这个国家的粮食是否够吃就很清楚了。

巡视一个国家的山泽，观察桑麻种植情况，估量畜牧生产状况，就知道是富国还是贫国了。山泽广大，草木就容易繁茂；土地肥沃，桑麻就容易种植了；牧草茂盛，牲畜就容易繁殖了。山泽虽然广大，却没有禁止滥伐草木；土地虽然肥沃，种植桑麻却缺乏规划；牧草虽然茂盛，放养却要征税；这样，就堵塞了开发财富的大门。所以说，各个季节的物产不能顺利开发，金玉珍宝再多，也可说是穷国。所以说：巡视山泽，观察桑麻种植情况，估计它的畜牧生产状况，就知道它是贫国还是富国了。

到一个国家的都城，看看国君的宫室，观察人们的车马衣服，就可知道它是奢侈还是节俭的国家。国土广大而耕地面积却很狭小，这样，田野的出产就养活不了该国的人民；城区大而居民少，居民就无法守住城池；宫廷范围大而房屋少，宫殿就显得太空旷；房屋多而住的人少，房屋就会闲置；粮仓少而楼台亭阁多，储备的粮食就满足不了国家需要。所以说，君主没有积蓄而宫室华美，百姓没有积蓄却讲究穿着，乘车的人把车子装饰得漂漂亮亮，步行的人服饰华丽，农业收入少而奢侈品开支大，这些都是奢侈国家的风俗。国家奢侈，开支就很大；开支大，百姓就会贫困；百姓贫困，就会产生邪念；产生邪念，就会为非作歹。奸邪之所以产生，是由于用费匮乏；用费匮乏之所以产生，是由于奢侈；奢侈之所以产生，是由于挥霍无度。所以说，严格财用制度，提倡衣服俭朴，节省财政开支，禁止奢侈浪费，这些都是治国的当务之急。不明白这些道理的人，不能让他掌握政权。所以说：到一个国家的城市，察看国君的宫室，观察人们的车马衣服，就可知道它是奢侈还是节俭的国家了。

考查灾年饥荒的情况，计算服兵役和服劳役的人数，看看楼台亭阁的建筑，计算全国财政开支如何，就可以知道这个国家的虚实了。凡田野有一万户人家，有见方五十里的耕地就足够了；超过一万户的，靠着山林湖泊的辅助收入就够用了；一万家以下的，不需要山林湖泊，只种平地就可以了。土地都已开垦而百姓却没有积蓄，这是国家面积小而可耕地少的原故；土地只开垦了一半而百姓衣食有余，积蓄的粮食也多，这是国家的面积大而可耕地广的原故；国家的面积大而土地却没有很好开垦，这是由于君主贪图金钱而臣下谋取私利的原故；土地开垦很多，百姓却不富足，这是因为赋税重过和粮食外流的原故。所以说，粮食外流三百里，国家就没有一年的储粮；粮食外流四百里，国家就没有半年的储粮；粮食外流五百里，百姓就会饿得面黄饥瘦。庄稼歉收三分之一，叫做小凶；连续三个小灾年为大凶，大凶就会出现饿死在道路上的人。有十分之一的人当兵，需要有十分之二的人为他提供军械和给养，实际上有十分之三的人不务农，庄稼就会少收三分之一。庄稼少收三分之一，原来又没有储粮，就会出现饿死而被丢弃在路上的人；十分之一的人从军，延续三年，原来又没有余粮，就会出现百姓卖儿卖女的惨景。

都市虽然靠近山林，草木虽然茂盛，但修建宫室一定要有节制，山林的封禁和开放一定要有时间规定。为什么呢？因为大木料不可能一个人砍伐，大木料不可能一个人扛起，大木料不可能一个人运走，大木料也不可能用在小的建筑物上。所以说，山林虽然宽广，草木虽然茂盛，但封禁和开放一定要有时间规定；国家虽然富足，金玉珠宝虽然很多，宫室的兴建一定要有节制；江海虽然宽广，湖泊虽然很大，鱼鳖虽然很多，但鱼网的疏密必须要有标准。船网不能按一个规格制作，这并不是偏爱草木和鱼鳖，而是怕人民荒废了农业生产。所以说，先王禁止人们随便去伐木捕鱼，为的是使百姓专心从事农业生产。人们不能不吃粮食，粮食离开土地就不能生长，土地没有百姓就无法开垦，百姓不花力气就不能得到财富。财富的产生，是由于百姓用了力气；力气的产生，是在于劳动者的身体。因此，如果国君使用财物没有节制，无异于让百姓用力不休。所以说，楼台亭阁紧相接连，君上和下民就会互相埋怨。百姓没有余粮，有禁令也一定不能禁止；民众有饿死的人，作战就一定不能取胜；路上有被抛弃的死人，防守就一定不会稳固。政令一定不能推行，禁令一定不能制止，作战一定不能取胜，防守一定不能稳固，国家的危亡就会跟着出现了。所以说：考查灾荒的情况，计算服兵役和服劳役的人数，看看楼台亭阁的建筑，计算一下国家的财政开支，就能知道这个国家力量的虚实了。

到百姓聚居的乡里，观察当地的风俗习惯，了解百姓是怎样接受君主教化的，就可以知道这是治国还是乱国。乡里之间没有界限，不设里门，早晚随便出入，那些抢劫、偷盗、打人、杀人的奸民就无从制服了。喝同一条山沟的水，在同一个巷子里打井，场院、菜园相连，树木繁茂，院墙毁坏，门户不严，内外相通，这样，男女界限就无法正确划定了。乡中成年男子没有交往，里中没有学校，四季没有集会，丧葬和祭祀也不相聚，禁令和刑罚不严格，这样，长幼和睦的风气就无从形成了。因而，婚礼不严肃，百姓就不注重廉耻；选用人才不经乡里推举，士人就不能归到正路上来；收贿行贿泛滥，法令就会在官府受到破坏；请托之风在上层盛行，下面就会拉帮结派；乡官不遵守法制，百姓就不会听从命令。亡国弑君的祸乱就是这样来的。所以说：到百姓聚居的乡里，观察当地的风俗习惯，了解百姓是怎样接受君主教化的，就知道这是治国还是乱国了。

到了朝廷，观察君主的近臣，研究百官的状况，看上上下下重视和轻视什么，就可以知道这是强国还是弱国了。功劳属于上等，俸禄和赏赐却列在下等，这样，屡建功劳的大臣就不会为君主尽力了；政绩属于上等，爵位却排在下等，这样，才能出众的贤臣就不会为君主竭尽所能了；阿谀奉承的亲信，国君不考虑他的功劳和能力就给予爵位和俸禄，这样，百姓就会怨恨和非议君主，看不起爵位，轻视俸禄；拥有金玉财货的商人，国君不看他们的品德而给予爵位和俸禄，这样，君主的法令就不被重视，法制也将遭到破坏；掌握大权的人，不管是否有才能都窃据高位，人们就会离开本国的职位而投靠国外的势力。有功劳的人不尽力，士兵就不会努力作战了；才能出众的人不竭尽所能，国家的内政就治理不好了；百姓埋怨非议君主，不看重爵位和俸禄，君主就没法鼓励他们的积极性了；君主的命令受轻视，法制遭到破坏，君主就无法驾驭臣下，臣下也不能很好地事奉君主了；人们离开原有的职位而投靠他国，国家的虚实就尽在敌国掌握之中了。所以说：进入一国的朝廷，观察君主的左右近臣，研究百官的状况，看朝廷上下重视什么和轻视什么，就可以知道这是强国还是弱国了。

根据君主制定的法律和颁布的政令，以及他怎样统治百姓和使用人民，衡量他的赏罚制度在百姓中实行还是没有实行，就可以知道这是盛国还是衰国了。法制有名无实，只处罚那些关系疏远的人；法令虽已公布，但不守法的人照样存在；君主滥施爵禄，无功的人大发其财；这样人们一定要轻视法令而使君上的地位发生危险。所以说，好田不赏给有功的士兵，三年后国家就会衰弱；赏罚不严明，五年后国家就会残破；君上卖官鬻爵，七年后国家就会危亡；违背伦理道德而行径像禽兽一样，十年后国家就会灭亡。作战不能取胜，就是国家衰弱了；土地被瓜分，并入他国，就是国家残破了；百姓逃离本国，都城被迫迁移，就是国家危亡了；政权落入异姓之手，就是国家覆灭了。所以说：根据一个君主制定的法律和颁布的政令，考察他统治百姓、使用人民的情况，衡量他的赏罚制度在百姓中间贯彻得怎么样，就可以知道这是盛国还是衰国了。

衡量敌国和盟国的力量，了解君主喜欢和讨厌什么，考察农业生产的状况，看百姓的财产有余还是不足，就可知道这个国家的存亡了。敌国强而盟国弱，敢提意见的臣子被处死而阿谀奉承的人步步高升，徇私枉法的风气盛行而法制遭到破坏，这样，盟国将不再依赖和这个国家的亲密关系，而敌国也不害怕它的力量，才能出众的人不安于本职，劳苦功高的人也不留恋自己的俸禄。提倡商业而不努力于农业的生产，人民就会得过且过而不注意积蓄。才能出众的人不安心职守，贤臣就会离开朝廷；劳苦功高的人不留恋俸禄，士兵就不愿作战；百姓得过且过而不注意积蓄，粮仓就会空虚。如果出现上述情况而君主仍不想法变革，那么抢劫、偷盗、杀人、打人的奸民就会纷纷出现。国内缺少贤臣，兵士不想作战，粮仓空虚，在外则有强敌窥伺的忧患，国家就会坐待灭亡了。所以说：衡量敌国和盟国的力量，了解君主喜欢和讨厌什么，考察农业生产的状况，看百姓的财产是有余还是不足，就可以知道这个国家的存亡了。

从以上八个方面来考察一个君主所治理的国家，君主就无法掩盖本国的真实情况了。

重　令

本篇主要说明法令的重要作用。文章一开始就提出“凡君国之重器莫重于令”，篇名就是由此而来。

本篇强调法令的权威不可侵犯。作者认为，法令是君主统治人民、巩固政权的重要工具，只有“令重”，才有“君尊”、“国安”；为维护法令的尊严，对随意歪曲和破坏法令、不执行法令的人，要从重从严给予打击，甚至处以极刑。

本篇又认为，法令必须起到促进农业生产和加强军事力量的作用。要凭借法令的贯彻保证粮食和布帛等基本生活资料的生产，增强军队的实力，从而做到对内发展经济、对外战必胜而守必固，这样才有可能实现“王天下”的理想。

文章还提出“三器”（号令、刑罚、俸禄赏赐）是治国的三个重要手段，是法令尊严的体现；而“六攻”（“亲、贵、货、色、巧佞、玩好”）则是破坏法令的危险因素，君主必须牢牢掌握“三器”，防止“六攻”的破坏作用，才能巩固国家政权。

凡君国之重器[①]，莫重于令。令重则君尊，君尊则国安；令轻则君卑，君卑则国危。故安国在乎尊君，尊君在乎行令，行令在乎严罚。罚严令行，则百吏皆恐；罚不严，令不行，则百吏皆喜。故明君察于治民之本，本莫要于令。故曰：亏令者死[②]，益令者死[③]，不行令者死，留令者死[④]，不从令者死。五者死而无赦，唯令是视[⑤]。故曰：令重而下恐。

为上者不明，令出虽自上，而论可与不可者在下。夫背上令以为威，则行恣于己以为私[⑥]，百吏奚不喜之有[⑦]！且夫令出虽自上[⑧]，而论可与不可者在下，是威下

① 君国：统治国家。君：君临，统治。 ② 亏：减少，克扣。 ③ 益：增加。 ④ 留：搁置。 ⑤ 唯令是视：等于说“唯视令”，只看法令，一切以法令为准。 ⑥ 恣：随意。 ⑦ 奚不喜之有：等于说“奚有不喜”。有什么不喜欢。 ⑧ 且夫：况且。

系于民也①。威下系于民，而求上之毋危②，不可得也。令出而留者无罪，则是教民不敬也。令出而不行者毋罪，行之者有罪，是皆教民不听也。令出而论可与不可者在官，是威下分也。令出而益损者毋罪③，则是教民邪途也。如此则巧佞之人将以此成私为交④，比周之人将以此阿党取与⑤，贪利之人将以此收货聚财，懦弱之人将以此阿贵富、事便辟⑥，伐矜之人将以此买誉成名⑦，故令一出，示民邪途五衢⑧，而求上之毋危，下之毋乱，不可得也。

菽粟不足⑨，末生不禁⑩，民必有饥饿之色，而工以雕文刻镂相稚也⑪，谓之逆⑫。布帛不足⑬，衣服毋度，民必有冻寒之伤，而女以美衣锦绣纂组相稚也⑭，谓之逆。万乘藏兵之国，卒不能野战应敌，社稷必有危亡之患⑮，

---

① 系：掌握。 ② 毋：同“无”，下同。 ③“令出而”三字原缺，据文例补入。 ④ 巧佞（níng 泞）：巧言献媚。成私为交：为谋求私利而互相勾结。 ⑤ 比周：结党营私。阿（ē）党：偏袒同党。取与：争取同盟。 ⑥ 阿（ē）：迎合。事：服事。便辟（bì 闭）：君主身边逢迎谄媚的宠臣。辟，同“嬖”。 ⑦ 伐：自大。矜：夸耀。 ⑧ 衢（qú 渠）：四通八达的道路。 ⑨ 菽粟：泛指粮食。菽，豆类。粟，谷类。 ⑩ 末生：指奢侈品生产。 ⑪ 文：花纹。镂（lòu 陋）：雕刻。稚：骄，夸耀。 ⑫ 逆：颠倒。 ⑬ 布帛：泛指做衣服的材料。 ⑭ 纂（zuǎn 缵）组：有花纹的彩带。纂，原作“綦”，形近而误。 ⑮ 社稷：指国家。

而士以毋分役相稚也①,谓之逆。爵人不论能②,禄人不论功③,则士无为行制死节④,而群臣必通外请谒⑤,取权道⑥,行事便辟⑦,以贵富为荣华以相稚也,谓之逆。

朝有经臣⑧,国有经俗,民有经产。何谓朝之经臣?察身能而受官,不诬于上⑨;谨于法令以治,不阿党;竭能尽力,而不尚得⑩;犯难离患,而不辞死⑪;受禄不过其功,服位不侈其能⑫,不以毋实虚受者⑬,朝之经臣也。何谓国之经俗?所好恶不违于上,所贵贱不逆于命,毋上拂之事⑭,毋下比之说⑮,毋侈泰之养⑯,毋逾等之服⑰,谨于乡里之行,而不逆于本朝之事者,国之经俗也。何谓民之经产?畜长树艺⑱,务时殖谷⑲,力农垦草⑳,禁止末事者,民之经产也。故曰:朝不贵经臣㉑,则便辟得

---

① 分役:承担兵役。 ② 爵人:拿爵位给人。 ③ 禄人:拿俸禄给人。 ④ 行制:执行军令。死节:为国牺牲。 ⑤ 通外:里通外国。请谒:请托。 ⑥ 权道:权术手段。 ⑦ 行事:事奉。 ⑧ 经:正常的,合于规范的。 ⑨ 诬:欺骗。 ⑩ 尚得:计较得失。尚:崇尚。 ⑪ 犯:冒着。难:危险。离:遭遇。辟:逃避。 ⑫ 服位:担任职务。侈:夸大。 ⑬ 毋实:无实际功劳。虚受:白受爵禄。 ⑭ 上拂:违反君主命令。 ⑮ 比:比周,结党营私。 ⑯ 侈泰:奢侈。 ⑰ 逾等:逾越自身的等级。 ⑱ 畜长树艺:繁殖牲畜,栽种树木。 ⑲ 务时:抓紧农时。 ⑳ 力农垦草:努力搞好农业,开垦荒地。 ㉑ 贵:看重。

进①，毋功虚取，奸邪得行，毋能上通②。国不服经俗③，则臣下不顺，而上令难行。民不务经产，则仓廪空虚，财用不足。便辟得进，毋功虚取，奸邪得行，毋能上通，则大臣不和。臣下不顺，上令难行，则应难不捷④。仓廪空虚，财用不足，则国毋以固守。三者现一焉⑤，则敌国制之矣。

故国不虚重⑥，兵不虚胜，民不虚用⑦，令不虚行。凡国之重也，必待兵之胜也，而国乃重；凡兵之胜也，必待民之用也，而兵乃胜；凡民之用也，必待令之行也，而民乃用；凡令之行也，必待近者之胜也⑧，而令乃行。故禁不胜于亲贵，罚不行于便辟，法禁不诛于严重⑨，而害于疏远，庆赏不施于卑贱，而求令之必行⑩，不可得也。能不通于官⑪，受禄赏不当于功，号令逆于民心，动静诡于时变⑫，有功不必赏，有罪不必诛，令焉不必行，禁焉不

① 得进：受到提拔。 ② 上通：爬上高位。 ③ 服：推行。 ④ 应难不捷：遇到危难不能迅速作出反应。捷：迅速。 ⑤ 三者：指“朝不贵经臣”、“国不服经俗”和“民不务经产”等三个方面。现一：出现其中一种情况。 ⑥ 虚重：凭空强大。 ⑦ 用：被使用，被役使。 ⑧ 近者：亲近的人。胜：制服。 ⑨ 严重：有权威的重臣。 ⑩ “而求”上原有“二三”两字，今据文意删去。 ⑪ 能：才能。通：当作“适”，意为相称。 ⑫ 动静：指国家的政治措施。诡：违背。

必止，在上位无以使下，而求民之必用，不可得也。将帅不严威，民心不专一，阵士不死制①，卒士不轻敌②，而求兵之必胜，不可得也。内守不能完③，外攻不能服④，野战不能制敌，侵伐不能威四邻⑤，而求国之重，不可得也。德不加于弱小，威不信于强大⑥，征伐不能服天下，而求霸诸侯，不可得也。威有与两立，兵有与分争，德不能怀远国⑦，令不能一诸侯，而求王天下⑧，不可得也。

地大国富，人众兵强，此霸王之本也⑨，然而与危亡为邻矣。天道之数⑩，人心之变。天道之数，至则反⑪，盛则衰。人心之变，有余则骄⑫，骄则缓怠。夫骄者⑬，诸侯失于外；缓怠者，民乱于内。诸侯失于外，民乱于内，天道也，此危亡之时也。若夫地虽大⑭，而不并兼，不攘夺；人虽众，不缓怠，不傲下⑮；国虽富，不侈泰，不纵

① 阵士：作战的兵士。死制：为军令效死。 ② 轻敌：轻视敌人。 ③ 内守：防守。完：坚固。 ④ 服：使对方屈服。 ⑤ 威：威震，威慑。 ⑥ 信（shēn 伸）：同“伸”展开，伸张。 ⑦ 怀：怀柔，笼络。 ⑧ 王（wàng 旺）：称王。名词作动词用。 ⑨ 霸王：强大的诸侯如齐桓公、晋文公，能纠合各诸侯国，尊崇王室，抵御外族，称为“霸”；为各诸侯国的共主，号令天下，称为“王”。 ⑩ 数：发展规律。 ⑪ 至：到达顶点。 ⑫ 有余：指上文的“地大国富，人众兵强”。 ⑬ 夫骄者：此下原有“骄诸侯骄诸侯者”七字，据下文“缓怠者民乱于内”文例删。 ⑭ 若夫：至于。 ⑮ 傲下：对臣民傲慢。

欲;兵虽强,不轻侮诸侯,动众用兵必为天下政治[1],此正天下之本,而霸王之主也。

凡先王治国之器三,攻而毁之者六。明主能胜六攻[2],故不益于三者[3],而自有国正天下[4]。乱王不能胜六攻,故亦不损于三者[5],而自有天下而亡。三器者何也?曰:号令也,斧钺也[6],禄赏也。六攻者何也?曰:亲也,贵也,货也,色也,巧佞也,玩好也[7]。三器之用何也?曰:非号令毋以使下,非斧钺毋以威众[8],非禄赏毋以劝民[9]。六攻之败何也?曰:虽不听,而可以得存者[10];虽犯禁,而可以得免者;虽毋功,而可以得富者。凡国有不听而可以得存者,则号令不足以使下;有犯禁而可以得免者,则斧钺不足以威众;有毋功而可以得富者,则禄赏不足以劝民。号令不足以使下,斧钺不足以威众,禄赏不足以劝民。若此则民毋为自用[11]。民毋为自用则战不

① 治:原作“理”,据篇末“以为天下政治也”文例改。② 明主能胜六攻:“主”原作“王”、“六”原作“其”,并改正。下同。③ 益:增加,超过。④“自有国正天下”,意思是说起自诸侯而终于统治天下。有国,指有诸侯国。正天下,统治天下。⑤ 损:减少。⑥ 斧钺:指刑罚,古代大刑使用斧钺。钺,大斧。⑦ 玩好:供赏玩的器物。⑧ 威:威慑。⑨ 劝:鼓励。⑩ 得存:平安无事。⑪ 自:指君主。

胜，战不胜则守不固①，守不固则敌国制之矣。然则先王将若之何？曰：不为六者变更于号令，不为六者疑措于斧钺②，不为六者益损于禄赏。若此则远近一心，远近一心则众寡同力，众寡同力则战可以必胜而守可以必固。非以并兼攘夺也，以为天下政治也，此正天下之道也。

【翻译】

凡是统治国家的重要工具，没有比法令更重要的了。法令被重视，君主的地位就尊贵；君主地位尊贵，国家就安定。法令被轻视，君主的权威就下降；君主权威下降，国家就会发生危险。所以要使国家安定，在于提高君主的权威；要提高君主权威，在于法令能够推行；要使法令能够推行，在于能严格实行惩罚。刑罚严格，法令能够推行，官吏们都会畏惧；刑罚不严，法令不能推行，官吏们就都高兴。所以，贤明的君主很懂得统治人民的根本办法，根本办法中最重要的就是法令。所以说：擅自对法令打折扣的该处死，擅自增加法令条文的该处死，不执行法令的该处死，不及时传达法令的该处死，不服从法令的该处死。以上五种死罪都不能赦免，

① 则：原作“而”，据上下文文例改。 ② 疑措：行动迟疑，不坚决。

一切以法令作为准绳。所以说：法令有权威，臣民自然畏服。

君主昏庸，法令虽然是本人制定，但可行与否却要由下面的人来议论决定。如果臣下可以背离君主的法令去作威作福，随心所欲地去谋取私利，官吏们哪有不高兴的呢！再说，法令虽然由君主制定，而可行与否却由下边决定，这就是大权被下边的人所控制了。大权被下边的人控制，要想君主的地位不发生危险，那是不可能的。法令公布后而不及时传达的人无罪，这就是引导人们不尊重法令。法令公布后而不执行的人无罪，执行的人反而有罪，这都是叫人们不听从法令。法令公布后是否能推行由百官来决定，这就是大权旁落。法令公布后而擅自增减的人无罪，这就是把人们引入邪路。这样，巧言谄媚的人就会为谋取私利而互相勾结，搞小圈子的人将会拉帮结派，贪利的人将会不择手段地捞取钱财，懦弱的人将会去讨好有钱有势的人、事奉君主的亲信，骄傲自大的人就会去沽名钓誉。所以，法令一公布，就给人们敞开了五条邪路，而要想君主的地位不发生危险，下边的人不起来捣乱，那是不可能的。

粮食不足，不禁止奢侈品的生产，老百姓就必然会挨饿，而工匠们却还用精雕细刻来相互夸耀，这就叫“逆”。纺织品不够，做衣服没有节制，老百姓就一定会因缺衣而受冻，而女人们还以华丽精美的衣着来相互炫耀，这就叫做“逆”。拥有万辆兵车的大国，士兵不能在野外同敌人作战，国家就有灭亡的危险，而应服兵役的男子却还以能逃避兵役来相互夸耀，这也叫做“逆”。给人爵位不论才能，给人俸禄不论功劳，那么，将士们就不肯执行军令、为国牺牲，群臣也必然会勾结他国，请托权贵，玩弄权术，巴结宠臣，以升官发财为光荣来相互夸耀，这还是叫“逆”。

朝廷要有模范的臣子，国家要有良好的风气，百姓要有正当的职业。什么叫模范的臣子？能根据本身的才能接受官职，不欺骗君主；严格按照法令治理国家，不结党营私；办事尽心尽力，不计较个人得失；遇到危险，遭到祸患，能不怕牺牲；接受俸禄不超过自己的功劳，担任官职不夸大自己的能力，不会无功受禄，这就是朝廷里模范的臣子。什么叫国家的良好风气？人们的好恶不违背君主的愿望，所看重和轻视的不违背法令的规定，没有违背君主意图的事，没有在下面拉帮结派的言论，没有奢侈的享受，没有超越等级的衣服用具，在乡里的行为很规矩，不和朝廷的事闹对立，这就是国家的良好风气。什么叫百姓的正当职业？繁殖牲畜，种植树木，抓紧农时，栽种粮食，努力搞好农业生产，开垦荒地，禁止奢侈品生产，这就是百姓的正当职业。所以说：如果朝廷不重用模范的臣子,那些善于阿谀奉承的人就会钻进官府,没有功劳的人就会白受爵禄,搞歪门邪道的人就会为所欲为,没有才能的人就会步步高升。国家没有形成良好的风气,臣下不顺从,君主的命令就难以推行。百姓不从事正当职业,粮仓就会空虚,财政开支就会发生困难。阿谀奉承的人升官,无功的人白受爵禄,坏人得逞,没有能力的人步步高升,大臣们就会不和。臣下不顺从,君主的命令难以推行,遇到危险就不能迅速作出反应。粮仓空虚,财政开支不足,国家就难以固守。要是出现了上述三种情况中的一种,国家就会被敌国控制。

所以,国家不是凭空就会强大,军队不是凭空就能战胜敌人,百姓不是凭空就会听从支配,法令不是凭空就能推行。凡是国家的强大,一定要靠军队能够打胜仗,国家才会强大;凡是军队要打胜仗,一定要靠百姓听从支配,军队才会打胜仗;凡是百姓听从支配,必须法令能够贯彻,百姓才会听从支配;凡是要贯彻法令,必须要使亲近的人也知守法,法令才能贯彻执行。要是禁令不能制服亲近和权贵,处罚不能加于身边的宠臣,法令不能用于惩罚有权威的重臣,只是去残害关系疏远的人,奖赏不能给予地位卑贱的人,这样,要想使法令能够推行,那是不可能的。才能和所担任的管职不相称,所受的俸禄和赏赐同功劳不相称，号令违背百姓的愿望，政治措施不适应时势的变化，有功的不一定受赏，有罪的不一定受到惩罚，命令颁布了不一定执行，禁令下达了不一定能制止犯法，处在上层地位没有办法使用下级，要想使百姓能够听从支配，那是办不到的。将帅没有威信，民心不能一致，战场上的士兵不能服从军令去效死，兵士们不敢藐视敌人，要想军队能够克敌制胜，那是不可能的。内部守卫不能稳固，向外进攻不能取胜，要想国家强大，那是办不到的。恩惠不能施予弱小的国家，威力不能加于强大的国家，用兵不能使天下服从，要想称霸诸侯，那是不可能的。论国威有足以与自己相并立的，论兵力有足以与自己相抗争的，恩惠不能笼络远方的国家，号令不使诸侯一体听从，要想称王天下，那是不可能的。

地大国富，人多兵强，这是称王、称霸的根本条件，但是，这也就接近危亡了。事物发展的规律，人们思想的变化，就是如此。事物发展的规律，是到达了顶点就要走向反面，发展到极盛就要走向衰落。人们思想的变化，是富强了就会骄傲，骄傲了就会懈怠。一骄傲，就会失去诸侯的支持于外；一懈怠，就会引起民众的骚乱于内。对外失去诸侯的支持，对内有民众的骚乱，这就是事物发展的规律，这就是国家已到危亡的时刻了。国土虽然广大，而不去兼并其他诸侯的地方，也不掠夺其他国家的财富；人口虽然众多，而不松懈怠惰，不对臣民傲慢；国家虽然富有，而不奢侈，不放纵无度；兵力虽然强大，而不随便欺侮其他诸侯，出兵作战一定是为了治理天下，这就是匡正天下的根本，这就是能实现霸业王业的君主。

大凡前代君王治国有三种工具，导致失败有六方面的原因。英明的君主能克服六种破坏因素，所以治国的工具虽然不超过三种，也能起自诸侯而统治天下。昏庸的君主不能克服六种破坏因素，所以治国的工具虽然也不少于三种，但纵使有了天下，也要灭亡。三种工具是什么？回答是：号令，刑罚，爵禄和赏赐。六种破坏因素是什么？回答是：近亲，贵臣，财货，美色，用花言巧语献媚的人和供玩赏的器物。三种工具有什么作用？回答是：没有号令就不能驱使百姓，没有刑罚就不能威慑群众，没有俸禄赏赐就不能鼓励臣民。六种破坏因素的破坏作用表现在哪里？回答是：表现在虽然不听命令，而仍能平安无事；虽然触犯禁条，仍然可以免于处分；虽然没有功劳，仍然可以获得财富。凡是一个国家有不听命令而仍会平安无事的人，号令就不能驱使臣民；有触犯禁条而仍可免于处分的人，刑罚就不能震慑群众；有无功就可获得财富的人，俸禄赏赐就不足以鼓励臣民。这样，民众就不会为君主效力。民众不为君主效力，作战就不能取胜；作战不能取胜，防守也就不会稳固；防守不稳固就会被敌国所控制了。那么，前代君主将会怎么办呢？回答是：不为上述六个因素的干扰而变更号令，不因六个因素的干扰而不坚决采用刑罚，不为上述六个因素的干扰而增加或减少俸禄奖赏。这样，就会远近一心；远近一心，不论人多人少都会齐心协力；只要齐心协力，作战必能制胜，防守必能稳固。不是为了兼并土地，掠夺财富，而是为了把天下治理好，这就是统治天下的必由之路啊。

小　匡（节选）

“匡”当是表示竹简尺寸的长短。《管子》书中有《大匡》、《中匡》、《小匡》三篇，都载述管仲事迹。《小匡》是八寸的竹简书，应为私家所著，内容记载了齐桓公返国后，不记旧怨，采纳鲍叔牙的建议，任用管仲为辅佐，创立霸业的经过。

本篇为我们了解管仲其人，特别是他在齐国所进行的改革，提供了重要资料。

桓公自莒反于齐①，使鲍叔牙为宰②。鲍叔辞曰："臣，君之庸臣也③。君有加惠于其臣④，使臣不冻饥，则是君之赐也。若必治国家，则非臣之所能也，其唯管夷吾乎⑤！臣之所不如管夷吾者五：宽惠爱民，臣不如也；治国不失秉⑥，臣不如也；忠信可结于诸侯，臣不如也；制礼义可法于四方，臣不如也；介胄执枹⑦，立于军门，使百姓皆加勇，臣不如也。夫管仲，民之父母也，将欲治其子，不可弃其父母。"公曰："管夷吾亲射寡人⑧，中钩，殆于死，今乃用之，可乎？"鲍叔曰⑨："彼为其君勤也⑩，君宥而反之⑪，其为君亦犹是也。"公曰："然则为之奈何？"鲍叔曰："君使人请之鲁。"公曰："施伯，鲁之谋臣也，彼

① 桓公：名小白，齐襄公的儿子。齐国内乱，他以公子的身份，带了鲍叔牙等人逃亡到莒国；他的弟弟公子纠带了管仲等人逃到鲁国，和他争位。后来，公子小白打败鲁军和公子纠，得以回到齐国为君。莒：己姓小国，在今山东莒县南。反：同"返"。 ② 鲍叔牙：齐国大夫。宰：掌握国政的大臣。③ 庸：平凡。 ④ 有：同"又"。 ⑤ 管夷吾：即管仲（名夷吾，字仲）。 ⑥ 秉：权柄，原则。 ⑦ 介：甲，披上铠甲。胄：头盔，戴上头盔。枹（fú 扶）：鼓槌。 ⑧"管夷吾"以下三句：公子小白与公子纠在急夺君位时，管仲曾追随公子纠，在战斗中射中小白（即后来的桓公）衣带钩。钩：腰间的衣带钩。殆：接近，几乎。 ⑨ 鲍叔：即鲍叔牙。 ⑩ 勤：卖力。原作"动"，形近而误。 ⑪ 宥（yòu 又）：宽恕。

知吾将用之，必不吾予也。”鲍叔曰：“君诏使者曰①：‘寡君有不令之臣在君之国②，愿请之以戮于群臣。’鲁君必诺。且施伯知夷吾之才，必将致鲁之政。夷吾受之，则鲁能弱齐矣；夷吾不受，彼知其将反于齐，必杀之。”公曰：“然则夷吾受乎？”鲍叔曰：“不受也。夷吾事君无二心。”公曰：“其于寡人犹如是乎？”对曰：“非为君也，为先君与社稷之故。君若欲定宗庙，则亟请之③，不然无及也。”

公乃使鲍叔行成④，曰：“公子纠，亲也，请君讨之⑤。”鲁人为杀公子纠。又曰：“管仲，仇也，请受而甘心焉⑥。”鲁君许诺。施伯谓鲁侯曰：“勿予。非戮之也，将用其政也。管仲者，天下之贤人也，大器也⑦。在楚则楚得意于天下⑧，在晋则晋得意于天下⑨，在狄则狄得意于天下⑩。今齐求而得之，则必长为鲁国忧，君何不杀而受之其尸⑪。”鲁君曰：“诺。”将杀管仲。鲍叔进曰：“杀之齐，是戮齐也；杀之鲁，是戮鲁也。敝邑寡君愿生得之，

---

① 诏：告诉。 ② 寡君：在别国面前对本国君主的谦称。不令：不善，不好。 ③ 亟：赶快。 ④ 行成：求和。 ⑤ 讨之：声讨他的罪过。 ⑥ 受：同“授”。甘心：快意。 ⑦ 大器：指有大才大用的人。 ⑧ 楚：春秋时南方大国，疆域约在长江中游一带。 ⑨ 晋：春秋时北方大国，姬姓，疆域约在今山西境内。 ⑩ 狄：分布在北方许多地区的少数民族。 ⑪ 受之：受同“授”。

以狗于国①，为群臣戮；若不生得，是君与寡君贼比也②。非敝邑之君所请也③，使臣不能受命。”于是鲁君乃不杀，遂生束缚而柙以予齐④。鲍叔受而哭之，三举⑤。施伯从而笑之，谓大夫曰：“管仲必不死。夫鲍叔之仁⑥，不戮贤人，其智知称贤以自成也⑦。鲍叔相公子小白⑧，先入得国，管仲、召忽奉公子纠后入。与鲁以战，能使鲁败⑨，功足以⑩。得天与失天⑪，其人事一也。今鲁惧，杀公子纠、召忽，囚管仲以予齐，鲍叔知无后事，必将勤管仲以劳其君顾⑫，以显其功，众必予之有得⑬。力死之功犹尚可加也⑭，显生之功将何如⑮？是昭德以贰君也⑯。鲍叔之知⑰，不是失也。”

① 狗：同“徇”，示众。 ② 贼：仇人。比：亲近。 ③ 请：原作“谓”，形近而误。 ④ 柙（xiá 霞）：囚笼，此指关在囚笼中。 ⑤ 三举：是说哭了好几声。“三”只是指几次，不是实数。 ⑥ 仁：原作“忍”，音近而误。 ⑦ “知”字原脱，据文义补。称：举。自成：成就自己的事业。 ⑧ 相：辅佐。 ⑨ 能使鲁败：这句主语是鲍叔。 ⑩ 以：同“已”，句末助词。 ⑪ 得天：得上天的佑助，指鲍叔牙。失天：指管仲。 ⑫ 勤：为其努力。顾：信用。字原作“愿”，形近而误。 ⑬ 予之有得：把“有德”的名义给予他。得，同“德”。 ⑭ 力死：为国家出死力。加：同“嘉”，嘉奖，称赞。 ⑮ 显生：提拔活力。 ⑯ 昭德：显于德行。贰：副贰，辅佐。 ⑰ 知：同“智”。

至于堂阜之上①，鲍叔祓而浴之三②。桓公亲迎之郊。管仲诎缨插衽③，使人操斧而立其后。公辞斧三，然后退之。公曰："垂缨下衽，寡人将见。"管仲再拜稽首曰④："应公之赐，杀之黄泉，死且不朽。"公遂与归，礼之于庙，三酌而问为政焉⑤，曰："昔先君襄公，高台广池，湛乐饮酒⑥，田猎毕弋⑦，不听国政。卑圣侮士，唯女是崇⑧。九妃六嫔⑨，陈妾数千⑩，食必粱肉⑪，衣必文绣，而戎士冻饥。戎马待游车之敝，戎士待陈妾之余。倡优侏儒在前⑫，而贤士大夫在后。是以国家不日益，不月长。吾恐宗庙之不扫除，社稷之不血食⑬，敢问为之奈

① 堂阜：齐邑。在今山东蒙阴县西北。 ② 祓（fú 福）：古人在神前去除邪祟的一种形死。浴：用香薰草药进行沐浴。三：也是泛指几次。下文"辞斧三"、"三酌"等均同。 ③ 诎：同"屈"，弯曲。缨：系帽的带子。衽：衣襟。 ④ 稽首：古代的跪拜礼，先跪地拱手，埋头至手，然后两手拜揖至地，手不分开，头也接触到地。 ⑤ 酌：敬酒。 ⑥ 湛乐：沉醉于享乐。 ⑦ 毕：用长柄网捕捉猎物。弋（yì 意）：用绳系在箭尾以射取飞鸟。 ⑧ 崇：崇尚，看重。 ⑨ 嫔（pín 贫）：古代国君宫中女官名，实即君主的妾。 ⑩ 陈：列。 ⑪ 粱：品质优良的黄色小米。 ⑫ 倡优：歌舞伎。侏儒：供国君逗乐的矮人。 ⑬ 社稷：古代天子、诸侯所祭祀的土神和谷神，国家政权的象征。不血食：不能享受牲畜的祭祀，指亡国。

何?”管子对曰:“昔吾先王周昭王、穆王世法文、武之远迹[①],以成其名。合群叟比校民之有道者[②],设象以为民纪[③],式券以相应[④],比缀以书,原本穷末。劝之以庆赏,纠之以刑罚,粪除其颠旄[⑤],赐予以镇抚之,以为民终始[⑥]。”

公曰:“为之奈何?”管子对曰:“昔者圣王之治其民也,参其国而伍其鄙[⑦],定民之居,成民之事,以为民纪。谨用六秉[⑧],如是而民情可得,而百姓可御。”桓公曰:“六秉者何也?”管子曰:“杀、生、贵、贱、贫、富,此六秉也。”桓公曰:“参国奈何?”管子对曰:“制国以为二十一乡[⑨];商工之乡六,士农之乡十五。公帅五乡[⑩],高子帅五乡,

---

① 周昭王:名瑕,康王子,在位十九年。他曾多次南征楚国,后死于汉水中。穆王:名满,昭王子,在位五十五年。相传曾驾八骏马周游天下。文:指周文王,名昌,王季之子,奠定了灭商的基础。武:周武王,名发,文王子,率兵克商,建立周朝。远迹:过去的业绩。迹同“绩”,功绩。 ② 合:会合。叟:原作“国”,据《国语·齐语》改。比校:评比考核。 ③ 象:指法令。纪:纪纲,标准。 ④ 式券:合乎规定的表格。相应:和需要了解的相适应。券,原作“美”,据文义改。 ⑤ 粪除:清除。颠旄:头顶上的发。剃去头发,在古代属于髡刑。 ⑥ 终始:自始至终,经常采取的办法。 ⑦ 参其国:把国都及其近郊分为三部分。国,指都城。伍其鄙:把远郊区分为五部分。鄙,远郊。 ⑧ 秉:同“柄”,权柄。 ⑨ 制国:划分都城的区域。
⑩ 五:原作“十一”,据《国语·齐语》改。

国子帅五乡。叁国故为三军。……”

……

正月之朝，乡长复事①，公亲问焉，曰：“于子之乡，有居处为义、好学、聪明、质仁、慈孝于父母、长悌闻于乡里者②，有则以告。有而不以告，谓之蔽贤，其罪五。”有司已于事而竣③。公又问焉，曰：“于子之乡，有拳勇股肱之力、筋骨秀出于众者④，有则以告。有而不以告，谓之蔽才，其罪五。”有司已于事而竣。公又问焉，曰：“于子之乡，有不慈孝于父母，不长悌于乡里，骄躁淫暴，不用上命者⑤，有则以告。有而不以告，谓之下比⑥，其罪五。”有司已于事而竣。于是乎乡长退而修德进贤。桓公亲见之，遂使役之官⑦。公令官长，期而书伐以告⑧，且令选官之贤者而复之。曰：“有人居我官有功，休德维顺⑨，端悫以待时使⑩。使民恭敬以劝。其称秉言⑪，则足以补官之不善政。”公宣问其乡里，而有考验。乃召而与之

---

① 复：报告。 ② 质仁：性格仁爱。长悌：友爱兄弟。 ③ 竣（jùn 俊）：退立。 ④ 拳勇：勇敢。秀出：突出。 ⑤ 上：君主。 ⑥ 下比：在下边连结私党。 ⑦ 役之官：在官府担任辅助性职务。 ⑧ 期（jī 基）：周年。伐：功劳，成绩。 ⑨ 休：美。 ⑩ 端悫（què 确）：正直，老实。 ⑪ 称秉言：把诽谤的意见向上反映。称，扬。秉，通“谤”。

坐,省相其质①,以参其成功。成事可立②,而时设问国家之患而不究③,退而察问其乡里,以观其所能,而无大过,登以为上卿之佐④,名之曰三选⑤。

高子、国子退而修乡⑥,乡退而修连⑦,连退而修里⑧,里退而修轨⑨,轨退而修家⑩。是故匹夫有善⑪,故可得而举也;匹夫有不善,故可得而诛也。政既成,乡不越长⑫,朝不越爵⑬。罢士无伍⑭,罢女无家⑮。士三出妻⑯,逐于境外;女三嫁,入于舂谷⑰。是故民皆勉为善。士与其为善于乡,不如为善于里;与其为善于里,不如为善于家。是故士莫敢言一朝之便,皆有终岁之计;莫敢以终岁为议,皆有终身之功。

---

① 省相:观察。 ② 可立:可以立为大官。 ③ 时:随时。设问:假设以提问。不究:对答不穷。究,原误作“肉”,今改正。 ④ 登:升,提拔。上卿:为最高一级的爵位。 ⑤ 三选:指乡长、长官和国君的三次选拔。 ⑥ 高子、国子:齐国享有上卿爵位的两家世袭贵族。修:治理,下同。 ⑦ 连:为乡的下属,十连为乡。 ⑧ 里:为连的下属,四里为连。 ⑨ 轨:为里的下属,十轨为里。 ⑩ 家:为轨的下属,五家为轨。 ⑪ 匹夫:指庶人、平民。 ⑫ 乡不越长:乡里按长幼排列,年幼的不越过年长的。 ⑬ 朝不越爵:在朝廷上,无能者的爵位不能越居贤人的前边。 ⑭ 罢(pí 皮)士:行为不端的男子。“罢”通“疲”。下同。无伍:没有人愿和他为伍。 ⑮ 罢女无家:行为不端的女子,嫁不出去。家,指夫家。 ⑯ 出妻:休弃妻子。 ⑰ 入于舂谷:罚为官府舂谷。

正月之朝，五属大夫复事于公①。择其寡功者而谯之曰②："列地分民者若一，何故独寡功？何以不及人？教训不善，政事其不治，一再则宥，三则不赦。"

……

政成国安，以守则固，以战则强。封内治③，百姓亲，可以出征四方，立一霸王矣④。

桓公曰："卒伍定矣⑤，事已成矣，吾欲从事于诸侯，其可乎？"管子对曰："未可。若军令则吾既寄诸内政矣，夫齐国寡甲兵，吾欲轻重罪而移之于甲兵⑥。"公曰："为之奈何？"管子对曰："制重罪入以兵甲犀胁、二戟⑦；轻罪入兰、盾、鞈革、二戟⑧；小罪入以金钧分⑨；宥薄罪入以半钧；无坐抑而讼狱者⑩，正三禁之而不直⑪，则入一束矢以罚之⑫。美金以铸戈、剑、矛、戟⑬，试诸狗马；恶金

① 五属大夫：在远郊区（鄙），三乡为属，每属有大夫，五属有五大夫。 ② 寡：少。谯（jiào 叫）：通"诮"，责问。责备。 ③ 封：国境。 ④ 立：成为。 ⑤ 卒伍：五人为伍，二百人为卒。 ⑥ 轻重罪：减轻犯重罪者的刑罚。重罪，此指死罪。移之于甲兵：使犯罪的人用铠甲兵器赎罪。 ⑦ 犀胁：犀革做成的马护胁饰件。戟：戈矛的合体，可勾可刺。 ⑧ 轻罪：毁伤肢体的刑罚。兰：兵器架。鞈（jiá 夹）革：护胸皮革。 ⑨ 小罪：不够用五刑惩罚的罪。入以金钧分：交铜一钧半。古代以三十斤为一钧。分，半。 ⑩ 坐抑：冤屈。"坐"同"挫"。 ⑪ 正：官长。 ⑫ 束矢：十二支箭。 ⑬ 美金：指铜。

以铸斤、斧、钽、夷、锯、欘[①]，试诸木土。”

桓公曰：“甲兵大足矣，吾欲从事于诸侯，可乎？”管仲对曰：“未可。治内者未具也，为外者未备也。”故使鲍叔牙为大谏[②]，王子城父为将[③]，弦子旗为理[④]，宁戚为田[⑤]，隰朋为行[⑥]，曹孙宿处楚，商容处宋[⑦]，季友处鲁，卫开方处卫[⑧]，匽尚处燕[⑨]，审友处晋。又游士八十人[⑩]，奉之以车马衣裘，多其资粮，财币足之，使出周游于四方，以号召收求天下之贤士。饰玩好，使出周游于四方，鬻之诸侯，以观其上下之所贵好，择其沈乱者而先政之[⑪]。公曰：“外内定矣，可乎？”管子对曰：“未可。邻国未吾亲也。”公曰：“亲之奈何？”管子对曰：“审吾疆埸[⑫]，反其侵

① 恶金：指铁。斤：小锄。钽：同“锄”。夷：镰刀之类。欘(zhuó 酌)：砍刀。 ② 大谏：官名，负责规谏君主的官。 ③ 王子城父：齐国将领，曾打败狄族的进攻，生擒敌方将领侨如。 ④ 弦子旗：名章，字子旗，齐臣，善于断狱。理：官名，主管诉讼的官。 ⑤ 宁戚：卫人，他曾从事商业活动，深通经济之学。田：官名，主管土地的官。 ⑥ 隰朋：齐国贵族，齐庄公的曾孙。他以对自己要求严，对人要求宽著称。行：官名，主管出使和外交的官。 ⑦ 商容：相传孔子曾在他那里学到了保持柔弱的道理。 ⑧ 卫开方：名开方，卫国公子，在齐国做官。原误作“徐开封”，据《大匡》文改。 ⑨ 匽尚：人名。金文“燕”字作“匽”，则“匽尚”当为燕国人。 ⑩ 八十人：原误作“八千人”，据《国语·齐语》改。 ⑪ 沈：通“淫”。政：通“征”。 ⑫ 疆埸(yì 易)：边境。

地，正其封界①；毋受其货财，而更为皮币以极聘頫于诸侯②，以安四邻，则邻国亲我矣。”

桓公曰：“甲兵大足矣，吾欲南伐，何主？”管子对曰：“以鲁为主，反其侵地常、潜③，使海于有蔽④，渠弥于有陼⑤，环山于有牢⑥。”桓公曰：“吾欲西伐，何主？”管子对曰：“以卫为主⑦。反其侵地台、原、姑与桼里⑧，使海于有蔽，渠弥于有陼，环山于有牢。”桓公曰：“吾欲北伐，何主？”管子对曰：“以燕为主。反其侵地柴夫、吠狗⑨，使海于有蔽，渠弥于有陼，环山于有牢。”四邻大亲。既反其侵地，正其封疆，地南至于岱阴⑩，西至于济⑪，北至于海，东至于纪随⑫，地方三百六十里。三岁治定，四岁教成，五岁兵出。有教士三万人，革车八百乘⑬。诸侯多沈

① 封界：国界。 ② 更：又。字原作“美”，形近而误。皮币：列国交往时送给对方的礼品。极：通“亟”，多次。聘：访问。頫（tiào 跳）：诸侯互相访问会见的礼仪。 ③ 常：同“棠”，鲁邑，今山东鱼台县鱼城镇北。潜：鲁邑，今山东济宁市。④ 于：于是。蔽：障蔽。 ⑤ 渠弥：小海。有陼：有险可守。陼，通“堵”，险阻。 ⑥ 环山：绕山。牢：牢固，坚固。 ⑦ 卫：姬姓国，都城是楚丘（今河南滑县东）。 ⑧ 台、原、姑与、桼里：卫国四邑，今地不详。 ⑨ 柴夫、吠狗：燕国的两个邑，今地不详。 ⑩ 岱阴：泰山之北。岱，同“泰”。阴，山北为阴。 ⑪ 济：水名，流经齐国西部的一条重要河流。 ⑫ 纪随：原纪国的邑，后入齐，在今山东淄博市东。 ⑬ 革车：战车。

乱，不服于天子。于是乎，桓公东救徐州①，分吴半②。存鲁③，陵蔡④，割越地⑤。南据宋、郑征伐楚⑥，济汝水⑦，逾方城⑧，望文山⑨，使贡丝于周室。成周反胙于隆

① 徐州：邑名，在今山东滕州南的薛城。“徐州”的名称，在战国齐威王十八年（公元前 339 年）时才出现，这里说“桓公东救徐州”，不是事实。 ② 吴：姬姓国，都姑苏（今江苏苏州市）。这里说齐分掉吴国土地的一半，不是事实。 ③ 存鲁：指齐桓公平定鲁国庆父之乱的事，详后。 ④ 凌蔡：侵犯蔡国。凌，侵。公元前 656 年，齐桓公率诸侯伐楚，先进攻蔡国（姬姓国，楚国的同盟），蔡国被击溃。 ⑤ 越：姒姓国，相传是夏代后裔所建，都会稽（今浙江绍兴）。 ⑥ 据：依。宋：商代后裔微子所建立的国家，都商丘（今河南商丘）。郑：姬姓国，初封在今陕西华县北，郑武公改都今河南新郑。楚：芈姓国，都郢（今湖北江陵），是春秋时南方的大国。讨伐楚国，保卫中原先进文化区，是齐桓公霸业的重要内容。 ⑦ 汝水：主要流经春秋时郑南和楚北，从中原伐楚。必须渡过汝水。
⑧ 方城：楚国北方要塞。西起今河南鲁山县境，经叶县境，东至今泌阳县，绵延数百里，是楚沿伏牛山东北麓所筑的一条长城。“城”原作“地”，据《国语·齐语》改。 ⑨ 望：望祭。文山：岷山。

岳①，荆州诸侯莫不来服②。中救晋公③，擒狄王，败胡貉④，破屠何⑤，而骑寇始服⑥。北伐山戎⑦，制泠支⑧，斩孤竹⑨，而九夷始听⑩，海滨诸侯，莫不来服。西征攘白狄之地⑪，遂至于西河⑫，方舟投柎⑬，乘桴济河⑭，至于石枕⑮。县车束马⑯，逾太行与卑耳之貉⑰，拘泰夏⑱，

① 成周：指东周王朝。周室东迁后都成周（今河南洛阳市）。胙：祭祀时献神的肉。隆岳：即太岳，指齐国。古代以四岳为方伯（一方诸侯的领袖），此处是说周室把齐桓公看成方伯。 ② 荆州：指南方地区。 ③ 救晋公擒狄王：齐桓公创霸时，晋国国君是晋献公，力量正强，说齐"救晋公"不合事实。擒狄王的事同样于史无考。 ④ 胡貉：东北地区少数民族。 ⑤ 屠何：东北境内少数民族，东胡的祖先。分布在今辽宁锦州西北。 ⑥ 骑寇：骑马的敌人。 ⑦ 山戎：少数民族部落名，散处于今河北迁安、卢龙、滦县一带。 ⑧ 泠支：即令支，古国名，在今河北卢龙境。 ⑨ 孤竹：古国名，在今河北卢龙南。 ⑩ 九夷：泛指东方海上的许多少数民族。 ⑪ 攘：夺。白狄：西方的少数民族，姬姓。 ⑫ 西河：今山西南部，黄河以西地区。 ⑬ 方舟：两舟相并。投柎：把木筏放在河中。柎，同"桴"，竹木编成的筏。 ⑭ 济河：渡河。 ⑮ 石枕：晋地，在今山西沁县西南。"枕"原作"沈"，据《国语·齐语》改。
⑯ 县车束马：把车马结扎一番，这是准备上山时的动作。县，同"悬"。 ⑰ 太行：山名，在今山西境内。卑耳：山名，在今山西境内。貉，原作"貉"，据《国语·齐语》改。 ⑱ 拘：捉获敌方君主。泰夏：即大夏，西北方的国家。泰，原作"秦"，形近而误。下同。

西服流沙、西虞①,而秦戎始从②。故兵一出而大功十二。故东夷、西戎、南蛮、北狄,中诸侯国,莫不宾服③。与诸侯饰牲为载书④,以要誓于上下庶神⑤,然后率天下定周室⑥,大朝诸侯于阳谷⑦。故兵车之会六,乘车之会三,九合诸侯,一匡天下⑧。军不解垒⑨,兵不解翳⑩,弢无弓⑪,服无矢⑫,寝武事⑬,行文道,以朝天子⑭。

---

① 流沙:地名,今甘肃居延县居延泽。西虞:即虞国,在今山西平陆县东北。 ② 秦戎:秦地的戎族。指今甘肃境内的一些少数民族。 ③ 宾服:服从。 ④ 饰牲:把祭神的牲畜加以装饰,这是祭神的仪式。载书:盟约。 ⑤ 要(yāo 邀)誓:在神前发誓。庶神:众神。"要誓"原作"誓要","庶"原作"荐",据《国语·齐语》改正。 ⑥ 率天下定周室:公元前649年,周襄王的弟弟王子带召伊洛之戎攻周,入王城,焚东门。次年,齐桓公派管仲主持周室和戎族的和谈。又次年,齐派大臣仲孙湫召集诸侯的军队为周室戍守。 ⑦ 大朝诸侯于阳谷:公元前657年,齐桓公与宋、江、黄三国在阳谷会商进攻楚国的事。大朝,大会。阳谷:齐邑,在今山东阳谷县东北。 ⑧ 匡:正,纠正。 ⑨ 垒:通"累",盛铠甲的器具。 ⑩ 翳(yì 异):盛弓箭的器具。 ⑪ 弢(tāo 滔):盛弓的袋子。 ⑫ 服:盛箭的袋子。 ⑬ 寝:停止。 ⑭ 朝天子:公元前655年,齐桓公召集诸侯在首止(卫地,在今河南睢县东南)和周王的太子郑会盟,商量安定周室的事。

葵丘之会①，天子使大夫宰孔致胙于桓公曰②："余一人有事于文、武③，使宰孔致胙。"且有后命曰："以尔自卑劳④，实谓尔伯舅毋下拜⑤。"桓公召管仲而谋，管仲对曰："为君不君，为臣不臣，乱之本也⑥。"桓公曰："余乘车之会三，兵车之会六，九合诸侯，一匡天下。北至于孤竹、山戎、秽貉、泰夏⑦，西至流沙、西虞，南至吴、越、巴、牂柯、䫻、不庾、雕题、黑齿⑧。荆夷之国⑨，莫违寡人之

---

① 葵丘之会：公元前651年，齐桓公和诸侯在葵丘会盟，这是齐桓霸业的顶峰。葵丘，宋地，在今河南兰考县东。 ② 天子：指周襄王。宰孔：周臣，又称周公阅、宰周公。 ③ 余一人：周天子的自称。事：指祭祀。古代把祭祀和军事行动看作国家大事。文武：指周文王、周武王。"余一人"后原有"之命"二字，据文义删。 ④ 卑劳：谦卑而辛劳。 ⑤ 实：明确。伯舅：周王把异姓诸侯都称为伯舅。毋下拜：不要下堂拜受祭肉。这是周襄王对齐桓公的特殊礼遇。 ⑥ 本：根子。 ⑦ 秽貉：东北境内的少数民族，分布于今吉林省境。"泰"上原有"拘"字，据文义删。 ⑧ 巴：国名，姬姓。春秋时在今湖北襄阳市一带。牂柯：郡名，汉武帝元鼎六年（前111年）所置，治所在今贵州凯里市西北。春秋时无牂柯之名，齐桓公的势力或影响都不可能到达这个地区。从"北至于孤竹"以下所谈到的国家和地区大都是后代对齐桓公功业的夸大附会。䫻：字书无此字，有人认为是"瓜""长"二字的合书，指的是长沙。不庾：地不详。或是"大庾"，岭名，在广西大庾、广东南雄二县间。雕题、黑齿：指岭南地区至越南北部一带。雕题，用颜色刻涂在额上。题，额。黑齿，岭南的人喜吃槟榔，牙齿变黑。 ⑨ 荆夷：指南方楚国境内的少数民族。

命，而中国卑我。昔三代之受命者①，其异于此乎？”管子对曰：“夫凤凰鸾鸟不降②，而鹰隼鸱枭丰③。庶神不格④，守龟不兆⑤，握粟而筮者屡中⑥。时雨甘露不降⑦，飘风暴雨数臻⑧。五谷不蕃，六畜不育，而逢蒿藜藋并兴⑨。夫凤凰之文⑩，前德义⑪，后日昌⑫。昔人之受命者，龙龟假⑬，河出图⑭，雒出书⑮，地出乘黄⑯。今三祥未见有者⑰，虽曰受命，无乃失诸乎？”桓公惧，出见客曰：“天威不违颜咫尺⑱，小白承天子之命而毋下拜⑲，恐颠

① 三代：夏、商、周。受命：接受上天的命令，指创建新的王朝。 ② 凤凰鸾鸟：传说中盛世出现的吉祥鸟。 ③ 鹰隼（sǔn损）鸱枭：指凶恶的鸟类。 ④ 庶：众。格：至。 ⑤ 守龟：用来占卜的龟。不兆：没有出现吉兆。 ⑥ 中（zhòng重）：应验。 ⑦ 时雨：及时降下的雨。甘露：神灵所赐的露水。 ⑧ 飘风：疾风。臻（zhēn真）：至。 ⑨ 逢蒿藜藋（diào掉）：都是杂草名。 ⑩ 文：花纹。 ⑪ 德义：身形象德义二字。古文德字象凤目，义字象凤头上的冠。 ⑫ 日昌：指凤尾翎上的眼象“日昌”二字之形。 ⑬ 假（gé格）：至，到。 ⑭ 河出图：据说，上古伏羲氏时，有龙马背负着图，从黄河中跃出，因称“河图”。 ⑮ 洛出书：据说，夏禹时，有神龟从洛水中出来，背上负着书，因称“洛书”。 ⑯ 乘黄：传说中的神马名。据说有点象狐狸，背上有两角，乘之寿二千岁。 ⑰ 三祥：指龙龟，河图洛书，乘黄。 ⑱ 天威：天子的威严。咫尺：表示很近。咫（zhǐ只），八寸。 ⑲ 小白承天子之命：“白”下当有“余敢”二字。而：能。

蹶于下①，以为天子羞。”遂下拜，登受赏服、大路、龙旗九游、渠门赤旗②。天子致命于桓公而不受③，天下诸侯称顺焉。

桓公忧天下诸侯。鲁有夫人、庆父之乱④，而二君弑死⑤，国绝无后。桓公闻之，使高子存之⑥。狄人攻邢⑦，桓公筑夷仪以封之⑧，男女不淫，马牛选具⑨。执玉以见⑩，请为关内之侯⑪，而桓公不使也。狄人攻卫，卫人出旅于曹⑫，桓公城楚丘封之⑬，其畜以散亡⑭，故桓公

① 颠蹶(jué 绝)：颠覆。指破坏礼节规定。 ② 登：登堂。大路：大车。龙旗九游：画有蛟龙的旗，下垂九条飘带。渠门：辕门。 ③ 致命：致不必下拜之命。命，原作“胙”，据文义改。 ④ 夫人、庆父之乱：指鲁庄公夫人哀姜和庄公弟庆父私通，扰乱鲁国的事。 ⑤ 二君弑死：鲁庄公死后，庆父先杀掉太子般，接着又杀掉鲁闵公。 ⑥ 使高子存之：齐桓公派上卿商傒至鲁立僖公，使鲁国危而复存。“存之”下原有“男女不淫，马牛选具。执玉以见，请为关内之侯，而桓公不使也”数句，与下文重复，据文义删。 ⑦ 邢：国名，姬姓。公元前661年，狄人攻邢，齐国派兵救邢。 ⑧ 夷仪：邢国所迁的新都，在今河北邢台县西。 ⑨ 选具：齐备。指不受掠夺。 ⑩ 执玉：执玉圭。 ⑪ 关内之侯：“关内侯”是战国时的制度，不是春秋时所有。 ⑫ 旅：寄居。曹：卫地，今河南滑县西南。 ⑬ 城：修筑。楚丘：卫地，今河南滑县东。封之：齐桓公封卫文公在楚丘复国。 ⑭ 畜：指各种牲畜。以：通“已”。散亡：散失。

予之系马三百匹①，天下诸侯称仁焉。于是天下之诸侯，知桓公之为己勤也②，是以诸侯之归之也，譬若市人。

桓公知诸侯之归己也，故使轻其币③，而重其礼。故使天下诸侯以疲马犬羊为币，齐以良马报；诸侯以缦帛鹿皮四介以为币④，齐以文锦虎豹皮报⑤。诸侯之使垂橐而入⑥，捆载而归⑦。故钓之以爱⑧，致之以利，结之以信，示之以武。是故天下小国诸侯，既服桓公，莫之敢倍而归之⑨，喜其爱而贪其利，信其仁而畏其武。

桓公知天下小国诸侯之多与己也⑩，于是又大施惠焉⑪。可为忧者为之忧，可为谋者为之谋，可为动者为之动。伐谭、莱而不有也⑫，诸侯称仁焉。通齐国之鱼盐东

① 系马：拴系在马厩中饲养的良马，指不是在外放牧的一般马匹。② 己：指诸侯自身。勤：救难分灾。③ 币：用于馈赠的礼品。④ 缦帛：没有花纹的帛。四介：四张。古代用皮作礼物时，一般以四张作为单位，称为“乘皮”。⑤ 文锦：有花纹的锦。⑥ 橐（tuó 沱）：袋子。垂橐：表示袋内空空。⑦ 捆载：表示收到的礼物多，成捆地载走。⑧ 钓：招引。字原作“钧”，据文义改。⑨ 倍：通“背”，背叛。⑩ 与：亲近。⑪ 惠：原作“忠”，形近而误。⑫ 伐谭莱：公元前684年，齐灭谭。齐桓公逃亡时，路过谭国，（在今山东济南市附近），谭国不加礼遇。齐桓公返国，诸侯都去朝贺，谭国又没有去，所以齐国兴师灭谭。“伐莱（在今山东昌邑县东南）”之事不详。

莱①，使关市几而不征②，廛而不税③，以为诸侯之利，诸侯称宽焉。筑蔡、鄢陵、培夏、灵父丘④，以御戎狄之地⑤，所以禁暴于诸侯也。筑五鹿、中牟、盖与牡丘⑥，以卫诸夏之地⑦，所以示权于中国也。教大成。

是故天下之于桓公，远国之民望如父母，近国之民从如流水。故行地滋远⑧，得人弥众⑨，是何也？怀其文而畏其武。故杀无道，定周室，天下莫之能圉⑩，武事立也。定三革⑪，偃五兵⑫，朝服以济河，而无怵惕焉⑬，文事胜也。是故大国之君惭愧，小国诸侯附比⑭。是故大国之君事如臣仆，小国诸侯欢如父母。夫然，故大国之君不尊，小国诸侯不卑。是故大国之君不骄，小国诸侯

① 通：流通。东莱：今山东半岛东端。“东莱”上省“于”字。 ② 几：盘查。征：收税。 ③ 廛（chán 蝉）：交纳店租。不税：不收营业税。 ④ 鄢陵：郑邑，在今河南鄢县北。培夏：即“负夏”，卫邑，在今河南濮阳县东南。灵父丘：齐的边邑，即灵丘，在今山东高唐县南。 ⑤ 以御戎狄：“御”原作“卫”，据《国语·齐语》改。 ⑥ 五鹿：卫地，在今河南濮阳县南。中牟：郑邑，今河南汤阴县西。盖与：即阏与，晋地，在今山西和顺县，在晋国北境，和白狄、赤狄连界，筑盖与，是防止他们的南侵。“盖”上原有“邺”字，据《国语·齐语》删。牡丘：齐邑，今山东茌平县东。 ⑦ 卫：保卫。诸夏：指中原地区文化先进的国家。 ⑧ 滋：增加。 ⑨ 弥：愈，更加。 ⑩ 圉：通“御”。⑪ 定：停止。三革：各种皮甲。 ⑫ 偃：通“隐”藏。五兵：各类兵器。 ⑬ 怵（chù 绌）惕：害怕。 ⑭ 附比：依附。

不慑。于是列广地以益狭地①，损有财以与无财。周其君子②，不失成功；周其小人，不失成命③。夫如是，居处则顺，出则有成功。不称甲兵之事④，以遂文、武之迹于天下⑤。桓公能假其群臣之谋⑥以益其智也。其相曰夷吾，大夫曰宁戚、隰朋、宾胥无、鲍叔牙⑦。用此五子者何功度义⑧，光德继法⑨，昭于天下⑩，以遗后嗣，贻孝昭穆⑪，大霸天下，名声广裕，不可掩也。则唯有明君在上，察相在下也⑫。

初，桓公郊迎管子而问焉。管子辞让，然后对以参国伍鄙，立五乡以崇化，建五属以厉武，寄兵于政⑬，因刑罚⑭，备器械⑮，加兵无道诸侯，以事周室。桓公大悦，于是斋戒十日，将相管仲。管仲曰："斧钺之人也，幸以获

① 列：同"裂"，分割。 ② 周：赈济。 ③ 命：令。 ④ 称：举，动用。字下原有"动"字，据文义删。 ⑤ 遂：成就，发扬。文武：周文王、周武王。迹：指业绩。 ⑥ 假：借用。 ⑦ 宾胥无：齐臣，善于断狱。 ⑧ 何功：任事。"何"，通"荷"。 ⑨ 光：光大。 ⑩ 昭：昭示。"昭于天下"原作"绍终"，据文义改。 ⑪ 贻：应作"以"。昭穆：等于说列祖列宗，"昭穆"是对历代君主死后的排列顺序，如一代为昭，二代为穆，三代又为昭，四代又为穆，等等。 ⑫ 察相：贤相。 ⑬ 寄兵于政：把军事命令通过行政组织传达下去。 ⑭ 因：依赖。"刑"字原无，据文义加。 ⑮ 备器械：指通过罚金，使制作兵器的原料得到充分解决。

生，以属其腰领①，臣之禄也。若知国政，非臣之任也。”公曰：“子大夫受政，寡人胜任；子大夫不受政，寡人恐崩。”管仲许诺，再拜而受相。

三日，公曰：“寡人有大邪三，其犹尚可以为国乎？”对曰：“臣未得闻。”公曰：“寡人不幸而好田②，晦夜而至禽侧③，田莫不见禽而后返④，诸侯使者无所致，百官有司无所复。”对曰：“恶则恶矣，然非其急者也。”公曰：“寡人不幸而好酒，日夜相继，诸侯使者无所致，百官有司无所复。”对曰：“恶则恶矣，然非其急者也。”公曰：“寡人有污行⑤，不幸好色，而姑姊妹有不嫁者⑥。”对曰：“恶则恶矣，然非其急者也。”公作色曰⑦：“此三者且可，则恶有不可者矣⑧？”对曰：“人君唯不爱与不敏为不可⑨。不爱则亡众，不敏不及事。”公曰：“善。吾子就舍，异日请与吾子图之⑩。”对曰：“时可将与夷吾⑪，何待异日乎？”公曰：“奈何？”对曰：“公子举为人博闻而知礼⑫，好学而辞逊，

---

① 属：连。领：颈项。 ② 好田：喜欢打猎。 ③ 晦夜：黑夜。禽侧：养禽兽的薮泽。 ④ 莫：通“谟”，静寂。 ⑤ 污行：不好的行为。 ⑥ 妹：原无此字，据文意增补。 ⑦ 作色：生气的样子。 ⑧ 恶（wū 乌）有：哪有。 ⑨ 不爱：不仁。二字原作“优”，据别处引文改。敏：勤奋。 ⑩ 异日：将来的某一天。 ⑪ 将与夷吾：是说立刻就和我（夷吾）商量。将，即。 ⑫ 公子举：事迹不详。

请使游于鲁,以结交焉。公子开方为人巧转而兑利①,请使游于卫,以结交焉。曹孙宿其为人也小廉而苛忕②,足恭而辞给③,正荆之则也④,请使往游,以结交焉。”遂立行三使者而后退⑤。

相三月,请论百官。公曰:“诺”。管仲曰:“升降揖让,进退闲习⑥,辨辞之刚柔,臣不如隰朋,请立为大行⑦。垦草入邑⑧,辟土聚粟多众,尽地之利,臣不如宁戚,请立为大田⑨。平原广牧⑩,车不结辙⑪,士不旋踵⑫,鼓之而三军之士视死如归,臣不如王子城父,请立为大司马⑬。决狱折中,不杀不辜,不诬无罪,臣不如宾胥无,请立为大理⑭。犯君颜色,进谏必忠,不辟死亡⑮,不挠富贵⑯,臣不如东郭牙,请立以为大谏之官。此五子者,夷吾一不如;然而以易夷吾,夷吾不为也。君若欲治

① 兑利:敏锐。兑,同“锐”。 ② 苛忕(shì 逝):小聪明。苛,微细。忕,明察。 ③ 足恭:恭谨。辞给:善于言辞。给,原作“结”,形近而误。 ④ 荆:楚国。则:要求。 ⑤ 立行:立刻派遣。 ⑥ 闲习:熟悉。闲,通“娴”。 ⑦ 大行:掌管接待宾客的官。 ⑧ 垦草:开垦荒地。入邑:创邑,发展邑聚。 ⑨ 大田:负责农业的官。原误作“大司田”,据有关记载改。 ⑩ 广牧:广阔的郊野。牧,郊以外的地区。 ⑪ 结辙:车辙相连结,表示战车没有排开。 ⑫ 旋踵:向后转,退走。踵,足跟。 ⑬ 大司马:负责军事的官。 ⑭ 大理:掌管刑狱的官。原作“大司理”误,据别处引文改。 ⑮ 辟:同“避”。 ⑯ 挠:曲。

国强兵，则五子者足矣[1]；若欲霸王，夷吾在此。”桓公曰：“善”。

【翻译】

齐桓公从莒国回到齐国，叫鲍叔牙担任掌权大臣。鲍叔牙推辞说：“我是您手下平凡的臣子。您对我赐予恩惠，使我不致于挨冻受饿，这就是您对我的照顾了。如果要把国家治理好，这不是我能办到的，只有管夷吾才能当此大任！我有五个方面比不上管夷吾：宽惠爱民，我比不上他；治国不失原则，我比不上他；忠信可以和诸侯交往，我比不上他；遵守礼义，可以作为四方的楷模，我比不上他；披上甲胄，手执鼓槌，站立在军门前，使战士勇气倍增，我比不上他。管仲好比百姓的父母，要想管好子女，不能丢掉他们的父母。”桓公说：“管夷吾亲自射我，箭中带钩，几乎使我送命，现在反而用他，可以吗？”鲍叔说：“他是替他的主子卖力啊！您如宽恕他的罪过，让他返国，他对你也会是这样啊！”桓公说：“那怎么办呢？”鲍叔说：“您可以派人到鲁国去要他。”桓公说：“施伯是鲁国的谋臣，他知道我要用管仲，定然不会给的。”鲍叔说：“您可让使者说：‘敝国君主有个不好的臣

---

① 足：原作“存”，据文义改。

子在您那里，我要引渡他，在群臣面前把他处死。’鲁君定会答应。况且施伯了解管仲的才能，一定会让他执掌鲁国大权。管仲如果接受，那么鲁国就能使齐国力量削弱；管仲如不接受，施伯知道管仲将回到齐国，定会杀掉他的。”桓公说：“你看管仲会接受吗？”鲍叔说：“不会接受。管仲事奉君主没有二心。”桓公说：“他对我也会是这样吗？”鲍叔答道：“不是为您，是为了先君和国家的缘故。您如想使国家安定，就赶快引渡他，要不，就来不及了。”

桓公于是派鲍叔到鲁国议和，说：“公子纠是我的亲属，请您声讨他的罪行吧！”鲁国接受要求，杀了公子纠。又说：“管仲是仇人，请交还，让敝国杀掉他才觉快意。”鲁君答应了。施伯对鲁侯说：“不能把管仲交给齐国。齐国不是要杀他，而是将要用他执政啊！管仲是天下有名的贤才，是大有作为的人物。楚国用他则楚国会得志于天下，晋国用他则晋国会得志于天下，狄人那里用他则狄人会得志于天下。现在齐国要是得到他，一定会长期成为鲁国的祸患，您为什么不杀掉他而把尸体交给来人呢？”鲁君说：“好吧！”将要杀管仲。鲍叔上前说：“在齐国杀掉他，是在齐国接受惩罚；在鲁国杀掉他，是在鲁国接受惩罚。敝国君主想要得到活的，在国内示众，让他在群臣面前接受惩罚；如果不能得到活的，那就是您和敝国君主的仇人站在一起了。这不是敝国君主所要求的，我不能接受您的这种做法。”于是鲁君不杀管仲，把他捆起来装在囚车中，交给齐国使臣。鲍叔接受后，对管仲大哭几声，表示悲伤。施伯在一旁发笑，对大夫说：“管仲定不会死。以鲍叔的仁爱，不会杀害贤才，他的智慧是懂得举荐贤才来成就自己事业的。鲍叔辅佐公子小白，首先返回并得到齐国，管仲、召忽事奉公子纠后入齐国，失去良机。齐军和鲁国开战，鲍叔能使鲁国失败，功劳已经够大了。鲍叔得到上天保佑，管仲失去上天帮助，但他们都同样竭尽了自己的力量。如今鲁国恐惧，杀掉公子纠和召忽，把管仲囚禁起来给予齐国，鲍叔看到没有后顾之忧，一定会帮助管仲，使君主给予信任，以显示其安定齐国的功绩，人们一定会颂扬他有良好道德。平常人为国家出力至死尚且值得嘉奖，鲍叔以活的贤臣相引荐功劳又将怎样呢？当然更值得嘉奖，因为这是发挥贤者的才德以辅佐君主。以鲍叔的智慧，决不会失去这种机会的。”

到了齐国境内的堂阜，鲍叔接连几次为管仲举行香薰沐浴的仪式。桓公亲自到首都郊外迎接。管仲低头使帽缨弯曲，把衣襟掖在腰间，叫人拿上行刑的斧子站在背后，以表示谢罪。桓公几次叫刀斧手走开，他们这才退下。桓公说：“你抬起头来，让帽缨垂直，把衣襟放下来，我将要接见你。”管仲行跪拜礼，把额头触到地上说：“受到您的恩惠，即使让我命丧黄泉，我也心甘情愿。”桓公就和他一起回朝，在庙堂上以礼相见，几次向他敬酒，而后问他齐国的政事，说：“从前先君襄公，修建高台大池，沉醉于享乐饮酒，捕兽射鸟，不理朝政。看不起圣者和贤士，只是宠爱女人。有九妃六嫔，后宫达到数千人，吃的是好粮好肉，穿的是绣花衣服，而战士却饥寒交迫。游车坏了，剩下的马才充作战马；后宫享受不完的，才用作战士的给养。倡优调笑的人受重用，而贤士大夫被轻视。所以国家不能每天每月地向前发展。我恐怕宗庙会没有人去扫除，国家供奉的神灵也享受不到祭奠，请问有何良策？”管子回答说：“从前我们的先王周昭王、穆王累世效法文王、武王的光辉业绩，以成就他们的名声。会聚老年人，考核人们中谁是具有良好道德的人；公布法令，作为百姓的行动准则；制定规范化的表格，让人们如实填写，以考察他们的本末。用奖赏来鼓励好人，用刑罚来纠正坏人；有的剪去他们的顶发示惩，有的给予赏赐来安抚，对他们始终如一。”

桓公问：“怎么实行呢？”管子回答说：“从前先王治理百姓的办法，是把国都划分为三部分，把远郊划分为五部分，使百姓的住处安定下来，使他们的事业能够完成，以此作为人们的纲纪。谨慎地使用六种权柄，这样就可了解人们的心情，而百姓也就容易驾驭了。”桓公问：“是哪六种权柄呢？”管子说：“杀、生、贵、贱、贫、富就是六种权柄。”桓公问：“把国都分成三部分的办法怎样？”管子回答说：“把国都及近郊分为二十一乡，商工六个乡，士农十五个乡。国君统率五个乡，高子统率五个乡，国子统率五个乡。由国都的三部分征调人员组成三个军……”

……

正月上朝，乡长报告工作，桓公亲自问他，说：“在你的乡内，有行为端正、好学、聪明、仁爱、对父母孝敬、兄弟之间的关系很好闻名于乡里的吗？有就向上报告。有这种人而不上报，就算是埋没贤人，他就犯了五条罪过。”主管的人把事情报告完毕，退立一旁。桓公又问他，说：“在你的乡内，有富于勇气、手足强有力、筋骨超群出众的人吗？有就报告上来。有这种人而不报告，就算是埋没有才能的人，他就犯了五条罪过。”主管的人把事情报告完毕，退立一旁。桓公又问他，说：“在你的乡内，有不孝顺父母，不尊敬兄长，骄傲淫暴，不听君主命令的人吗？有就向上报告。有这种人而不报告，就是和他站在一起，他就犯了五条罪过。”主管人员把这事报告完毕，退立一边。这样，乡长下去提高道德修养，举荐人才。桓公亲自接见被推举上来的人，并安排他们担任辅助性职务。桓公还命令各部门的长官，满一年就把下属官员的成绩报告上来，并且说明他们中哪些是有突出贡献的人。宣告说："有人担任我的官职，作出了成绩，品德很好，并且服从纪律，忠诚老实，随时听侯安排。管理百姓严肃认真，工作勤勉。他们提出一些意见，足以帮助我们改进那些还做得不够好的工作。"桓公了解乡里对他们的反映，考查他们的实际表现。于是召见他们，让他们坐下，观察他们的品质，并和他们的工作成绩结合起来考虑。工作干得出色就加以提拔，随时询问国家存在的问题，他能够对答如流，再征询乡里对他的评价，了解他的专长，又没有犯过大的错误，就提拔他担任上卿的副职。这称为"三选"。

高子、国子两家大臣下去治理他们所管的乡，乡长下去管好所属的连，连长下去管好所属的里，里长下去管好所属的轨，轨长下去管好所属的家。所以，一般人中表现好的，会得到提升；表现不好的，会受到惩罚。政事安排就绪，乡里没有超越尊长的行为，朝廷上没有越过职位的行为。行为不端的男子，没有人和他交往；行为不端的女子，没有人愿意娶她。男子接连三次休妻，就予以驱逐出境；妇女连续三次改嫁，就罚她作舂谷的女奴。所以百姓都努力向上。士人与其在乡中作好事，不如在里中做好事；与其在里中做好事，不如在家里做好事。所以士人不贪眼前的小便宜，都有全年的打算；又不满足一年的目标，都有终身的计划。

正月上朝的时候，五属大夫向君主报告工作。桓公找出工作成绩差的加以责备说："划分给你的土地、人民和别人一个样，为什么单单你的成绩很少？为什么赶不上别人？教导无方，政事也没有治理好，一次、两次还可以宽恕，上了三次就不再赦免。"

……

政治上轨道，国家安定，防守坚不可摧，进攻强大无敌。境内秩序井然，百姓亲附，这样就可以出征四方，建立霸王的事业了。

桓公问："军队已经组织好了，事情已经安排妥当了，我想过问诸侯间的事，可以了吗？"管子回答说："还不行。军事命令，我们已经通过行政系统来传达了，但齐国还缺乏武器装备，我打算减轻犯重罪的人应受的处分，把赎金转用来制铠甲、兵器。"桓公问："采取什么办法呢？"管子回答说："规定犯重罪的人交纳犀皮做的马护胁、两支戟；犯轻罪的人交纳兵器架、盾牌、护胸皮革、两支戟；小罪交纳铜四十五斤；宽恕犯微小罪过的人，让他交纳铜十五斤；对没有冤情而打官司人，长官再三劝阻不听，而他又没有道理，则让他交纳一束箭，以示惩罚。质量好的金属就用来铸戈、剑、矛、戟，在狗马身上试用；质量差的金属就用来铸斧子、锄头、锯子、镰刀、砍刀，在土木上试用。”

桓公问：“铠甲、兵器已经很充足了，我想过问诸侯间的事，可以了吧？”管子回答说：“还不行。对国内的治理和对外的联系，条件都还不成熟。”于是让鲍叔牙担任谏官首领，王子城父担任大将，弦子旗担任法官，宁戚管理土地，隰朋主管对外联络，曹孙宿常驻楚国，商容常驻宋国，季友常驻鲁国，卫开方常驻卫国，匽尚常驻燕国，审友常驻晋国。又派遣游士八十人，供给他们车马衣裘，带上充足的粮食和足够的财物，使他们到各国周游，以号召延揽天下的贤才。还带上供玩赏的物品，周游于四方，卖给各国诸侯，看他们上上下下喜欢的是什么，选择他们局势混乱的，作为首先征伐的对象。桓公问：“内政外交都上了轨道，可以了吗？”管子回答说：“还不行。邻国还没有和我们亲善。”桓公问：“怎么办呢？”管子回答说：“勘查我国的边疆，归还侵占别国的土地，订正各国的疆界；不接受别国的财物，多准备礼物经常到各国访问，这样来搞好邻国关系，邻国就会和我国亲善了。”

桓公问：“铠甲、兵器已很充足了，我想南征，应依靠哪国呢？”管子回答说：“可以依靠鲁国，把侵占的常、潜二邑归还给他们，使齐国大海有屏障，小海有险塞，环山有坚固的工事。”桓公问：“我想西伐，应依靠哪国呢？”管子回答说："可以靠卫国。把侵占的台、原、姑和柒里归还给他们，使齐国的大海有屏障，小海有险塞，环山有坚固的工事。"桓公问："我想北伐，应依靠哪国呢？"管子回答说："可依靠燕国。把侵占的柴夫、吠狗二地归还给他们，使齐国大海有屏障，小海有险塞，环山有坚固的工事。"这一来，和周围邻国很亲善。归还侵占的土地，订正了疆界之后，齐国的境界南边到达泰山以北，西边到济水，北边到海，东边到纪随，土地三百六十里见方。三年大治，四年教化成功，五年向外用兵。有训练有素的战士三万人，战车八百辆。许多诸侯昏乱，不服从天子。于是，桓公东救徐州，分掉吴国的一半。保存鲁国，侵犯蔡国，分割越国的土地。南边依托宋、郑，征伐楚国，渡过汝水，越过方城，遥祭文山，使楚国向周王室贡丝。周天子把祭神的肉赐给齐国，荆州诸侯没有不服从的。中间又救援晋国，生擒狄族首领，打败东北的胡貉族，攻破屠何族，骑马的敌人开始表示降服。向北攻打山戎族，制服令支国，斩孤竹国君，东方的九夷开始听命，海边的诸侯没有不来归附的。西征攻打白狄族的地方，接着到达西河，连接战船，扎上筏子，乘筏渡河，到达石枕。把车马结扎停当，翻越太行山和卑耳山的溪涧，捉获大夏的君主，西边制服了流沙、西虞国，秦地的戎族开始服从。所以说，齐军一出征就立了大功十二项。东夷、西戎、南蛮、北狄和中原的诸侯国没有不服从的。桓公和诸侯陈列祭牲，订立盟约，在天上地下群神面前立下誓言，然后率领天下诸侯，使周王室获得安定，在阳谷大会。计主持有战车参加的大会六次，一般乘车参加的大会三次，九次会合诸侯，使天下得到匡正。没有打开盛铠甲的器具，没有打开盛放弓箭的器具，弓袋里没有弓，箭袋里没有箭，停止军事行动，推行文治，以朝见周天子。

葵丘大会召开时，周天子派大夫宰孔把祭神的肉送给桓公说："我刚对先祖文王、武王举行了祭祀，现在派宰孔把祭肉送给你。"并且还有后命说："由于你的谦卑和辛劳，特赐你伯舅不要下拜。"桓公把管仲找来商量，管仲说："作君的不守君道，作臣的不守臣道，这是祸乱的根子啊。"桓公说："我召集了乘车的大会三次，战车的大会六次，九次会合诸侯，使天下得到匡正。北到孤竹、山戎、秽貉、泰夏，西到流沙、西虞，南到吴、越、巴、牂牁、𣏌、不庾、雕题、黑齿。楚国境内各族，都不敢违抗我的命令，而中原诸国却藐视我。从前夏、商、周三代接受天命而建立新的王朝，和我目前的情况有什么不同吗？"管子回答说："祥和的凤凰鸾鸟没有来，而凶恶的鹰隼鸱枭却很多。众神没有降临，卜龟没有出现吉兆，抓把小米占卜却屡次应验。及时雨和甘露都没有降下，狂风暴雨却一再来临。五谷长得不茂盛，六畜也没有繁殖，各种杂草却到处丛生。凤凰身上的花纹，形状好像‘德义’二字，尾翎的花纹好像‘日昌’二字。从前的开国君主接受天命称王时，有龙龟到来，黄河出图，洛水出书，地上出了神马。现在这三种祥瑞都没有出现，却说什么接受天命称王，恐怕不妥当吧？”桓公恐惧，出去接见使者说：“周天子的威灵近在咫尺，小白我岂敢接受天子特许我不下拜的命令，恐怕败坏法度，使得天子蒙羞。”就下堂拜谢，然后登堂接受赏服、大车、有九条垂饰的龙旗和辕门的红旗。天子给予桓公不下拜的殊荣而桓公却不肯领受，天下诸侯都称赞桓公合乎礼节。

桓公总是为天下诸侯操心。鲁国发生了鲁公夫人和庄公弟庆父的乱事，两位国君先后被杀，国统灭绝，没有后嗣。桓公听说，派高子去帮助保存鲁国。狄族攻打邢国，桓公修筑夷仪城重建邢国，使他们男女不淫乱，马牛不受掠夺。邢国君主手执玉圭朝见，请求作齐国的关内侯，桓公没有接受。狄族攻打卫国，卫人逃走，寄居在曹邑，桓公修筑楚丘以为封赐。卫国的牲畜已经走失，所以桓公送给他们好马三百匹，天下诸侯都称赞桓公的仁爱。于是天下诸侯都知道桓公为他们而辛劳，因此天下诸侯争相归附，好像人们赶集一样。

桓公知道诸侯都归附自己了，于是叫他们只送微薄的礼品,而注重礼节。让天下诸侯把瘦弱的马和犬、羊作为来见的礼物,齐国却用好马作为回报;诸侯用没有花纹的素帛和四张鹿皮作礼品,桓公却拿有花纹的锦缎和虎豹皮作回报。诸侯的使者垂着空空的袋子来到齐国,却成捆地载着礼品回去。桓公的办法是用仁爱来招引,用利益来诱导,用守信来结交,并显示自己国力的强大。所以天下小国的诸侯都服从桓公,归附他而不敢背叛,喜欢他的爱护而贪图他的利益,信任他的仁爱而畏惧他的武力。

桓公知道天下的小国诸侯多数是支持自己的,于是又大施恩惠。可以为他们操心的就为他们操心,可以为他们筹划的就为他们筹划,可以为他们采取行动的就为他们采取行动。征伐谭、莱两国而并不占有,诸侯都称赞他的仁爱。把齐国的鱼盐、利和东莱地区交流,使关卡只盘查而不收税,市场上的店铺只交纳店租而不交营业税,使诸侯从中得到利益,诸侯都称赞他的宽大。修筑蔡、鄢陵、培夏、灵父丘等地的城防工事,以抵抗戎狄部落的侵犯,阻止他们对诸侯进行掠夺。修筑五鹿、中牟、盖和牡丘的城防,以保卫诸夏的地盘,用来表示在中国的权威。教化获得极大成功。

天下的人对待桓公,远国的百姓视他如父母,邻国的百姓归附他就像流水。他到的地方越远,得到的人越多。为什么会这样呢？因为人们都归向他的文治而畏惧他的武力。他诛杀无道君主，安定周室，天下没有谁能抵抗，是因为军威树立起来了。停止使用铠甲，收藏好各种兵器，穿上朝服渡过黄河开会而无所顾虑，这是文治取得了很大成绩。所以大国君主感到惭愧，小国君主诚心归附。大国君主像臣仆一样事奉他，小国诸侯像对父母一样喜欢他。正由于如此，大国君主不显得尊贵，小国诸侯不显得卑下。因而大国君主不骄傲，小国诸侯不害怕。于是他割取地多的补给地少的，削减财富多的给予财富少的。赈济君子，不影响成功；赈济小人，不影响号令。像这样，平时国内的事情办得很顺当，一出动就取得成功。无须动用武力，就可在天下发扬周文王、武王的业绩。这是由于桓公能借用群臣的谋略来增加他的智慧啊！他的相是夷吾，大夫是宁戚、隰朋、宾胥无、鲍叔牙。用这五个人办事行义，发扬德业，继承法制，昭示天下，传给后嗣，向历代祖宗表示孝思，称霸天下，名声广布，无法掩盖。这就是因为有明君在上，良相在下啊！

起初，桓公在国都郊外迎接管子，向他询问国家大事。管仲先是推让，然后提出把国都划分成三区，把远郊划分成五区的建议，建立五乡以宣扬教化，建立五属以训练战士，把军令通过行政系统传达，让罪犯交纳赎金，使兵器齐备，向无道诸侯用兵，以事奉周王室。桓公十分高兴，于是斋戒十天，准备用管仲为相。管仲说："我本是犯了大罪的人，侥幸得以活命，使腰颈仍能连在一起，这就算我的福分了。如要过问国家大事，不是我力所能及的。"桓公说："你如接受任命，我做君主还能胜任；你如不接受任命，我恐怕就要垮台了。"管仲这才答应下来，连拜两拜接受了做相的任命。

三天之后，桓公问："我有三个大缺点，还可以治好国家吗？"回答说："我不知道是哪些缺点。"桓公说："我不幸喜欢打猎，天黑了还要到豢养禽兽的薮泽中去，直到晚上，田野沉寂，不见禽兽才回去，诸侯的使者不能当面致意，百官也无法及时报告工作。"回答说："这诚然不好，但还不要紧。"桓公又说："我不幸喜欢喝酒，夜以继日，诸侯的使者无从致意，百官和各部门主管人员无从报告工作。"回答说："这诚然不好，但还不要紧。"桓公又说："我还有一种不好的行为，我不幸是个好色的人，连表姊妹都有留下不嫁的。"管子回答说："这诚然不好，但还不要紧。"桓公很不高兴地说："有这三个缺点都可以，那还有什么不可以的呢？"回答说："作君主的只有缺乏仁爱和不知勤奋是不行的。缺乏仁爱就会失去群众拥护，不知勤奋就办不成事情。"桓公说："好。请你回到住处，改天我再和你商量。"回答说："时机成熟你就可与我商量，何必另找时间呢？”桓公问：“怎么办好呢？”回答说：“公子举为人知识广博又懂得礼节，好学而又谦逊，可派他到鲁国，去和鲁国结交。公子开方为人灵活而敏锐，请派他到卫国，和卫国结交。曹孙宿的为人，小处廉洁又有小聪明，恭敬而又善于言谈，正合于楚国的风格，请派他前往，以便和楚国结交。”于是立即派出三位使者，然后管仲才告退。

管仲作相三个月后，请和桓公一起评论百官。桓公说：“好吧。”管仲说：“升降揖让有礼，熟习进退的仪节，谈话能掌握刚柔的分寸，我不如隰朋，请让他担任大行。开垦荒地形成居民点，开辟土地，增产粮食，使人口增加，地尽其利，我不如宁戚，请让他担任大田。在广阔的原野上，使战车不乱，战士勇往直前，击鼓进军，使三军将士视死如归，我不如王子城父，请让他担任大司马。判案公正，不杀无辜，不诬陷无罪的人，我不如宾胥无，请让他作大理。敢于冒犯君主不高兴的脸色，进谏一定提出忠告，不怕杀头，不贪富贵，我不如东郭牙，请让他担任大谏的官职。这五个人，我都比不上他们；但要让我和他们交换，我是不肯的。你如要想治国强兵，有这五个人就足够了；如果要想成就王霸之业，有我管夷吾在此。”桓公说：“好啊！”

君　臣（下）

本篇是《管子》书中论述君臣关系的一篇政论文，它的思想体系属于法家学派。

本文认为国家是“智者”和“愚者”、“强者”和“弱者”矛盾发展不可调和而产生的，君臣关系的安排就是要服从于为社会兴利除害，能使社会秩序得以保持安定。

本文指出维护封建等级制度是巩固国家政权的重要条件。君臣上下要各守其位，做好本职工作，才能保持君主的权威。

本文强调君主是国家的主宰，犹如心是身体的主宰一样。但明君必须慎选贤才作为辅佐，这样，就会使国家安如磐石，坏人无处容身。

本文又强调君主要掌握好赏罚工具，考查和了解臣下的才能，因人任使，量功行赏，臣下就会尽心竭力，为君主效忠。

古者未有君臣上下之别，未有夫妇妃匹之合①，兽处群居，以力相征。于是智者诈愚②，强者凌弱，老幼孤独不得其所。故智者假众力以禁强虐，而暴人止；为民兴利除害，正民之德，而民师之。是故道术德行出于贤人③，其从义理兆形于民心④，则民返道矣⑤。名物处⑥，韪非分⑦，则赏罚行矣；上下设⑧，民生体⑨，而国都立矣⑩。是故国之所以为国者，民体以为国；君之所以为君者，赏罚以为君。

致赏则匮⑪，致罚则虐。财匮而令虐，所以失其民也。是故明君审居处之教⑫，而民可使居治、战胜、守固

---

① 妃(pèi 配)匹：配偶。妃，通“配”。“匹”也是配偶的意思。 ② 诈：欺骗。 ③ 道术：指治民的方法。德行：个人的品德。 ④“从”字当是多余的字。义理：指道术德行所根据的道理。兆形：出现，表现。 ⑤ 返道：回到正道上来。 ⑥ 名物处：辨别名实。处，辨别。 ⑦ 韪(wěi 伟)非分：分清是非。韪，是。本句原作“违是非之分”，据文义改。 ⑧ 上下：君和臣。设：设置。 ⑨ 民生体：以民生为本体。 ⑩ 国都：此指国家。 ⑪ 致：同“至”，极，过分。 ⑫ 审：审慎。居处之教：平常的教育。

者也①。夫赏重则上不给也②,罚虐则下不信也。是故明君饬食饮吊伤之礼③,而物属之者也④。是故厉之以八政⑤,旌之以衣服⑥,富之以国廪⑦,贵之以王禁⑧,则民亲君可用也。民用,则天下可致也⑨。天下道其道则至⑩,不道其道则不至也。夫水波而上⑪,尽其摇而复下⑫,其势固然者也。故德之以怀也⑬,威之以畏也⑭,则天下归之矣。有道之国,发号出令,而夫妇尽归亲于上矣⑮;布法出宪⑯,而贤人列士尽功能于上矣⑰。千里之内,束布之罚⑱,一亩之赋,尽可知也。治斧钺者不敢让

① 居治:居则能治,平常服从统治。战胜:战则能胜。守固:守则能固。 ② 给:供给。 ③ 饬:整饬,整顿。"饬"原作"饰",形近而误。下同。 ④ 物:区分事物。属:各从其类。"物属之"意即区分人们的等级而给予不同对待。 ⑤ 八政:指《尚书·洪范》中说的八种政事和官职,即食、货、祀、司空、司徒、司寇、宾、师。 ⑥ 旌:表彰,表扬。 ⑦ 国廪:国家仓库里的粮食,此指俸禄。廪,原作"裹",形近而误。 ⑧ 王禁:国家的法制。 ⑨ 致:招来,引来。 ⑩ 道其道:上"道"字是经由之意,作动词;下"道"字指正道。 ⑪ 波:通"播",激荡。
⑫ 摇:通"遥",远处,极高点。 ⑬ 德:恩惠,指奖赏。怀:安抚。 ⑭ 威:刑罚。畏:恐吓。 ⑮ 夫妇:此处泛指男女。归亲:亲附。 ⑯ 宪:法令。 ⑰ 列士:建立功业的人。列,同"烈",意为功业。功能:贡献。功,通"贡"。 ⑱ 束布:当作"束矢",指十二支箭。古代行罚,常令被罚的人交纳"束矢"。

刑[1]，治轩冕者不敢让赏[2]。隤然若一父之子[3]，若一家之实[4]，义礼明也[5]。

夫下不戴其上[6]，臣不戴其君，则贤人不来；贤人不来，则百姓不用；百姓不用，则天下不至。故曰：德侵则君危[7]，论侵则有功者危[8]，令侵则官危[9]，刑侵则百姓危[10]。而明君者，审禁淫侵者也[11]。上无淫侵之论，则下无冀幸之心矣[12]。

为人君者，背道弃法而好行私，谓之乱；为人臣者，变故易常而巧言以谄上[13]，谓之腾[14]。乱至则虐，腾至则北[15]。两者有一至[16]，则敌人谋之[17]。故施舍优游以济乱[18]，则百姓悦；选贤遂材而礼孝悌[19]，则奸伪止；要淫

① 治斧钺者：主管刑罚的人。治，通“司”，即主管。 ② 轩冕（xuān miǎn 宣免）：轩车和冕服，古代卿大夫所用的车子和衣服。“治轩冕者”指主管施赏的人。 ③ 隤（tuí 颓）然：顺从的样子。“隤”原作“墤”，形近而误。 ④ 实：通“室”。 ⑤ 义礼：当作“义理”，音近而误。 ⑥ 戴：拥戴。 ⑦ 德侵：行赏的权力被侵夺。 ⑧ 论：指论定功劳的权力。 ⑨ 令：指发号施力的权力。 ⑩ 刑：指执行处罚的权力。 ⑪ 淫侵：非法侵夺。 ⑫ 冀幸：侥幸。“冀”原作“异”，通“冀”。 ⑬ 言：原作“官”，形近而误。 ⑭ 腾：与“慝（tè 特）”通，奸恶。 ⑮ 北：通“背”，背叛。 ⑯ “两”原作“四”，形近而误。 ⑰ “则”原作“败”，形近而误。 ⑱ 优游：宽容大度。优犹：犹，通“游”。济：制止。 ⑲ 遂：进用。礼：以礼相待。

逸①，别男女，则通乱隔②；贵贱有义③，伦等不逾④，则有功者劝；国有常式⑤，故法不隐⑥，则下无怨心。此五者。兴德、匡过、存国、定民之道也⑦。

夫君人者有大过⑧，臣人者有大罪⑨。国所有也，民所君也，有国君民而使民所恶制之⑩，此君人者一过也⑪。民有三务⑫，不布⑬，其民非其民也；民非其民，则不可以守战，此君人者二过也。夫臣人者，受君高爵重禄，治大官⑭。倍其官⑮，遗其事⑯，穆君之色⑰，从其欲，阿而胜之⑱，此臣人者之大罪也⑲。君有过而不改谓之倒⑳，臣当罪而不诛谓之乱㉑。君为倒君，臣为乱臣，国

---

① 要（yāo 腰）：束，约束。 ② 通乱：私相淫乱。隔：断绝。 ③ 义：行为适当，符合封建道德的行为规范。 ④ 伦等：等级。 ⑤ 常式：固定的法规。 ⑥ 故法：常法。隐：隐藏。
⑦ 兴：树立。匡：纠正。 ⑧ 君人者：统治人民的人，指君主。君，君临，统治，作动词用。 ⑨ 臣人者：臣服于人的人，指臣子。 ⑩ 有国：拥有国家。民所恶（wù 务）：百姓憎恶的人。制：控制管理。 ⑪ “君人者”三字原无，据下文文例补。
⑫ 三务：春、夏、秋三季的农务。 ⑬ 布：颁布，指颁布各季的农事。 ⑭ 治：担任。 ⑮ 倍：同“背”。 ⑯ 遗：遗弃。事：职守。 ⑰ 穆：顺从。 ⑱ 阿而胜之：阿谀奉承而加以称颂。胜，古与“称”通。 ⑲ “者”字原无，据上文补。 ⑳ 倒：颠倒，即违背正理。 ㉑ 当罪：应当判罪。乱：悖乱，即违反国法。

家之衰也，可坐而待之。是故有道之君执本①，相执要②，大夫执法，以牧其群臣③，群臣尽智竭力以役其上④。四守者得则治⑤，易则乱⑥，故不可不明设而守固⑦。

昔者圣王本厚民生⑧，审知祸福之所生，是故慎小事微⑨，韪非索辨以根之⑩。然则躁作、奸邪、伪诈之人不敢试也⑪，此正民之道也⑫。

古者有二言⑬："墙有耳，伏寇在侧⑭。"墙有耳者，微谋外泄之谓也；伏寇在侧者，沉疑得民之道也⑮。微谋之泄也，狡妇袭主之情⑯，而资游慝也⑰；沉疑之得民也者，

① "有道之君"下原有"者"字，当是衍文，今删。执本：掌握根本原则。 ② 相：丞相。要：大事。 ③ 牧：管理。 ④ 役：事奉。 ⑤ 四守：指上文所说的君、相、大夫、群臣的职守。得：得当，称职。 ⑥ 易：改变，指"四守"失职。 ⑦ 守固：当作"固守"，切实遵守。 ⑧ 本厚民生：把人民生活作为根本而加以重视。"本"、"厚"二字在这里都作及物动词用。厚，重视。 ⑨ 慎小事微：等于说"谨小慎微。"事微：做细微的事。 ⑩ 韪非：是非。韪，原作"违"，形近而误。索辨：求索、辨别。根：追根究底。 ⑪ 躁作：轻举妄动。 ⑫ "正"上原有"礼"字，据文意删。 ⑬ 二言：两句话。 ⑭ 伏寇：暗藏的敌人。 ⑮ 沉疑：阴险狡诈的人。得民：得到百姓拥护。之道：与上文"之谓"同。 ⑯ 狡妇：狡猾的女人，指君主身边得宠的妇女。袭：窃取。情：原作"请"，"请"与"情"通。 ⑰ 资：资助。游慝：四处活动的坏人。

前贵而后贱者为之驱也①。明君在上，便辟不能食其意②，刑罚亟近也③；大臣不能侵其势④，比党者诛也⑤。为人君者，能远谗谄，废比党，淫悖行食之徒无爵列于朝者⑥，此止诈、拘奸、厚国、存身之道也⑦。

为人上者⑧，制群臣百姓，通中央之人⑨。是以中央之人，臣主之参⑩。制令之布于民也⑪，必由中央之人。中央之人以缓为急，急可以取威；以急为缓，缓可以惠民。威惠迁于下⑫，则为人上者危矣。贤不肖之知于上⑬，必由中央之人；财力之贡于上，必由中央之人。能易贤不肖，而可成党于下⑭；有能以民之财力上啗其主⑮，而可以为劳于上⑯。兼上下以环其私⑰，爵制而不

---

① 前贵而后贱者：指被贬废而丧失原有特权的人。驱：奔走。 ② 食：通"蚀"，腐蚀，改动动。 ③ 便（pián 骈）辟：君主宠爱的近臣。亟（qì 气）近：亲近的人。亟，昵爱。 ④ 势：权势。 ⑤ 比党：朋党，帮派。"诛"下原有"明"字，据上句文例删。 ⑥ 淫悖（bèi 背）：越轨。行食之徒：指游客辩士。 ⑦ 拘奸：限制奸邪。厚国：使国家受重视。存：保存。 ⑧ 为人上者：指君主。 ⑨ 中央之人：指朝廷的大臣。"人"下原有"和"字，据下文文义删。 ⑩ 参：参与者，中间人。 ⑪ 制令：制度、法令。 ⑫ 迁：移。 ⑬ 不肖（xiào 孝）：不贤的人，无德无能的人。知于上：被君主了解。 ⑭ 成党：结成党羽。"成"原作"威"，形近而误。 ⑮ 啗（dàn 淡）：诱惑，引诱。 ⑯ 为劳：邀功。"上"原作"下"，形近而误。 ⑰ 环其私：营私。

可加①，则为人上者危矣。先其君以善者②，侵其赏而夺之惠者也③；先其君以恶者④，侵其刑而夺之威者也⑤；讹言于外者⑥，胁其君者也⑦；郁令而不出者⑧，幽其君者也⑨。四者一作⑩，而上不知也⑪，则国之危可坐而待也。

神圣者王⑫，仁智者君⑬，武勇者长⑭，此天之道、人之情也⑮。天道人情，通者质⑯，穷者从⑰，此数之因也⑱。是故始于患者不与其事⑲，亲其事者不规其道⑳。是以为人上者患而不劳也㉑，百姓劳而不患也。君臣上

---

① 爵制：爵位和法制。加：施加。 ② 善：指奖赏善人。 ③ 夺之惠：夺其（君主）恩惠。惠，原作“实”，据文义改。 ④ 恶：指惩罚恶人。 ⑤ 夺之威：夺其（君主）权威。 ⑥ 讹言：谣言，制造谣言。 ⑦ 胁：要挟。 ⑧ 郁令：扣压法令。 ⑨ 幽：封锁。 ⑩ 作：发生。 ⑪ 上不知：君主不知道。“上”字后原有“下”字，据文义删。 ⑫ 神圣：指具有非凡的道德睿智。王（wàng旺）：称王。 ⑬ 君：作君主。 ⑭ 长：作长官。 ⑮ 天之道：等于说上天的安排。 ⑯ 通：指智慧高上，通达事理。质：作主人。 ⑰ “穷”原作“宠”，形近而误。穷：与“通”相反，指智慧较低下，不能通达事理的人。从：从属。 ⑱ 数：自然规律。因：依据。 ⑲ 始于患：职责在于思考国家大事、制定大政方针。“始”通“司”，主，负责。患，思虑。与：参与。事：指具体事务。 ⑳ 规：规划。道：指治国之道。 ㉑ 患：劳心。劳：劳力。

下之分素①，则礼制立矣。是故以人役上②，以力役明③，以形役心④，此物之理也。

心道进退⑤，而形道滔迂⑥。进退者主制⑦，滔迂者主劳⑧。主劳者方，主制者圆。圆者运，运者通，通则和；方者执⑨，执者固，固则信。君以制和⑩，臣以节信⑪，则上下无邪矣。故曰：君人者制仁，臣人者守信，此言上下之礼也。

君之在国都也，若心之在身体也。道德定于上，则百姓化于下矣；成心形于内⑫，则容貌动于外矣。正也者⑬，所以明其德。知得诸己⑭，知得诸民，从其理也；知失诸民，退而修诸己，反其本也。所求于己者多，故德行

---

① 分（fèn 份）：职责，职分。素：确定。 ② 人：指臣民。役：事奉，为……服役。上：君主。 ③ 力：劳力的人。明：劳心的人。 ④ 形：身体。 ⑤ 心道：心的作用。进退：指支配身体的进退。 ⑥ 形道：身体的作用。滔迂：等于说屈伸。滔，水流通畅。迂，水流不畅。形道滔迂，意即身体的作用是控制躯体的屈伸。“迂”原作“赶”，形近而误，下同。 ⑦ 进退者：指心，即思维器官。制：控制。 ⑧ 滔迂者：指身体。 ⑨ 执：坚持。 ⑩ 君以制和：“制”原作“利”，形近而误。制：控制。 ⑪ 节：调节。 ⑫ 成：通“诚”。“成”原作“戒”，形近而误。 ⑬ 正：指君主端正自己。 ⑭ 得：适合。诸：“之于”二字的合音。

立；所求于人者少，故民轻给①。故君人者上注②，臣人者下注。上注者纪天时③，务民力；下注者发地利④，足财用也。故能饬大义⑤，审时节⑥，上以礼神明，下以义辅佐者⑦，明君之道也⑧。能据法而不阿⑨，上以匡主之过⑩，下以振民之病者⑪，忠臣之行也⑫。

明君在上，忠臣佐之，则齐民以政刑⑬，牵于衣食之利⑭，故愿而易使⑮，愚而易塞⑯。君子食于道，小人食于力，分也⑰。威无势也无所立，事无为也无所生，若此，则国平而奸省矣。

君子食于道，则义审而礼明。义审而礼明，则伦等不逾，虽有偏卒之大夫⑱，不敢有幸心⑲，则上无危矣。齐民食于力则作本⑳，作本者众，农以听命㉑。是以明君

---

① 轻给：乐于给予君主。"给"下原有"之"字，据文义删。② 注：注意，致力。③ 纪：总管，掌握。④ 发：利用，开发。⑤ 饬：整顿，讲求。⑥ 时节：四时节气。⑦ 义：以义对待。辅佐：指大臣。⑧"也"字原缺，据下文文例补。⑨ 阿：曲从，迁就。⑩ 匡：纠正。⑪ 振：拯救。病：患难。⑫"行"上原有"所"字，据上文文例删。⑬ 齐：整齐。政刑：政令、刑罚。⑭ 牵：诱导。⑮ 愿：老实。⑯ 塞：控制。⑰ 分：本分。"也"原作"民"，形近而误。⑱ 偏卒：泛指兵车和战士。古代十五辆兵车为"偏"，百人为"卒"。⑲ 幸心：侥幸心理。指窥伺君位。⑳ 齐民：平民。作本：从事农业。㉑ 听令：听从君主的政令。

立世[1]，民之制于上，犹草木之制于时也。故民迂则流之[2]，民流则迂之[3]。决之则行，塞之则止。唯有明君能决之[4]，又能塞之。决之则君子行于礼，塞之则小人笃于农[5]。君子行于礼，则上尊而民顺；小人笃于农，则财厚而备足[6]。上尊而民顺，财厚而备足，四者备体[7]，顷时而王不难矣[8]。

四肢六道[9]，身之体也；四正五官[10]，国之体也。四肢不通，六道不达，曰失[11]；四正不正[12]，五官不官[13]，曰乱。是故国君聘妻于异姓[14]，设为侄娣、命妇、宫女[15]，尽有法制，所以治其内也[16]。明男女之别，昭嫌疑之节[17]，所以防其奸也。是以中外不通[18]，谗慝不生[19]。妇言不及宫中之事，而诸臣子弟无宫中之交。此先王所以明

---

① 立世：即“立事”，主持政务。 ② 迂：水流不畅。流：疏通。 ③“流”下原有“通”字，据上句文例删。 ④“唯”原作“虽”，今改正。 ⑤ 笃：专心。 ⑥ 备：储备。 ⑦ 备体：完备。 ⑧ 顷时：顷刻。 ⑨ 六道：指耳、目、口、鼻、前阴、后阴。 ⑩ 四正、指君、相、后、嫡长子。五官：泛指百官。 ⑪ 失：指身体失调。 ⑫ 不正：不端正。 ⑬ 不官：未尽作官的职责。 ⑭ 聘：送财礼定亲。异姓：指不同姓的诸侯国。 ⑮ 设：设置。侄娣：侄女和妹妹。周代(西周和春秋时期)诸侯的女儿出嫁时，以她的侄女与妹妹随嫁。命妇：有封号的妇女。 ⑯ 内：宫内。 ⑰ 昭嫌疑之节：辨明后妃宫女之间的名分等级，以免引起互相猜疑。 ⑱ 中外：宫廷内外。不通：不交往。 ⑲ 谗慝：奸邪。

德、圉奸、昭公、灭私也①。

明立宠设②，不以逐子伤义。礼私爱欢③，势不并伦④；爵位虽尊⑤，礼无不行。适为都佼⑥，冒之以衣服⑦，旌之以章旗⑧，所以重其威也⑨。然则兄弟无间隙，谗人不敢作矣。

故其立相也，陈功而加之以德，论劳而昭之以法，参伍相德而周举之⑩，尊势而明信之。是以下之人无谏死之忌⑪，而聚立者无郁怨之心⑫，如此则国平而民无慝矣。其选贤遂材也，举德以就列⑬，不类无德⑭；举能以

---

① 明：彰明。圉(yǔ 雨)：通"御"，对付，抵抗。昭：昭示。灭，原作"威"，形近而误。 ② "明立"二句：明，尊。明立，尊所立的庶子(除嫡长子以外的儿子)。宠设，宠所设的庶子，与"明立"同义。逐子：指驱逐嫡子而代之以庶子。二句意为：国君虽尊宠所设立的庶子，也不能因此驱逐嫡子，伤害义理。 ③ 私、欢：君主喜欢的庶子。 ④ 势不并伦：地位不能相提并论。 ⑤ 爵位虽尊：指庶子的爵虽然尊贵。 ⑥ 适为都佼(jiǎo 狡)："适"同"嫡"，指嫡长子。"适"原作"选"，形近而误。都佼：都和佼均为美好之意，此引申指头面人物。 ⑦ 冒：蒙，装饰。 ⑧ 旌(jīng 京)：表彰，识别。章旗：绘有或绣有花纹的旗帜。 ⑨ 重：提高，显示。 ⑩ 参伍：比校考核。德：同"得"，相合。周举：公众的推荐。 ⑪ 下之人：下边的人，指群臣。谏死：因提意见而被杀。忌：顾虑。 ⑫ 聚立者：地位卑微的人，聚：通"鲰"，卑贱。立：通"位"。郁怨：抑郁，怨恨。 ⑬ 就列：进入适当位置。 ⑭ 类：列入，包括。

就官①，不类无能；以德掩劳②，不以年伤③。如此则上无困而民不幸生矣。

国之所以乱者四，其所以亡者二。内有疑妻之妾④，此宫乱也；庶有疑适之子⑤，此家乱也；朝有疑相之臣，此国乱也；任官无能，此众乱也⑥。四者无别，主失其体。群官朋党以怀其私⑦，则失族矣⑧。国之几臣⑨，阴约闭谋以相待也⑩，则失援矣。失族于内，失援于外，此二亡也。故妻必定，子必正，相必直立以听，官必忠信以敬。故曰：有宫中之乱，有兄弟之乱，有大臣之乱，有中民之乱⑪，有小民之乱⑫。五者一作，则为人上者危矣。宫中乱曰妒纷⑬，兄弟乱曰党偏⑭，大臣乱曰称述⑮，中民乱曰訾谆⑯，小民乱曰财匮。财匮生薄⑰，訾谆生慢⑱，称述、党偏、妒纷生变⑲。

---

① 就官：就职。 ② 掩：盖过。 ③ 年伤：原作“伤年”，据文义改。年，资历。伤，妨碍。 ④ 疑：通“拟”，比拟，僭越。下两“疑”字同。 ⑤ 庶：指庶子。 ⑥ 众：指百官。 ⑦ 怀其私：营私。 ⑧ 族：宗族，公室。 ⑨ 几臣：近臣。 ⑩ 阴约闭谋：密谋策划。待：对付。 ⑪ 中民：指百官。 ⑫ “民”原作“人”，据下文改。 ⑬ 曰：由于。妒纷：嫉妒纷争。 ⑭ 党偏：结党偏私。 ⑮ 称述：使用权术。“述”通“术”。 ⑯ 訾（zhè 哲）谆：忌恨（因为用官无能，所以百官彼此不服）。 ⑰ 薄：轻薄，不守礼法。 ⑱ 慢：怠慢职事。 ⑲ 变：变故。

故正名稽疑①，刑杀亟近②，则内定矣③。顺大臣以功④，顺中民以行⑤，顺小民以务⑥，则国体矣⑦。审天时，物地生⑧，以辑民力⑨；禁淫务⑩，劝农功，以职其无事⑪，则小民治矣。上稽之以数⑫，下十伍以征⑬，近其罪伏⑭，以固其意⑮；乡树之师⑯，以遂其学⑰；官之以其能⑱，及年而举，则士返行矣⑲。称德度功⑳，劝其所能㉑，若稽之以众风㉒，若任以社稷之任。若此，则士返于情矣㉓。

【翻译】

远古时期，没有君臣上下的分别，没有夫妇配偶的

① 正名：确立名分。稽疑：制止（妻妾的）猜疑。稽，停止。 ② 亟近：亲近的人。 ③ 内：宫内。 ④ 顺：安排顺序。 ⑤ 行：德行。 ⑥ 务：农务。 ⑦ 体：有体统。“体”原作“丰”，形近而误。 ⑧ 物：观察。生：通“性”。 ⑨ 辑：协调。 ⑩ 淫务：奢侈品生产。 ⑪ 职：安排职业。无事：无业的人。 ⑫ 稽：考核。数：数额。 ⑬ 十伍：即什伍。五家为“伍”，十家为“什”。 ⑭ 近其罪伏：文意不明，可能有错字。郭沫若认为“罪伏”可能是“巽（选）升”之误，“近其巽升”意即把提升贤才的日期缩短。 ⑮ 固：坚定。 ⑯ 树：设立。 ⑰ 遂：满足。 ⑱ 官：任官。 ⑲ 返行：回到正道。 ⑳ 度（duó 夺）：衡量。 ㉑ 劝：通“观”，观察。 ㉒ 若：乃，于是（下句同）。众风：众人的意见。风，同“讽”。 ㉓ 士：此指大臣。情：诚，忠诚。

结合，人们像野兽一样成群地生活，用强力互相争夺。于是聪明的人欺骗愚蠢的人，强有力的人欺侮软弱的人，老人、小孩、孤男、独女得不到适当的安置。所以聪明的贤人借助众人的力量来制止横暴的人，凶横的人就被控制住了；为百姓兴利除害，端正他们的品德，人们就以他为导师。所以，道术和德行是从贤人那里产生的，它所依据的道理被人们所接受，人们就归到正道上来了。名实有区别，是非也分明，就可以执行赏罚了；设置了君臣，以民生为本体，国家也就建立起来了。因此国家之所以成为国家，是因为以人民作为国家本体；君主之所以成为君主，是因为能够实行赏罚。

赏赐过多，财力就会匮乏；处罚过多，就会显得暴虐。财力匮乏而法令暴虐，就会失去群众支持。所以，贤明的君主重视平素对百姓的教导，使他们平时能服从统治，作战能够制胜，防守能够坚固。赏赐过多，上面就不能供给；处罚过重，百姓就不信任官府。所以，贤明的君主通过整饬宴会、吊丧的礼节，分别给各个等级的人以不同的待遇。所以用八政来勉励他们，用衣服来表彰他们，用俸禄使他们富足，用制度来提高他们的身份，这样，百姓就会亲附君主，为君主效力了。人民愿为君主效力，天下的人就会归附了。君主实行君道，天下就会归附；君主不行君道，天下就不会归附。比如水浪涌起，到了顶点又会落下来，这是自然的趋势。所以用恩惠来安抚人们，用惩罚来威吓人们，这样，天下的人就都会归附君主了。凡是有道的国家，发号施令，男男女女都会亲附君主了；颁布法制，贤人志士都会为君主贡献才能了。千里之内的地方，哪怕是一束箭的处罚，一亩地的赋税，君主都了解得清清楚楚。掌管刑罚的人，犯了罪不敢逃避处罚；主管奖赏的人，有了功劳也不得推辞。人们对君主的顺从，就好像是一个父亲的儿子，好像一个家庭的成员，这是由于义理分明的原故。

凡是下边的人不拥护在上的人，臣子不拥戴君主，贤人就不会出来做官；贤人不出来，百姓就不听支配；百姓不听支配，天下人就不会归附。所以说：施恩的权力被侵夺，君主就危险；论功行赏的权力被侵夺，有功的人就有危险；发号施令的权力被侵夺，作官的就有危险；决定惩罚的权力被侵夺，百姓就危险。英明的君主，就在于能够审察和禁止非法侵夺的行为。上面没有侵夺君主权力的言论，下面就不会对君位存在非分之想了。

作君主的人，违背治国之道，抛弃法制，而喜欢私心用事，这叫做昏乱；作臣子的人，改变旧制，花言巧语地谄媚君主，这就叫做奸邪。昏乱到极点就会暴虐，奸邪到极点就会背叛。两者之中出现一种，敌国就会图谋侵犯。所以，君主多行施舍、宽容大度来挽救祸乱，百姓就会高兴；选举贤人，进用人才，并尊敬孝悌的人，奸诈欺骗就会停息；禁止淫荡，分别男女界限，私通淫乱的事就会断绝；贵贱各按身份行动，没有人超越等级，有功劳的人就会受到鼓励；国家有固定的规矩，法令是公开的，百姓就不会有抱怨之心。以上五项，就是提高道德、改正过失、保存国家和安定百姓的措施。

君主有两大过失，臣子有一大罪行。国家是君主所有的，百姓是受君主统治的；拥有国家，统治人民，而竟使百姓所讨厌的人去治理，这是君主的第一过失。百姓有春、夏、秋三季的农事活动，君主不及时颁布农事，督促生产，百姓就不成其为他的百姓了；百姓不是他的百姓，就不能用来防卫和战斗，这是君主的第二个过失。作臣子的，接受君主的高官厚禄，担任重要职务。如果违背职责，放弃职守，看君主的颜色行事，迎合君主的私欲，阿谀奉承而加以称颂，这就是作臣子的大罪。君主有过失而不能改正，这叫做颠倒，臣下犯了罪而不能诛杀，这叫做悖乱。如果君主是“倒君”，臣子是“乱臣”，国家的衰败，就为期不远了。所以，有道的明君掌握根本原则，丞相掌握大事，大夫掌握法令，来管理群臣，群臣尽心竭力来侍奉君主。以上四项职守都能各尽其职，国家的政治就上轨道，反过来，国家就会动乱，所以必须明确各自的职责并严格遵守。

从前圣王把提高人民生活作为根本，深知祸福所以发生的原因，所以对小事能谨慎对待，能明辨是非并寻根究底。这样，急躁冒进、奸邪、狡诈的人就不敢轻易以身试法，这就是治理人民的原则。

古来相传有两句话："墙外有耳朵，身边有暗藏的敌人。"墙外有耳的意思是说密谋会泄露出去；身边有暗藏的敌人的意思是说阴谋家能够收买民心。密谋之所以泄露，是因为狡猾的女宠刺探了君主的内情，去帮助到处活动的奸细；阴谋家能争取民心，是因为那些丧失了从前特权的人为他们效劳。英明的君主在上面，亲近宠爱的小臣不能改变他的意图，因为刑罚照样对付亲近的人；大臣不能侵夺他的权力，因为结党营私的人要被诛杀。作君主的，能够远离谗言谄媚的人，废除私党，使那些淫邪悖乱和到处游说的人不能混进朝廷谋取爵位，这就是防止诈伪、限制奸邪、巩固国家和保全自己的方法。

君主统治群臣百姓，是通过朝廷大臣来进行的。所以，朝廷大臣是君主和群臣的中间媒介。制度法令向百姓公布，一定要通过朝廷大臣。朝廷大臣把缓办的事改为急办，急办可以树立自己的权威；把急办的事改为缓办，缓办可以对百姓表示恩惠。权威和恩惠操纵在臣下手里，做君主的就危险了。贤人和不贤的人能被君主所知道，必须通过朝廷大臣；百姓的财富和劳力能贡献于君主，必须通过朝廷大臣。朝廷大臣能把“贤”说成“不贤”，把“不贤”说成“贤”，就可在下边结成私党；又能用百姓的财富劳力去讨好君主，就可以向君主邀功请赏。他们在君主和臣民两头谋求私利，使爵位和制度对他们都不起作用，这样，做君主的就危险了。在君主之先奖赏善人，这是侵夺君主奖赏的权力和恩惠；在君主之先惩罚恶人，这是侵夺君主惩罚的大权和威严；在朝廷外制造谣言，就是威胁君主；扣压法令不公布，就是封锁君主。上述四种情况有一种发生了而君主不知道，国家的危险很快就会到来了。

有非凡道德和大智的人可以称王，有仁德智慧的人可以做国君，勇武的人可以做官长，这是天的意志，也是人之常情。按照天道和人情，智慧高的人为主，智慧低的人为从，这是自然规律所决定的。所以，负责思考国家大政的人，不管具体事务；管理具体事务的人，不规划治国之道。所以，做君主的人劳心而不劳力，百姓劳力而不劳心。君臣上下的职分有明确的规定，礼制就建立起来了。所以，由百姓来事奉君主，由劳力者来侍奉劳心的人，用形体来事奉心，这就是事物的道理。

心的功能是决定进退，身体的功能是支配屈伸。心主管控制，身体主管动作。主管动作应该方正，主管决策应该圆。圆的能够运转，运转就能贯通，贯通就能和谐;方的能够坚持,坚持才能稳固,稳固就可以信任。君主控制臣下使其和谐,臣下节制自己做到诚信,这样,上下的关系就不会发生偏差了。所以说:做君主的掌握仁的原则,做臣子的要守信,这就是上下的礼制。

君主在国都的作用,就像心在身体里的作用一样。上面确立了道德标准,百姓在下边就会受到感化了;内心形成了诚信,就会在外表流露出来。端正自己,是为了提高君主的德行。知道什么适合自己,也知道什么适合臣民,这就符合人们的共同愿望;发现有不适合百姓的地方,就回过头来纠正自己,这就抓到了问题的本质。对自己要求严格,德行就可以树立;对别人的要求少,百姓就乐意供给。所以,做君主的应当向上注意天,做臣子的应当向下注意地。向上注意天,就要掌握天时,适时使用民力;向下注意地,就要开发地利,使用费充足。所以,君主应该讲求大的原则,掌握四时节气,在上以礼对待神明,在下以礼对待大臣,这就是明君的治国之道。能够依法办事而不偏私,对上用来纠正君主的过失,对下用来拯救百姓的苦难,这就是忠臣的行为。

英明的君主处在上面,有忠臣辅佐他,就可用政令和刑罚来整齐百姓,诱导百姓关心衣食的利益,这样,百姓就老实而容易使用,愚昧而容易控制。君子靠道义生活,小人靠劳动生活,这就是本分。大臣有威望而无势力，就不能树立权威；小人没有其他作为，就不会发生坏事。这样，国家就会安定，奸邪就会减少了。

君子靠道义生活，义礼就详备而明确。义礼详备而明确，就没有人敢逾越等级，即使那些拥有私人武装的大夫也不敢有侥幸作乱的心理。这样，君主的地位就不会发生危险了。平民靠劳动生活，就会从事农业生产，从事农业生产的人多了，农民就会服从命令。所以，英明的君主执政，百姓受君主的约束，就好像草木受天时的约束一样。人们犹如流水，水流不畅，就要进行疏通；过分流动就要进行节制。疏通了就流动，堵塞了就停止。只有英明的君主既能疏导，也能堵塞。疏导能使君子遵守礼制，堵塞能使百姓安心农业生产。君子遵守礼制，君主就受到尊敬而百姓驯服；小民安心务农，就能使财物丰富而储备充足。君主受尊敬，百姓驯服，财物丰富，储备充足，这四个条件都具备，在短时期内称王天下是不难做到的。

四肢和六道构成人的躯体，四正和五官构成国家的躯体。四肢不灵活，六道不通畅，这叫做身体失调；四正不端正，五官不尽职，这叫做国家混乱。所以，国君在异性国家娶妻，以妻子的侄女、妹妹随嫁，规定妇女封号，设置宫女，都有一定的制度，为的是治好宫内的事。明确男女的界限，辨明后宫的等级名分，为的是防止奸邪。

宫内和宫外不通，谗言和奸邪就不会发生。后宫妇女不议论朝廷政事，群臣和他们的子弟不能和宫内交往。这些就是先王用来彰明德行，防止奸邪，昭示公道和消灭私谋的措施。

给予得宠的庶子以一定的地位，但不能因此而赶走嫡长子，伤害道义。礼遇和偏爱某些庶子，但他们的地位不能和嫡长子相等；庶子虽然享受尊贵的爵位，但必须遵守一切礼制。嫡长子地位最高，要拿美好的衣服给他穿，让他使用彩绘和文绣的旗帜，表示与众不同，为的是提高他的威望。这样，兄弟之间就没有隔阂，挑拨离间的事也就无从发生了。

君主任命辅相，在列举他的功绩时还要看他的德行，在评论他的功劳时，还要查明是否合于法度，经过比较考核，条件适合，并得到公众的推荐，就应尊重他的权威，并给予充分信任。因而，臣下没有因进谏而被处死的顾虑，地位卑微的小吏也没有抑郁怨愤的心情，这样，国家就会安定，而百姓也就不会为非作歹了。选贤任能，就是要给有德行的人以适当的爵位，不提拔没有德行的人；举用有才能的人做官，不能任用没有才能的人；选拔人才要把德行放在功劳之上来考虑，不能因资历不够而不加提拔。这样，君主就不会感到为难，人们也就不会存在侥幸心理了。

造成国家混乱的原因有四种，使国家灭亡的原因有两个。宫内有和嫡妻争夺地位的宠妾，这是宫中的乱子；庶子中有和嫡子并立的宠子，这是家里的乱子；朝廷上有和丞相并立的宠臣，这是国家的乱子；任用的官吏没有才能，这是群臣中间的乱子。对上述四者不能看清，君主就会丧失大权。官吏们拉帮结派，谋求私利，君主就会失去宗族的支持。近臣策划阴谋，对付君主，君主就会失去百姓的拥护。在内丧失宗族的支持，在外丧失百姓的拥护，这就是导致国家灭亡的两个原因。所以君主的嫡妻必须确定，嫡长子的地位必须摆正，丞相必须用正直的态度听政，百官必须用忠信的态度严肃办事。所以说：有宫中的乱子，有兄弟间的乱子，有大臣的乱子，有群臣的乱子，有小民的乱子。五者一起发作，君主的地位就危险了。宫中的乱子是由于妻妾嫉妒纷争，兄弟间的乱子是由于各人结党营私，大臣的乱子是由于玩弄权术，群臣的乱子是由于互相忌恨，小民的乱子是由于用度缺乏。用度缺乏就会轻易犯法，互相忌恨就会怠慢职事，玩弄权术、结党营私、嫉妒纷争就会发生事变。

所以端正嫡庶的名分，制止妻妾的猜疑，诛杀亲昵的近臣，宫内就安定了。用考核功绩的办法来安排大臣，用重视德行的办法来安排百官，用专心务农的办法来安定农民，国家就会秩序井然了。留心天时，察看土壤性质，从而合理地使用民力；禁止奢侈品生产，鼓励农业耕作，使无业游民都有事干，小民就得到治理了。对于士人，上面先核定一个选举数额，然后下到基层，按照“什伍”的户籍来选调；缩短选升期限以稳定他们的思想；每乡设置教师，使他们得到学习机会；根据才能任命他们做官，到了年限就提升，这样，士人就会回到正道上来了。衡量品德和功绩，鼓励他们发挥所长，再考查群众对他们的评价，然后把国家的重任委任给他，这样，大臣就会变得忠诚了。

治　国

这是一篇重要的政治经济论文，着重阐述了发展农业生产，重农抑商，才能为富国、强兵进而称王天下打下坚实的基础。

“治国之道必先富民”，“先富民而后治之”，是本篇提出的一个重要思想。而要富民就必须发展农业，增加粮食生产。文章认为，只有增加粮食生产才能富国强兵战胜敌国，而不重视粮食生产，必会造成国家贫穷、君令不能贯彻的危险局面。

本文把重农抑商作为发展农业生产的重要政策措施。认为“崇本”必须“抑末”，除害才能兴利。听任奢侈品生产自由发展，必将造成“田荒国贫”;“禁末作,止奇巧”,才能有利于农业发展,巩固封建政权。因此,抓好粮食生产是国君的要务,是直接关系到国家生死存亡的根本大事,也就是“治国之道”。

凡治国之道,必先富民,民富则易治也,民贫则难治也。奚以知其然也①? 民富则安乡重家②,安乡重家则敬上畏罪,敬上畏罪则易治也;民贫则危乡轻家③,危乡轻家则敢凌上犯禁④,凌上犯禁则难治也。故治国常富,而乱国常贫。是以善为国者,必先富民,然后治之。

昔者,七十九代之君⑤,法制不一,号令不同,然俱王天下者,何也? 必国富而粟多也。夫富国多粟生于农,故先王贵之。凡为国之急者,必先禁末作文巧⑥。末作文巧禁则民无所游食⑦,民无所游食则必事农⑧,民事农则田垦,田垦则粟多,粟多则国富。国富者兵强,兵强者战胜,战胜者地广。是以先王知众民、强兵、广地、富国之必生于粟也,故禁末作、止奇巧而利农事。今为末作

---

① 奚:怎么。 ② 安乡:安于故乡。重家:留恋家业。 ③ 危乡:不安于本乡。 ④ 凌:侵犯,反抗。 ⑤ 七十九代之君:泛指历代君主。 ⑥ 末作:指工商业。文巧:指华丽奇巧的奢侈品。 ⑦ 游食:四处游荡、不务正业为生。 ⑧ “事”字原无,据下文文例补。

奇巧者，一日作而五日食；农夫终岁之作，不足以自食也。然则民舍本事而事末作①。舍本事而事末作，则田荒而国贫矣。

凡农者月不足而岁有余者也②，而上征暴急无时③，则民倍贷以给上之征矣④；耕耨者有时⑤，而泽不必足⑥，则民倍贷以取庸矣⑦；秋籴以五⑧，春粜以束⑨，是又倍贷也；关市之租⑩，府库之征⑪，十一之粟⑫，厮舆之事⑬，此四时亦当一倍贷矣⑭。故以上之征，而倍取于民者四⑮。夫以一民养四主，故逃徙者有刑而上不能止者⑯，粟少而民无积也。

常山之东⑰，河汝之间⑱，早生而晚杀⑲，五谷之所

---

① 本事：指农业。 ② 岁：指收获季节。 ③ 征：征收赋税。无时：没有定时。 ④ 倍贷：用加倍的利息借贷。 ⑤ 耨（nòu）：除草。 ⑥ 泽：雨水。 ⑦ 取庸：雇佣帮工。 ⑧ 籴（dí 狄）：买粮。 ⑨ 粜（tiào 跳）：卖粮。束：十。这里的买粮、卖粮都是指商人而言。 ⑩ 关市：关卡和市场。 ⑪ 府库：指国库。 ⑫ “十一之粟”原作“粟十一”，据上下文例改。十一：十分之一，指国家向农民征收土地税的比例。 ⑬ 厮舆之事：指各种徭役。“厮”和“舆”都是古代服贱役的人。 ⑭ 四时：一年四季。 ⑮ 以上之征而倍取于民者四：此句原在“关市之租”句上，据文义移在此处。 ⑯ 逃徙者有刑：“有”字原无，据古本增。 ⑰ 常山：当是“嵩山”之误。嵩山在今河南中部。 ⑱ 河汝之间：指今河南中部一带。河，黄河。汝，汝水。 ⑲ 早生而晚杀：指谷物有较长的生长期。杀：枯死。

蕃熟也①，四种而五获。中年亩二石②，一夫为粟二百石。今也仓廪虚而民无积，农夫以鬻子者，上无术以均之也③。故先王使农、士、商、工四民交能易作④，终岁之利无道相过也⑤，是以民作一而得均⑥。民作一则田垦，得均则奸巧不生⑦。田垦则粟多，粟多则国富，奸巧不生则民治。富而治，此王之道也。

不生粟之国亡，粟生而死者霸⑧，粟生而不死者王⑨。粟也者，民之所归也⑩；粟也者，财之所归也；粟也者，地之所归也。粟多则天下之物尽至矣。故舜一徙成邑⑪，二徙成都，三徙成国。舜非严刑罚、重禁令，而民归之矣，去者必害⑫，从者必利也⑬。

先王者善为民除害兴利，故天下之民归之。所谓兴利者，利农事也；所谓除害者，禁害农事也。农事胜则入粟多⑭，入粟多则国富，国富则安乡重家；安乡重家，则虽

---

① 蕃熟：生长成熟。 ② 中年：中等年成。 ③ 无术：没有办法。均：均衡，调节。 ④ 交能：具有多种能力，能从事其他职业。易作：交换职业。 ⑤ 利：收入。无道：无从。相过：互相超过。 ⑥ 作一：工作安心。得均：收入平均。 ⑦“得均则”三字原无，据文义补。 ⑧ 死者：指没有余粮，不能投入流通。 ⑨ 不死者：指有余粮，能投入流通。 ⑩ 归：趋向，归附。 ⑪ 舜：虞舜，传说中的古帝王。一徙：一次迁徙。 ⑫ 去者：离开舜的人。 ⑬ 从者：跟随舜的人。 ⑭ 胜：指胜过其他产业，被放到首位。

变俗易习、驱众移民，至于杀之而民不恶也。此务粟之功也。上不利农则粟少，粟少则人贫，人贫则轻家，轻家则易去，易去则上令不能必行，上令不能必行则禁不能必止，禁不能必止则战不必胜、守不必固矣。夫令不必行，禁不必止，战不必胜，守不必固，命之曰寄生之君①。此由不利农、少粟之害也。粟者，王者之本事②，人主之大务，有人之途③，治国之道也。

【翻译】

凡是治国的原则，一定要先使百姓富裕起来，百姓富裕了就容易治理，百姓贫穷就难于治理。怎么知道是这样呢？因为百姓生活富裕就会安心于本土、留恋家园；安心本土、留恋家园，就会尊敬君主、害怕犯罪；尊敬君主、害怕犯罪，就容易统治。百姓生活贫困，就不安心本土、轻易抛家出走；不安心本土、轻易抛家出走，就会反抗君主，触犯禁令；反抗君主、触犯禁令，就难于统治。治理得好的国家必然富裕，动乱的国家必然贫穷。因而，善于治理国家的人，一定先使百姓富裕起来，然后加

① 寄生：依赖别人为生。 ② 本事：根本大事。此句原作“王之本事也”，据下文文例改。 ③ 有人：疑当作“富民”，和篇首照应。

以治理。

从前，历代的明君，实行的法制不一样，政令也不相同，但是都能称王天下，为什么呢？就因为他们的国家富裕而粮食充足。国家富裕、粮食充足来自农业，所以先王对农业非常重视。治理国家的急务，首先必须限制工商业和奢侈品的生产。限制了工商业和奢侈品的生产，不务正业的人就不能到处游荡；百姓不能到处游荡，就必然从事农业；百姓从事农业，荒地就会得到开垦；荒地得到开垦，粮食就会增多；粮食丰富了，国家就会富裕。国家富裕了，兵力就会强大；兵力强大，在战争中就能获胜；战争中能够获胜，领土必然扩大。因此，先王知道增加人口，兵力强大，疆域扩大，国家富裕，都是来自粮食生产，所以限制工商业，制止奢侈品生产，以利于发展农业。现在那些从事工商业和奢侈品生产的人，一天的收入够五天的消费；农民终年劳动，却不能养活自己。于是百姓放弃农耕去从事工商业。放弃农耕而从事工商业，就会造成田园荒芜而国家贫穷了。

农民的粮食月月不够吃，只是在收获时节才有一点余粮，统治者却不断横征暴敛，农民只好以一倍的利息借贷去交纳赋税；农事活动有季节性，但雨水不一定充足，农民只好又以一倍的利息借贷雇佣帮工；秋天里，商人用低价购进粮食，到春天以翻倍的高价出售，农民又得多付成倍的钱；关卡和集市的税收、国库的征收、十分之一的农业税，各种杂役负担，把这几项全年负担加在一起，等于又借了一笔利息成倍的高利贷。因此由于官府的横征暴敛，加重了农民四倍的负担。一个农民要养活四个债主，即使动用刑罚也没法制止农民的逃亡，这都是粮食收成减少而农民没有积蓄的原故。

在嵩山以东，黄河和汝水之间的地区，农作物生得早而枯得晚，适合五谷生长，耕种四次可得到相当于五次的收成。中等年成每亩地产粮二石，一个劳动力种田百亩，可得粮食二百石。现在粮仓空虚，人民没有储备，农夫只好卖儿卖女，这是因为君主没有办法去平衡他们的收入。因此先王使农、士、商、工四种人一专多能，变换职业，使他们一年的收入不太悬殊。这样，四民都能工作安心，收入平均。人民工作安心，荒地就会开垦；收入平均，坏人坏事就不会发生。荒地开垦了，粮食就会增多；粮食多了，国家就富裕。做坏事的人绝迹了，人们就会服从治理。国家富裕而秩序井然，这就是称王天下的途径。

不生产粮食的国家会灭亡，生产粮食而没有余粮投入流通的只可称霸，生产的粮食有余可供流通的可以称王。有了粮食，百姓就会归附；有了粮食，财富就能积聚；有了粮食，疆土就能开拓。粮食多了，天下万物都能得到了。所以，舜第一次迁移，住的地方形成邑聚；第二次迁移，居住的地方形成都会；第三次迁移，居住的地方形成国家。舜并不靠严刑峻法，而人们都归附他，这是因为离开他就会吃亏，跟着他就能得到好处啊。

前代圣王善于为百姓兴利除害，所以天下的百姓归顺他。所谓兴利，就是提倡对农业有利的事；所谓除害，就是禁止妨害农业的事。农业被放到首位，打的粮食就多；粮食多了，国家就富裕；国家富裕，百姓就留恋家乡；百姓留恋家乡，即使叫他们改变原有的风俗习惯，驱使他们，把他们迁移到其他地方，甚至于杀掉他们，他们也不会怨恨。这就是致力于粮食生产的结果。君主不重视农业，粮食的出产就少；粮食少，农民就贫困；农民贫困，就轻视家业；轻视家业，就容易离乡背井；容易离乡背井，君主的命令就不一定能推行；君主的命令不一定能推行，那么有禁令也不能一定制止；有禁令不能一定制止，作战就不能一定胜利，守卫也不能一定牢固了。令不必行，禁不必止，战不必胜，守不必固，这样的君主就是依赖别国过活的“寄生之君”。这就是忽视农业、缺少粮食所带来的恶果。所以抓好粮食生产，是称王天下的根本大事，是君主最重要的任务，是保有人民的必由之路，是治理国家的基本准则。

禁　藏

本文阐述人的利害观念和法治的关系，反映了法家学派的功利主义思想。“禁藏”就是要把“法禁”牢牢地“藏”在胸中，才可以战胜灾祸，发展农业。

本文认为，“得所欲则乐，逢所恶则忧”是人的常情。基于此，统治者应该用严格的赏罚来约束人们，并诱导百姓趋利避害，能如此，就会使内政清明，外无强敌，从而达到富国强兵的目的。

本文还指出，国家的治乱和君主的行动有密切关系。国不能“虚富”，民不能“虚治”，要抓住农业，限制奢侈品生产，“不作无补之功，不为无益之事”，严格执行法令，才能做到国家富足，君主尊严。

此外，本文末尾还提出了如何处理和别国的关系，并就如何刺探和战胜敌国提出一系列策略。

禁藏于胸胁之内①，而祸避于万里之外。能以此制彼者②，唯能以己知人者也。夫冬日之不滥③，非爱水也④；夏日之不炀⑤，非爱火也；为不适于身、便于体也。夫明主不美宫室⑥，非喜小也⑦；不听钟鼓，非恶乐也；为其伤于本事，而妨于教也。故先慎于己而后彼⑧，官亦慎内而后外⑨，民亦务本而去末。

居民于其所乐⑩，事之于其所利⑪，赏之于其所喜⑫，罚之于其所恶，信之于其所余财⑬，功之于其所无

---

① 禁：禁令，法令。胸胁之内：胸中。 ② 此：指“禁”。彼：指“祸”。 ③ 滥：浴盆，这里指用冷水洗澡。 ④ 爱：吝惜。水：原作“冰”，形近而误。 ⑤ 炀（yàng 样）：烤火。 ⑥ “明主”原作“明王”，据文义改。下文几处“明王”皆同。 ⑦ 小：指简陋。 ⑧ 彼：他人。 ⑨ 内：指政府内部。 ⑩ 居：安置。 ⑪ 事：使……从事。之：指“民”，下文四个“之”字同。 ⑫ 喜：原作“善”，形近而误。 ⑬ 信之：使百姓相信。

诛①。于下无诛者②，必诛者也；有诛者，不必诛者也。以有刑至无刑者③，其法易而民全④；以无刑至有刑者，其刑烦而奸多⑤。夫先易者后难，先难而后易，万物尽然。明主知其然，故必诛而不赦，必赏而不迁者⑥，非喜予而乐其杀也⑦，所以为人致利除害也⑧，于以养老长弱⑨，完活万民⑩，莫明焉⑪。

夫法法则治⑫，法者天下之仪也⑬，所以决疑而明是非也，百姓所悬命也⑭。故明主慎之，不为亲戚故贵易其法⑮，吏不敢以长官威严危其命⑯，民不敢以珠玉重宝犯其禁⑰。故主上视法严于亲戚⑱，吏之举令敬于师长⑲，民之承教重于神宝⑳。故法立而不用，刑设而不行也。

夫施功而不钧㉑，位虽高，为用者少；赦罪而不一㉒，

---

① 功：致力，从事。无诛：不犯罪的行为。 ② 于下：对下。 ③ 以：从。 ④ 易：简易。全：指生命得到保全。 ⑤ 烦：烦琐复杂。奸：坏人。 ⑥ 迁：改变。 ⑦ 予：给予，赏赐。 ⑧ 致利：谋利益。 ⑨ 长：抚养。弱：幼小的人。 ⑩ 完活：保全。 ⑪ 明：清楚。 ⑫ 法法：守法。"法法"上原有"不"字，据文义删。 ⑬ 仪：准则。 ⑭ 悬命：生命攸关。 ⑮ 故：故旧。贵：显贵。易：改变。 ⑯ 危：败坏。其：指君主。 ⑰ 民不敢：原无"敢"字，据文例补。 ⑱ 严：重。 ⑲ 举令：执行法令。 ⑳ 承教：接受教化。神宝：即"神保"，古代祭祀时代表祖先的人，此处借指祖先。 ㉑ 施功：酬赏功劳。钧：通"均"，公平。 ㉒ 不一：不是同样对待。

德虽厚，不誉者多①；举事而不时②，力虽尽，其功不成；刑赏不当③，断斩虽多④，其暴不禁。夫公之所加⑤，罪虽重，下无怨气；私之所加⑥，赏虽多，士不为欢⑦。行法不道⑧，众民不能顺；举错不当⑨，众民不能成；不攻不备⑩，当命为愚人⑪。

故圣人之制事也⑫，能节宫室、适车舆以实藏⑬，则国必富，位必尊矣⑭；能适衣服、去玩好以奉本⑮，而用必赡⑯，身必安矣；能移无益之事⑰，无补之费⑱，通币行礼⑲，而党必多⑳，交必亲矣㉑。夫众人者㉒，多营于物㉓，而苦其力、劳其心，故困而不赡，大者以失其国，小者以危其身。

① 誉：称赞。 ② 不时：不合时宜。 ③ 刑赏：这里侧重指刑罚。 ④ 断斩：指行刑。 ⑤ 公之所加：以公心来对待。 ⑥ 私之所加：出于私心。 ⑦ 欢：作"劝"，鼓励。 ⑧ 不道：不按规矩办事。 ⑨ 举错：举止，此处泛指政治措施，错，通"措"。 ⑩ 不攻：指"行法不道"。不备：指举措不当。 ⑪ 命：叫做。原作"今"，形近而误。 ⑫ 制事：处理政事。 ⑬ 适：节制。实：充实。藏：储藏。 ⑭ 位必尊矣：原无"矣"字，据下文文例补。 ⑮ 玩好：供玩赏的器物。奉本：加强农业。 ⑯ 赡(shàn 善)：充足。 ⑰ 移：去掉。 ⑱ 无补之费：对国家无益的支出。 ⑲ 币：古代的礼品，包括帛、玉等。 ⑳ 党：指支持自己的人。 ㉑ 交：朋友。 ㉒ 众人：普通人。此指达不到"圣人"标准的一般统治者。 ㉓ 营：谋求。

凡人之情，得所欲则乐，逢所恶则忧，此贵贱之所同有也。近之不能勿欲①，远之不能勿恶②，人情皆然。而好恶不同，各行所欲，而安危异焉，然后贤不肖之形见也③。

夫物有多寡，而情不能等④；事有成败，而意不能同⑤；行有进退，而力不能两也⑥。故立身于中⑦，养有节，宫室足以避燥湿，食饮足以和血气，衣服足以适寒温，礼仪足以别贵贱，游娱足以发欢欣⑧，棺椁足以朽骨⑨，衣衾足以朽肉⑩，坟墓足以道记⑪。不作无补之功，不为无益之事，故意定而不营气情⑫。气情不营，则耳目谷⑬、衣食足；耳目谷、衣食足，则侵争不生，怨怒无有，上下相亲，兵刃不用矣。故适身行义⑭，俭约恭敬，其虽无

---

① 近之：指接近“所欲”的事物。 ② 远之：指远离“所恶”的事物。恶：原作“忘”，据古本改。 ③ 见：同“现”，呈现出来。 ④ 情不能等：指人们对事物的欲望不能与事物的多寡相等。 ⑤ 意不能同：指作事的成败不能和自己的意愿相一致。 ⑥ 力不能两：力量不能和行动的进退相适应。两：成双，相称。 ⑦ 立身：为人处事。中：适当。调和。 ⑧ 游娱：娱乐。发：抒发。 ⑨ 棺椁（guǒ 果）：棺材。椁，套在棺材外的大棺。 ⑩ 衾（qīn 亲）：盖尸体的被子。 ⑪ 道记：作标记。 ⑫ 意定：意志坚定。不营气情：思想感情不受外界影响而波动。营，同“荧”，惑乱。 ⑬ 谷：善，好。 ⑭ 适：节制。

福，祸亦不来矣；骄傲侈泰，离度绝理①，其虽无祸，福亦不至矣。是故君子上观绝理者以自恐也②，下观不及者以自隐也③。故曰：誉不虚出④，而患不独生⑤，福不择家，祸不索人⑥，此之谓也。

能以所闻瞻察⑦，则事必明矣。故凡治乱之情，皆道上始⑧。故善者圉之以害⑨，牵之以利⑩；能利害者⑪，财多而过寡矣⑫。夫凡人之情，见利莫能勿就，见害莫能勿避。其商人通贾⑬，倍道兼行，⑭夜以续日，千里而不远者⑮，利在前也。渔人之入海，海深万仞⑯，就波逆流⑰，乘危百里，宿夜不出者⑱，利在水也。故利之所在，虽千仞之山无所不上，深渊之下无所不入焉⑲。故善者执利之在⑳，而民自美安㉑。不推而往，不引而来，不烦不扰，而民自富。如鸟之覆卵，无形无声，而唯见其成。

夫为国之本，得天之时而为经，得人之心而为纪，法

---

① 离度：背离法度。绝理：违反常理。 ② 自恐：警惕自己。 ③ 自隐：衡量自己。 ④ 虚出：凭空出现。 ⑤ 独生：无故发生。 ⑥ 索：寻找。 ⑦ 瞻（zhān 沾）察：观察。 ⑧ 道：从。 ⑨ 圉（yǔ 雨）：防止。 ⑩ 牵：诱导。 ⑪ 能利害：指趋利避害。 ⑫ 过：过失，错误。 ⑬ 通贾（gǔ 古）：做买卖。 ⑭ 倍道兼行：一天走两天的路，加速行进。 ⑮ 不远：不以为远。 ⑯ 仞：古代七尺为一仞。 ⑰ 就：随。“波”原作“彼”，形近而误。 ⑱ 宿：通“夙”，白天。 ⑲ 渊：原作“源”，现改正。 ⑳ 执：掌握。“执”原作“势”，形近而误。 ㉑ 美安：指安居乐业。

令为维纲①，吏为网罟②，什伍以为行列，赏诛为文武③，缮农具当器械④，耕农当攻战，推引铫耨以当剑戟⑤，被蓑以当铠襦⑥，菹笠以当盾橹⑦，故耨器具则战器备，农事习则功战巧矣⑧。

当春三月，萩室熯造⑨，钻燧易火⑩，抒井易水⑪，所以去兹毒也⑫。举春祭，赛疢祷⑬，以鱼为牲⑭，以蘖为酒⑮，相召⑯，所以属亲戚也⑰。毋杀畜生，毋拊卵⑱，毋伐木，毋夭英⑲，毋折竿⑳，所以息百长也㉑。赐鳏寡㉒，

---

① 维纲：鱼网的总纲绳，引申为纲领。 ② 网罟（gū 古）：鱼网，引申为工具。 ③ 文武：指指挥军队的鼓与金，击鼓进军，鸣金收兵。 ④ 缮：修治。器械：此指兵器。 ⑤ 推引：推拉。铫（yáo 姚）：大锄。耨（nòu）：除草农具。 ⑥ 被（pī）：通“披”。蓑（suō 梭）：蓑衣。铠：甲。襦（rú 儒）：甲内的衬衣。“襦”原作“鑐”，形近而误。 ⑦ 菹（zū 租）：通“组”，编织。笠：草帽。 ⑧ 习：熟练。功：同“攻”。 ⑨ 萩（qiū 秋）：用火薰烤室内。熯：同“燃”。造：同“灶”。 ⑩ 燧：火石，又指取火的木材。易火：随季节的变换改变取火的树种。 ⑪ 抒井：陶井。抒：原作“杼”，形近而误。 ⑫ 兹：此。 ⑬ 赛：祭祀谢神。久：通“疢”，病。“疢祷”即因病祈祷。 ⑭ 牲：牺牲，祭神的供品。 ⑮ 蘖（niè 聂）：酒曲。 ⑯ 召：邀请。 ⑰ 属：联系。 ⑱ 拊（fǔ 斧）：击打。 ⑲ 夭：折。英：花。 ⑳ 折：原作“拊”，据文义改。竿：泛指竹木枝条。 ㉑ 息：生长。百长：各种生物。 ㉒ 鳏（guān 官）：老而无妻。

赈孤独①，贷无种，与无赋，所以劝弱民②。发五正③，赦薄罪，出拘民④，解仇雠，所以建时功、施生谷也⑤。夏赏五德⑥，满爵禄⑦，迁官位⑧，礼孝悌⑨，复贤力⑩，所以劝功也。秋行五刑⑪，诛大罪，所以禁淫邪，止盗贼也⑫。冬收五藏⑬，聚万物⑭，所以内作民也⑮。四时事备，而民功百倍矣。故春仁、夏忠、秋急、冬闭⑯。顺天之时，物地之宜⑰，忠人之和⑱，故风雨时，五谷实，草木美多，六畜蕃息，国富兵强，民材而令行⑲，内无烦扰之政，外无强敌之患也。

夫动静顺然后和也⑳，不失其时然后富㉑，不失其法

---

① 赈：救济。 ② 劝：劝勉。“弱民”下当有“也”字。 ③ 五正：即“五政”，指各种政治措施。 ④ 出：释放。拘民：轻罪的拘留人犯。 ⑤ 时功：季节性农活。施：致力。 ⑥ 五德：指有利于国家的各种活动。 ⑦ 满：提高，增加。 ⑧ 迁：升迁。 ⑨ 礼：礼遇，礼待。 ⑩ 复：免除赋役。贤力：贤人应服的劳役。 ⑪ 五刑：泛指各种刑罚。 ⑫ “也”字原无，据文例加。 ⑬ 五藏：泛指各种储藏。 ⑭ 聚：原作“最”，形近而误。 ⑮ 内：同“纳”，纳入。作民：在田野上劳作的人。 ⑯ 春仁：春天仁慈，指春天有利于万物生长。夏忠：夏天忠厚，指夏季宜于行赏。秋急：秋天严峻，指秋天宜于行罚。冬藏：冬天闭藏，指冬天宜于收藏万物。 ⑰ 物：观察。字原作“约”，形近而误。 ⑱ 忠：字通作“中”。 ⑲ 民材：人民能为所用。材，用。 ⑳ 动静顺：举措适当。 ㉑ 时：农时。

然后治。故国不虚富①,民不虚治②。不治而昌③,不乱而亡者,自古至今未尝有也。故国多私勇者其兵弱④,吏多私智者其法乱⑤,民多私利者其国贫⑥。故德莫若博厚⑦,使民死之⑧;赏罚莫若必诚⑨,使民信之。

夫善牧民者,非以城郭也,辅之以什⑩,司之以伍⑪。伍无非其人,人无非其里,里无非其家,故奔亡者无所匿⑫,迁徙者无所容⑬。不求而约⑭,不召而来,故民无流亡之意⑮,吏无追捕之忧⑯。故主政可往于民⑰,民心可系于主⑱。

夫法之制民也⑲,犹陶之于埴⑳,冶之于金也㉑。故

① 虚富:平白地富起来。指不靠农业而致富。 ② 虚治:平白得到治理。指不靠法治而把国家治好。 ③ 昌:昌盛。④ 私勇:为个人效力的勇士。 ⑤ 私智:为个人利益盘算。⑥ 私利:谋求个人利益。 ⑦ 博:范围广。厚:程度深。⑧ 死之:效死,卖命。 ⑨ 必诚:坚决而诚信。诚,原作"成",古通。 ⑩ 辅:辅助。什:居民组织单位。十家为"什",设什长。 ⑪ 司:管理。伍:五家为伍,设伍长。 ⑫ 奔亡者:逃亡的人。 ⑬ 迁徙者:非法流窜的人。 ⑭ "得"原作"约",形近而误。 ⑮ "意"原作"患",形近而误。 ⑯ "追捕"原作"备追",据文义改。 ⑰ 往:贯彻。 ⑱ 系:维系。 ⑲ 制:控制。⑳ 陶:制作陶器。埴(zhí 直):粘土。 ㉑ 冶:冶炼金属。金:泛指各种金属。

审利害之所在，民之去就，如火之于燥湿①，水之于高下②。

夫民之所生，衣与食也；食之所生，水与土也，所以富民有要③，食民有率④，率三十亩而足于卒岁⑤。岁兼美恶⑥，亩取一石⑦，则人有三十石；果蓏素食当十石⑧，糠秕六畜当十石⑨，则人有五十石；布帛麻丝，旁入奇利⑩，未在其中也。故国有余藏，民有余食。夫锻钧者所以定多寡也⑪，权衡者所以视重轻也⑫，户籍田结者所以知贫富之不訾也⑬。故善者必先知其田，乃知其人，田备然后民可足也⑭。

凡有天下者，以情伐者帝⑮，以事伐者王⑯，以政伐者霸⑰。而谋有功者五⑱：一曰，视其所爱，以分其威，一

---

① 火之于燥湿：指火遇到干燥的东西就燃烧，遇到潮湿的东西就熄灭。 ② 水之于高下：指水流到高处就停止，总是向低处流。 ③ 要：要领，关键。 ④ 食（sī 饲）：养活。率（lǜ 虑）：准则，标准。 ⑤ 卒岁：到年终。 ⑥ 岁：年成。美恶：丰歉。 ⑦ 取：收获。 ⑧ 蓏（luǒ 裸）：瓜类。素食：泛指蔬菜。 ⑨ 秕（bǐ 比）：不饱满的谷穗。 ⑩ 奇利：额外收入。 ⑪ 锻（zhuì 坠）钧：两种计算用的筹码。“锻”原作“钗”。“钧”原作“钓”，形近而误。定：此字原无，据文义补。 ⑫ 权衡：秤。 ⑬ 田结：土地登记册。訾：齐，等。 ⑭ 田备：有足够的土地。 ⑮ 情：指人心。 ⑯ 事：功业。 ⑰ 政：政治实力。 ⑱ 谋有功：当作“谋功”，即谋攻。有，衍文。功：通作“攻”。

人两心，其内必衰，世臣不用①，其国可危。二曰，视其阴所憎②，厚其货赂，得情可深，身内情外，其国可知。三曰，听其淫乐③，以旷其心④，遗以竽瑟美人以塞其内⑤，遗以谄臣文马以蔽其外⑥，外内蔽塞，可以成败⑦。四曰，必深亲之，如与之同生⑧，阴纳辩士⑨，使图其计，纳勇士，使高其气，纳人他国⑩，使背其约，绝其使，拂其意⑪，是必互斗⑫，两国相敌，必承其弊⑬。五曰，深察其谋，谨其忠臣⑭，睽其所使⑮，令内不信，使有离意⑯，离不能令⑰，必内自贼⑱，忠臣已死，故政可夺。此五者，谋功之道也。

【翻译】

把政令牢记在心，就可以避免灾祸于万里之外。能

---

① 世臣：世代任官的老臣。世，原作“也”，形近而误。② 阴：暗中。 ③ 淫乐：过分的玩乐。 ④ 旷：荒废，消磨。⑤ 遗（wèi 喂）：赠送。竽瑟：古代乐器。 ⑥ 谄臣：和君主调笑的小臣。文马：装饰华丽的马。 ⑦ 成败：造成敌国失败。⑧ 与之同生：“与”原作“典”，形近而误。同生，同胞兄弟。⑨ 辩士：说客。 ⑩ 他国：指敌人的盟国。 ⑪ 拂：违背。⑫ “互”原作“士”，据文义改。 ⑬ 弊：疲弊。 ⑭ 谨：谨防。⑮ 睽（kuí 奎）：离间。“睽”原作“揆”，形近而误。所使：所信用的人。 ⑯ 离意：离心倾向。 ⑰ 离不能令：“离”下原有“气”字，据文义删。 ⑱ 自贼：自相残杀。

做到这一点的只有那些善于知己知彼的人。冬天里不用凉水洗澡，并不是吝惜水；夏天里不烤火，也不是吝惜火；因为那样做对身体不利。英明的君主不修饰宫殿，不是他喜欢简陋的房屋；不沉醉于钟鼓之声，也不是讨厌音乐；为的是这些事不利于农业生产，妨碍教化的推行。因此，君主应首先严格要求自己，然后再去要求别人，这样，官吏们也会首先管好官府内部，然后再去管好百姓，百姓也会致力于农业生产，不去搞商业活动。

让百姓住在他们愿意居住的地方，使他们从事对自身有利的事业，奖励他们所喜欢的事情，惩罚他们都讨厌的行为，使他们相信自己的剩余财物不会被剥夺，让他们致力于合法的活动。对犯小罪的人不予惩处，就会弄到非使用刑罚不可；惩处犯小罪的人，就可做到最终不动用刑罚。从严格执行刑罚到少用刑罚，刑法简便易行并使百姓得到保全；从不用刑罚到不得不重用刑罚，刑法烦琐，并会导致犯罪的人加多。先易的后难，先难的后易，事物的道理就是这样。英明的君主明白这个道理，所以该杀的绝不赦免，该赏的也一定兑现，并不是君主喜欢赏赐或乐于杀人，而是为百姓兴利除害，用这个办法来养育老幼，使人们得以生存，这个道理是再明白不过的。

坚持法治才能治好国家，法是治理天下的准则，是解决疑难、判断是非的根据，是百姓生命攸关的大事。英明的君主对法令慎重对待，不因为亲戚故旧和地位尊贵的人而改变法令，官吏们也不敢利用自己的权势去败坏法令，百姓也不敢用珠玉财宝行贿而触犯禁令。所以，君主把法令看得比亲戚还重要，官吏执行命令比对待师长更恭敬，百姓接受教化比对待祖先还要看重。这样，法虽然建立了，实际上并不使用；刑罚虽然设置了，实际上并不施行。

酬赏功劳如果不公平，给的职位虽高，肯出力卖命的人也很少；赦罪的标准不一致，即使很宽大，不赞成的人也会很多；办事不合时宜，虽然费尽力气，事情也不会成功；判刑不恰当，即使斩杀的人很多，也制止不住暴乱。凡事出以公心，判罪虽重，下边的人也没有怨气；办事出以私心，赏赐再多，战士也不会受到激励。执法不按原则，百姓就不顺从；政治措施不恰当，百姓就不能有所成就；制定法令既不恰当，措施又不合理，这种人应叫做愚人。

圣明的君主处理事情，能够节制对宫室、车辆的需求，以增加储备，国家就一定会富裕，君主的地位一定会尊贵；能够节制衣服，去掉奢侈品以加强农业，国家的财用一定会充足，君主本人也一定会安乐；能够取消对国家没有好处的事，去掉对国家没有补益的开销，按照礼节和别国友好交往，他的朋友定会加多，友谊也一定会增强。一般君主多半去追求物质享受，即使劳神费力，还是财政困窘，入不敷出，严重的甚至会亡国，轻的也会危害君主本身。

人们的常情是得到自己喜欢的就快乐，碰到自己讨厌的就发愁，这不论对地位尊贵或卑贱的人来说，都是一样的。人们对喜欢的事物，接近了就要追求；对伤脑筋事物，隔远了照样讨厌，人的心理都是这样。但喜欢和讨厌的却各不相同，各自按照自己的愿望去办事，而后果是安定还是危险却大为悬殊，有能或无能就表现在这个地方。

东西有多有少，人们的欲望往往不能和它一致；办事有成有败，人们的意愿往往和它不相吻合；行动有进有退，人们的力量往往不能和它适应。因此，为人处事要适度，生活享受要有节制；房屋能遮阳挡雨就行，饮食能调和气血就行，衣服能够适应寒暑变化就行，礼节足以区别贵贱就行，娱乐只要能玩得高兴就行，棺材只要能装殓尸骨就行，葬服只要能裹住尸体就行，坟墓只要能作为标记就行。不做没有意义的活动，不做没有益处的事情，做到意志坚定，思想感情不受外界影响而波动。思想感情不受外界干扰，就会感到耳聪目明，衣食够用；耳聪目明，衣食够用，就不会有争夺，不会有怨恨，上下的人互相亲爱，刀兵相见的事也就不会发生了。可见，克制自己、遵守礼义，节俭恭敬，即使得不到幸福，也决不致于灾祸临头；相反，骄傲奢侈，违法背理，即使不遇灾祸，可幸福也决不会到来。所以，君子往上要观察那些违法背理的人以警戒自己，往下要观察那些做得不够的人以对照自己。所以说：荣誉不会凭空得来，灾祸不会无故产生，幸福不会自己选择人家，灾祸也不会自己找上门来，就是说的这个道理。

能根据自己的亲见亲闻进行考察，事物的真相就会非常清楚。一切治乱的根源，都是从上边开始。善于治理国家的人，就用"害"来约束人们，用"利"来诱导人们；能够趋利避害的人，财富就会增加，而错误就会减少了。人们共同的心理是见到有利的事没有不追求的，见到祸害没有不逃避的。商人做买卖，一天赶两天的路，夜以继日，不辞千里之远，因为利益就在前面。渔夫入海，海深万仞，渔船随波上下，逆流而进，在危险中航行几百里，白天和晚上都在海上漂泊，就因为大海是他们的利益所在。可见，凡是利益所在的地方，即使是千丈高山，人们也会爬上去；即使是无底深渊，人们也会钻下去。善于治理国家的人，只要掌握住利益的源泉，百姓自然就会安居乐业。不须推动，人们自会前进，不必诱导，人们自会跟来，没有什么麻烦和惊扰，人们自然就会富足。

就像是鸟孵卵一样，看不见形影，听不到声音，只看到小鸟自然长成。

治理国家的根本，掌握天时变化的规律，是为“经”，得到民心的拥戴是为“纪”，法令好比网上大绳，官吏好比鱼网，编定户籍就像军队的行列，赏罚就是指挥军队进退的金鼓，把修缮农具当作兵器，搞好农耕作为军事训练，推拉犁锄当作刀剑，披上蓑衣当作铠甲，编织斗笠当作盾牌，这样，准备好农具也就是准备好了武器，农事技术熟练，军事技巧也就提高了。

在春季的三个月中，要点燃灶火薰烤室内，更换钻木取火的木材，淘井换水，为的是除去其中的毒气。举行春季祭神仪式，报答神明保佑人们不生疾病，用鱼作供品，用酒曲酿造米酒，互相邀请，这是为了联络亲戚之间的关系。不杀牲畜，不打破禽卵，不砍伐树木，不折花，不损伤竹木枝条，目的在于促进百物生长。救济鳏寡孤独，放贷给没有种子和无力纳税的人，目的是为了帮助贫弱的人。采取各种政治措施，赦免犯小罪的人，释放被拘留的人员，调解民间怨仇，目的是为了完成季节性农活和致力于粮食生产。夏季里奖赏各种有利于国家的行为，增加爵禄，提升职位，礼遇孝悌的人，免除贤能者的赋税和徭役，目的是鼓励人们搞好工作。秋季里执行各种刑罚，杀掉罪大恶极的人，目的是禁止人们行为不轨，防止盗贼发生。冬季里进行收藏，聚集各种产品，让百姓进入室内休息。一年四季的事都安排妥当，百姓的劳动就可获得百倍的效果。由上可知，春天仁慈，夏天忠厚，秋天严峻，冬天闭藏。顺应天时的变换，考察土地的所宜，促进人们的和睦，就能风调雨顺，五谷丰登，草木繁茂，六畜兴旺，国富兵强，人民就能为所用，法令也能顺利推行，内部没有扰民的政事，外部也不会有强敌的侵犯了。

措施得当人民才能和谐，不误农时国家才能富裕，坚持法治百姓才能治理。所以国家不会凭空富裕，百姓不会凭空就能治理好。不加治理而能昌盛，没有动乱就走向灭亡，这样的国家，从古到今都是不会有的。国内有很多勇于私斗的人，国家兵力必弱；官吏多精于为个人打算，法令就会被搞乱；民众多一意谋求私利，国家就会贫困。所以，施用恩德莫如博大深厚，使人民能去效死；赏罚定要坚决执行，使人民相信不疑。

凡是善于统治百姓的君主，不是靠内外城墙，而是靠什伍组织来管理人们。伍中没有不是本伍的人，人没有不是本里的成员，里中也没有不是本里的住户，所以，逃亡的罪犯没有地方躲藏，流窜的人没有容身之地。不用强求，本地百姓也不会流散；不用招引，外地百姓也自会前来，百姓没有逃亡的念头，官吏也免除了追捕的麻烦。这样,君主的政令就能深入人心,百姓也就亲附君主了。

用法制约束百姓,就像作陶器要掌握黏土的特性,冶炼要掌握金属的特性一样。应当明确利害所在的地方,百姓趋利避害,就像火避湿就干,水避高就低一样。

百姓所赖以生存的是衣食两项,而粮食的生长,靠的是土和水,所以,使百姓富裕有它的要领,百姓的生活需要有一定的标准,这个标准是一个人有三十亩田就可以生活到年终。按年成的丰歉平均计算,每亩收粮一石,一个人就有粮三十石;各种瓜果蔬菜相当于粮食十石,糠麸、六畜又相当于粮食十石,这样,一个人就有五十石的收入;布帛丝麻和其他杂项收入,还未计算在内。这样,国家就有储备,百姓也有余粮。筹码是用来计算多少的,秤是用来衡量轻重的,户籍和田册是用来了解贫富差异的。所以,善于治国的人,一定要掌握土地占有情况,然后才知道人们的户口情况,土地够用了,人民才会富足。

凡是统治天下的人,用争取民心的办法去征服他国的可以称帝,用建立功业的办法去征服他国的可以称王,用政治实力去征服他国的可以称霸。用计谋进攻敌国的手段有五个:第一个办法是观察敌国君主喜爱谁,就让君主削弱他的权力,被喜爱的人与君主离心离德,内政就会衰败，旧臣也会不为君主效力，这样的国家就很危险了。第二个办法是观察敌国君主心中讨厌谁，用重金贿赂他，以加深和他的感情，然后让他身在该国之内，而把情报泄露于外，这个国家的情况就可以了如指掌了。第三个办法是让敌国的君主沉醉于玩乐，以消磨他的意志，送给他乐器、美女以堵塞他对内的耳目，送给他谄媚的小臣和装饰华美的马以蒙蔽他对外的视听，使他内外隔绝，闭目塞听，就可促成他失败。第四个办法是和对方深深结交，好像是同胞兄弟，暗中派遣说客，为他出谋划策，派勇士前往投靠，使其骄傲自大，又派人到他的盟国中活动，使之背弃盟约，断绝邦交，反对他的主张，这样，两国必然互相争斗。两国互相对抗，就可趁他们疲弊而坐收渔人之利。第五个办法是深入了解敌方的计谋，提防他的忠臣，离间他信用的人，使其内部互相猜疑，离心离德，君主就不能控制臣下，内部必然互相残杀，忠臣已死，就可夺取该国的政权了。以上五条计谋就是进攻敌国的办法。

臣乘马

“臣乘马”当作“策乘马”，即有关经济筹划、计算策略。

本文假托齐桓公和管子的问答，说明政令失宜会使国家丧失粮食储备，土地失去其作用，只有合理使用劳力，正确调整物价，国家才会获得最大的利益。

前一部分主要讲徭役过多，使得农民不能及时从事农耕；而错过农时，影响农民的基本生活，将会导致农民的反抗。

后一部分则提出在“不夺民时”的基础上，通过操纵粮价的涨落，使农民劳动成果归于君上和妇女纺织成果归于府库，使国家不露征税的痕迹而取得巨大的利益。

桓公问管子曰："请问乘马①。"管子对曰："国无储在令②。""何谓国无储在令？"管子对曰："一农之量③，壤百亩也④，春事二十五日之内⑤。"桓公曰："何谓春事二十五日之内？"管子对曰："日至六十日而阳冻释⑥，七十五日而阴冻释⑦；阴冻释而艺稷⑧，百日不艺稷，故春事二十五日之内耳⑨。今君立扶台⑩，五乡之众皆作⑪，君过春而不止，民失其二十五日，则五乡之内阻弃之地也⑫；起一人之徭⑬，百亩不举⑭；起十人之徭，千亩不举；起百人之徭，万亩不举；起千人之徭，十万亩不举。春已失二十五日，而尚有起夏作⑮，是春失其地、夏失其苗；秋起徭而无止⑯，此之谓谷、地数亡⑰。谷失于时，君之衡籍而

---

① 乘马：指筹划国家财用。乘，计算；马，筹码。 ② 在令：在于法令。 ③ 量：指能耕种的土地的数量。 ④ 壤：土地。 ⑤ 春事：春耕生产。 ⑥ 日至：指冬至。阳冻：向阳的冻土。释：解冻。 ⑦ 阴冻：阴面的冻土。"七十五日"的"五"字原无，据文义补。 ⑧ 艺：种植。 ⑨ "耳"下原有"也"字，据文义删。 ⑩ 扶台：高台名。 ⑪ 五乡：近郊区。"五乡"原作"五衢"，据张佩纶说改。 ⑫ 阻弃：不能耕种。 ⑬ 起：征偶。 ⑭ 举：耕种。 ⑮ 有：通作"又"。 ⑯ 无止：没有止境。 ⑰ 数亡：屡次丧失。

无止①。民食什伍之谷，则君已籍九矣，又衡求币焉②，此盗暴之所以起、刑罚之所以众也。随之以暴，谓之内战。”

桓公曰：“为之奈何？”③管子曰：“虞国得策乘马之数矣④。”桓公曰：“何谓策乘马之数？”管子曰：“百亩之夫，予之策曰⑤：‘率二十五日为子之春事⑥，资子之币⑦。’泰秋子谷大登⑧，国谷之重去分⑨，谓农夫曰：‘币之在子者，以为谷而廪之州里⑩。’国谷之分在上。国谷之重再十倍⑪，谓远近之县、里、邑百官，皆当奉器械备⑫；曰：‘国无币，以谷准币⑬。’国谷之櫎⑭，一切什九⑮。还谷而应谷⑯，谷器皆资⑰，无籍于民⑱，此有虞之策乘马也。”桓公曰：“善哉！”

---

① 衡籍：横征附加税。衡，同“横”，不合理的。 ② 求币：征收钱财，不要实物。 ③ 桓公曰为之奈何：从此句至“此有虞之策乘马也”本在篇末，据文义移前。 ④ 虞国：周代诸侯国名，在今山西平陆县北。 ⑤“曰”字原无，据文义补。 ⑥ 五：原作“七”，据文义改。 ⑦ 资：资助。 ⑧ 泰秋：大秋，农历八月。泰，原作“春”，形近而误。登：成熟。 ⑨ 重：指粮价。去分：降低一半。 ⑩ 廪之：向国库交纳。州里：基层行政机构。 ⑪ 再十倍：增加十倍，指粮价猛涨。 ⑫ 奉器械备：供应器械备用。 ⑬ 准：折合。 ⑭ 櫎(huǎng 谎)：由国家专卖的粮食价格。 ⑮ 一切：一律。什九：十分之九，指粮价上涨十倍后，除原价外，国家获利九倍。 ⑯ 还谷：农民借钱而以谷物交还国家。应谷：国家用谷物付钱。 ⑰ 资：充足。谷：原作“国”，音近而误。 ⑱ 无籍于民：不另外向农民收税。

管子曰①："策乘马之数未尽也。彼王者不夺民时，故五谷兴丰；五谷兴丰，则士轻禄，民简赏②。彼善为国者，使农夫寒耕暑耘，力归于上，女勤于纤微而织归于府者③，非怨民心、伤民意，高下之策不得不然之理也④。"

【翻译】

齐桓公问管仲道："请问如何筹划国家的财用？"管仲答道："国家缺乏粮食储备，其原因在于政令不当。"桓公问："为什么说国家缺乏粮食储备在于政令不当呢？"管子答道："一个农民耕种百亩的土地，而宜于春耕的时间只有二十五天。"桓公问："为什么说宜于春耕的时间只有二十五天呢？"管子回答说："冬至六十天之后，向阳的土地开始解冻；七十五天之后，背阴的土地开始解冻。背阴的土地解冻后，要立即种谷子，超过了冬至一百天后，就不再适宜种植谷子了，所以春耕要抓紧在二十五天之内进行。现在君王修建扶台，五乡的农民都来服役，筑台工程过了春天还未完成，农民就失去了春耕二十五天的宝贵时机，使五乡的土地都成了野草丛生的地方。派一人的劳役，一百亩田种不好；派十人的劳役，一

① 管子曰：此三字原无，据文义加。 ② 简：轻视。 ③ 纤微：精细的纺织品。 ④ 高下之策：控制粮价高低的政策。

千亩田种不好；派一百人的劳役，一万亩田种不好；派千人的劳役，十万亩田种不好。春天已经丧失了二十五天，夏天却还继续地征调农民服役，这就造成春天不能及时耕种，夏天不能及时耘苗；如果秋天又无休无止地征调劳力，这就使得粮食和土地多次受损失。粮食失去了耕种的时机，君主横征的附加税还在不停地征收。农民的口粮占产量的一半，而君主却拿走了十分之九，又强令农民交纳货币，这就是盗劫暴力事件之所以产生，受刑罚的人不断增多的原因。这时再用暴力镇压，就会激起内战。”

桓公问：“那怎么办呢？”管仲答道：“虞国曾经有过筹划经济的有效办法。”桓公问：“什么是筹划经济的有效办法呢？”管仲答道：“向耕种百亩土地的农民发布命令说：‘给你二十五天的春耕时间，而且国家给你们发放贷款。’到大秋谷物成熟，国家的粮价下降了一半，这时又对农民说：‘过去你们的贷款，应该折成粮食交回国库。’这样，国内的粮食就有一半掌握在政府手中。等到粮价再涨十倍，规定各级官府都要上交各种兵器和用具，向他们说：‘国家缺乏货币，你们要用粮食折成货币购买。’这样，国家就可以通过控制粮价获得九倍的赢利。农民贷款而用谷物交还国家，粮价高时，国家又用谷物付款，这就使国家的粮食和器械都很充足，不必向百姓公开征税。这就是虞国筹划财用的办法。”桓公说：“真好啊！”

管仲说：“筹划财用的办法并不仅仅是这样。那些成就王业的君主不占用农民的生产时机，所以五谷丰登；五谷丰登了，士人就轻视俸禄，百姓也不重视奖赏。善于治理国家的人，使农民冒着寒暑辛劳耕耘的成果都归于君主，妇女们辛勤纺织的成果都纳入国库，不损害民心，也不挫伤人们的感情，这就是由国家控制粮价涨跌所带来的必然结果啊！”

乘 马 数

本文是《臣乘马》的姊妹篇，论经济计划筹算的具体办法，因名“乘马数”。

本文主张在丰收年成应储藏粮食，使国家有充分的粮食储备，以应付荒年的需要。又提出以工代赈的办法，即在荒年增加宫室台榭的修建数量，以便给较多的劳动者创造就业机会，从而维持社会稳定。文章末尾，还提出了按土壤好坏征收农业税的办法，使农民安心农业生产，以不致随便迁徙。

桓公问管子曰：“有虞策乘马已行矣，吾欲立策乘马，为之奈何？”管子对曰：“战国修其城池之功①，故其国常失其地用②；王国则以时行也③”。桓公曰：“何谓以时行？”管子对曰：“出准之令④，守地用之策⑤，故开阖皆在上⑥，无求于民。霸国守分⑦，上与下游于分之间而用足⑧。王国守始⑨，国用一不足⑩，则加一焉⑪；国用二不足，则加二焉；国用三不足，则加三焉；国用四不足，则加四焉；国用五不足，则加五焉；国用六不足，则加六焉；国用七不足，则加七焉；国用八不足，则加八焉；国用九不足，则加九焉；国用十不足，则加十焉。人君之守高下⑫，岁藏三分，十年则必有三年之余⑬。若岁凶旱水溢⑭，民失本事⑮，则修宫室台榭，以前无狗后无彘者为佣。故修

① 战国：好战的国家。功：同“工”，指工程。 ② 地用：地力。 ③ 王国：能够称“王”、为天下共主的国家。 ④ 出：颁布。准：平衡物价。 ⑤ “之”原作“人”，据文意改。 ⑥ 开阖（hé合）：收放。指对财经政策的控制。阖：关闭。 ⑦ 霸国：能够称霸、做诸侯首领的国家。“霸”原作“朝”，据古本改。分：一半。 ⑧ 上与下：指国家所掌握粮食的增减幅度。“与”原作“分”，形近而误。 ⑨ 始：事情的开端，指“国用不足”的开始时刻。 ⑩ 一不足：亏空一成。 ⑪ 加一：从储备粮中弥补一成。以下直至“十不足”和“加十”都是说有多少亏空就从储备中填补多少。 ⑫ 高下：丰歉。 ⑬ 三分：三成。“三年”原作“五年”，据文义改。 ⑭ 水溢：大水泛滥。 ⑮ 本事：农业。原无“事”字，据文义补。

宫室台榭，非丽其乐也[①]，以平国策也[②]。今至于其亡策乘马之君，春秋冬夏不知时，终始作功起众[③]，立宫室台榭，民失其本事。君不知其失诸春策[④]，又失诸夏秋之策[⑤]，民无糟卖子[⑥]，数也[⑦]。猛毅之人淫暴[⑧]，贫病之民乞请[⑨]，君行律度焉，则民被刑戮而不从于主上，此策乘马之数亡也。乘马之准，与天下齐准。彼物轻则见泄[⑩]，重则见射[⑪]，此斗国相泄[⑫]，轻重之家相夺也[⑬]。至于王国，则持流而止矣[⑭]”。

桓公曰：“何谓持流！”管子对曰：“有一人耕而五人食者，有一人耕而四人食者，有一人耕而三人食者，有一人耕而二人食者，此齐力而功地[⑮]。田策相圆[⑯]，此国策

---

① 丽：观看。 ② 平：平衡。国策：国家的财政计划。 ③ 作功：进行营建。起众：征用劳力。 ④ 春策：春天的农事计划。 ⑤ “夏秋之策”后原有“数也”二字：据文义删。 ⑥ 糟(zhān 毡)：稠粥。 ⑦ 数：必然规律。也：原作“矣”，据宋本改。 ⑧ 猛毅之人：指敢于反抗的人。猛毅，勇猛刚强。淫暴：超越常轨。 ⑨ 乞请：乞食求助。 ⑩ 物轻：物价低。泄：外流。 ⑪ 重：物价高。射：收购。 ⑫ 斗国：指彼此争夺经济利益的国家。相泄：指互相倾销物资。 ⑬ 轻重之家：指操纵市场的大商人。 ⑭ 持流：防止经济政策失误。持，守，防止；流，失。 ⑮ 齐力：共同努力。功地：耕种土地。功，同“攻”。 ⑯ 田：收益。策：征收农业税的办法。相圆：相适应。

之持守也①。君不守以策，则民且守于下②，此国策流已③”。

桓公曰：“乘马之数④，尽于此乎？”管子对曰：“布织财物，皆立其赀⑤。财物之赀与币高下⑥，谷独贵独贱⑦。”桓公曰：“何谓独贵独贱？”管子对曰：“谷重而万物轻⑧，谷轻而万物重。”桓公曰：“践策乘马之数奈何⑨？”管子对曰：“郡县上臾之壤守之若干⑩，间壤守之若干⑪，下壤守之若干，故相壤定籍而民不移⑫。赈贫补不足⑬，下乐上。故以上壤之满，补下壤之虚⑭。章诸四时⑮，守诸开阖，民之不移也，如废方于地⑯。此之谓策乘马之数也。”

---

① 持守：掌握。持，原作“时”，形近而误。 ② 民：指大商人。守于下：在下面操纵。“下”原作“上”，据文义改。 ③ 流：落空。已：语助词。 ④ 数：术，方法。 ⑤ 赀：指价格。 ⑥ 与币高下：和货币的购买力相反。 ⑦ 谷独贵独贱：指谷物具有流通领域中等价物的作用。 ⑧ 万物：指粮食以外的其他一切商品。 ⑨ 践：实行。原作“贱”，形近而误。 ⑩ 上臾之壤：肥沃的土地。 ⑪ 间壤：中等土地。 ⑫ 相（xiàng 象）：察看。定籍：规定土地税标准。移：迁徙。 ⑬ 赈：救济。 ⑭ 虚：原作“众”，据文义改。 ⑮ 章：通“障”，控制。“诸”字原无，据下句文例补。 ⑯ 废：置，放。方：方形物。

【翻译】

齐桓公问管子道："虞国的财政筹算规划的策略已经是行之有效的了，我也打算实行财政筹算规划的策略，你看该怎么办？"管子回答说："好战的国家喜欢修建城池，所以经常不能很好地利用土地；称王的国家则能够因时制宜。"桓公问："什么叫因时制宜？"管子回答说："颁布平衡物价的法令，掌握好利用土地的政策，所以操纵的权力在君主，不求于百姓。霸国只能控制国家经济的一半，国家掌握的粮食能达到一半左右，财政上也就够用了。称王的国家，一开始就抓紧粮食储备，国家用粮亏空一成，就从储备粮中补充一成；亏空二成，就补充二成；亏空三成，就补充三成；亏空四成，就补充四成；亏空五成，就补充五成；亏空六成，就补充六成；亏空七成，就补充七成；亏空八成，就补充八成；亏空九成，就补充九成；亏空十成，就补充十成。君主根据年成的丰歉，每年储粮三成，十年就有了三年的余粮。如果碰上水旱灾害，百姓不能进行农业生产，就修建一些宫殿楼台等土木工程，让那些连猪狗都养不起的人来做工。营建宫殿楼台，并不是为了观赏，而是为了调节国家的经济政策啊。如今那些没有在财政上筹算计划的君主，不懂得安排好四季农活，一年到头都在大兴土木征用民力，百姓不能从事农耕。君主不知道这样做既耽误了春耕的时机，也耽误了夏天管理和秋天收获的时机，使百姓连稀饭都没有吃，弄到卖儿卖女，这是必然的事情。刚猛的人就会犯法作乱，贫病的人就会沦于乞讨，君主再依法制裁，百姓虽受到严惩而仍不服从君主，这是由于经济筹算计划策略失误所造成的。制定经济筹算计划的准则，天下各国是相同的。物价低，物资就会外流，物价贵，就会出现争购，这就是经济利益对立的国家互相倾销物资、富商大贾争购对方低价货物的由来。至于称王的国家，由于防止经济政策失误，因而可以制止这种现象。”

桓公问：“怎样防止经济政策失误？”管子回答说：“有一人耕种而养活五人的，有一人耕种而养活四人的，有一人耕种而养活三人的，有一人耕种而养活两人的，他们都是根据各人的能力来耕种土地。国家的经济政策必须和农民的耕种情况相适应，这样就能防止国策的失误。君主不能掌握好经济政策，大商人就会在下面操纵，这样，国家的政策就丧失了。”

桓公问：“经济筹算计划的办法就是这些吗？”管子回答：“布帛及其他财物，都需要规定价格，物价随着货币购买力的高低而涨跌，而粮食价格则具有相对的独立性，独贵独贱。”桓公问：“什么叫独贵独贱？”管子回答说：“粮价贵则物价就贱，粮价贱则物价就贵。”桓公问：

"实行财经政策的方法是什么呢?"管子回答说:"郡县要掌握好辖区内肥沃土地有多少,中等土地有多少,下等的土地有多少,根据土壤的质量来确定农业税收,农民就不致外流。救济贫困,弥补他们的不足,农民就会对君主感恩。应该用肥沃土地多交的税额来补偿下等土地少交的税额。安排好四季农活,控制好财政收支,百姓不会外流,就像把方形的东西放在地上一样。这就是财经筹算计划的方法。"

海　　王

本篇是论述盐铁专卖政策的一篇重要的经济论文。篇名“海王”应该作“山海王”，是说垄断山海的盐铁之利就可以称王天下。

盐铁是人们生活所必需的物资。本文通过桓公和管子问答，分别阐述了国家从专卖盐铁的政策中所能获取的巨大经济利益。

本文还提出了没有山海的国家怎么办的问题。具体办法就是：借用别人的山海之利。

桓公问于管子曰："吾欲藉于台榭①，何如？"管子对曰："此毁成也②。""吾欲藉于树木。"管子对曰："此伐生也③。""吾欲藉于六畜。"管子对曰："此杀生也④。""吾欲藉于人，如何？"管子对曰："此隐情也⑤。"桓公曰："然则吾何以为国⑥？"管子对曰："唯官山海为可耳⑦。"桓公曰："何谓官山海？"管子对曰："海王之国⑧，谨正盐策⑨。"桓公曰："何谓正盐策？"管子对曰："十口之家，十人食盐；百口之家，百人食盐。终月大男食盐五升少半⑩，大女食盐三升少半⑪，吾子食盐二升少半⑫，此其大历也⑬。盐百升而釜⑭。令盐之重升加分强⑮，釜五十也；升加一强，釜百也；升加二强，釜二百也。钟二千⑯，十钟二万，百钟二十万，千钟二百万。万乘之国，人数开

① 藉于台榭：征收房屋税。藉，通"籍"，征税。下同。"榭"原作"雉"，古文形近而误。 ② 毁成：拆掉已修好的建筑。 ③ 伐生：砍掉成活的树木。 ④ 杀生：杀掉牲畜（以图免税）。 ⑤ 隐情：压抑人的情欲（指不生孩子以图免税）。 ⑥ 为国：治国。此指解决国家的财政开支。 ⑦ 官山海：管理山海出产，垄断山海利源。官，同"管"。 ⑧ 海王之国：依靠海洋资源成就王业的国家。 ⑨ 谨：谨守。正：同"征"，征税。策：政策。 ⑩ 终月：一月。大男：成年男子。五升少半：五升加小半升。 ⑪ 大女：成年女子。 ⑫ 吾子：小孩。 ⑬ 大历：大概。 ⑭ 釜（fǔ府）：齐国量器名。 ⑮ 重：指盐价。分：一半。强：钱。字原作"彊（强）"，通"强"。 ⑯ 钟：十釜为一钟。

口千万也[1]，偶策之[2]，适日二百万[3]，十日二千万，一月六千万。万乘之国，正人百万也[4]，月人三十钱之藉，为钱三千万。今吾非藉之诸君吾子[5]，而有二国之藉者六千万。使君施令曰[6]：'吾将藉于诸君吾子。'则必嚣号[7]。今夫给之盐策[8]，则自倍归于上[9]，人无以避此者，数也。今铁官之数曰[10]：一女必有一针、一刀[11]，若其事立[12]；耕者必有一耒[13]、一耜[14]、一铫[15]，若其事立；行服连轺辇者[16]，必有一斤[17]、一锯、一锥、一凿，若其事立。不尔而成事者[18]，天下无有。令针之重加一也[19]，三十针一人之藉；刀之重加六，五六三十，五刀一人之藉也；耜铁之重加十[20]，三耜铁一人之藉也。其余轻重皆准此而行。

---

① 开口：指人口数。"开"原作"问"，形近而误。 ② 偶：合。策：计算。 ③ 适：恰好。原作"商"，形近而误。 ④ 正人：应纳人口税的人。人，原作"九"，形近而误。 ⑤ 诸君：都邑中免除赋役的人。 ⑥ 使：假使。施令：发布命令。 ⑦ 嚣号：喧闹呼叫。 ⑧ 今夫：句首发端助辞，无实际意义。 ⑨ 自倍：原数的一倍。自，原作"百"，形近而误。 ⑩ 铁官：管理铁器开采、冶铸、专卖的政府机构。数：指铁官掌握的调查统计数字。 ⑪ 刀：指剪刀。 ⑫ 若：如此。 ⑬ 耒（lěi 垒）：歧头的曲木棍。 ⑭ 耜（sì 四）：铁犁头。 ⑮ 铫（yáo 姚）：大锄。 ⑯ 行服：从事，这里指修理。连：同"辇"，人拉的车。轺（yáo 摇）：小型马车。辇（jú 局）：大马车。原作"辇"，据别本改。 ⑰ 斤：斧头。 ⑱ 尔：这样。 ⑲ 重加一：比往时的价加一钱。 ⑳ 十：原作"七"，形近而误。

然则举臂胜事①，无不服籍者。”

桓公曰：“然则国无山海不王乎？”管子曰：“因人之山海假之②。命有海之国售盐于吾国，釜五十吾受③，而官出之以百。我未与其本事也④，受人之事，以重相推，此用人之数也⑤。”

【翻译】

齐桓公向管子问道：“我想征收房屋税，怎么样？”管子回答说：“这会使人拆掉房屋。”“我想征收树木税？”管子答道：“这会使人砍掉树木。”“我想征收牲畜税？”管子答道：“这会使人宰掉牲畜。”“我想征收人口税，怎么样？”管子答道：“这会使人压制情欲，不生孩子。”“那么，我怎样才能解决国家的财政开支呢？”管子回答说：“只有把山海的资源管起来才能解决。”桓公问：“什么叫把山海资源管起来？”管子答道：“依靠海洋资源成就王业的国家，谨慎地掌握有关食盐的政策。”桓公问：“什么叫掌握食盐政策？”管子答道：“十口的家庭，十个人吃盐；百口的家庭，一百人吃盐。一月下来，成年男子吃盐五

① 胜事：能干活的人。② 假：借助。③ 五十：原作“十五”，据别本改。受：买进。④ 与：参与。本事：此指盐的生产。⑤ 用人：利用别人的资源。

升多，成年女子吃盐三升多，小孩吃盐二升多，大致情况就是如此。一百升盐是一釜。把盐价每升加半个钱，一釜就加了五十钱；每升加一个钱，一釜就加了一百钱；一升加二个钱，一釜就加了二百钱。一钟（十釜）加了二千钱，十钟加了二万钱，百钟加了二十万钱，千钟加了二百万钱。拥有万乘兵车的大国，人口数达到一千万，合计每天可以从他们身上收入二百万钱，十天收入二千万钱，一月收入六千万钱。万乘大国，应征税的人口有一百万，每人每月纳税三十钱，一月应收税三千万钱。现在我未向都邑中免除赋役的人和小孩收税，就征到人口税的两倍达六千万。假若君主下命令说：‘我将向都邑中免除赋役的人和小孩收税。’反对之声一定甚嚣尘上。现在根据盐业政策，君主自然获得成倍的收入，任何人也无法逃避，这是一定的。现在铁官的调查统计称：一个妇女一定有一根针、一把剪刀，这样她的工作才能进行；耕田的人一定要有一把耒，一把耜，一张铫，这样他的工作才能进行；修车的人一定要有一把斧头，一张锯子，一个锥，一个凿，这样他的工作才能进行。不这样而能把事情办成的，天下找不出来。现在把每根针加价一个钱，三十根针就等于一个人的人口税了；一把剪刀加六个钱，五六三十，五把剪刀就等于一个人的人口税了；一把铁耜加价十个钱，三把铁耜就等于一个人的人口税了。其他器械的价格都照此办理。那么凡是能举手干活的人,就没有不在实际上向国家纳税了。”

桓公又问道:“那么,国家如果没有山海资源,就不能成就王业了吗?”管子答道:“可以借用别国的山海资源。使有海洋资源的国家把盐卖给我国,一釜我们给价五十钱,然后国家以一百钱的价格卖出。我们并不参加煮盐的活动,利用别人的盐,加价出售,这就是利用他国资源的一个好办法。”

国　蓄

“国蓄”二字取自首句“国有十年之蓄”，不概括全篇内容。文章着重论述了国家专利政策的作用及其重要性，提出要把谷物和货币这两个关系到国家命脉的东西，牢牢掌握在君主手中。主张利用货币的铸造和发行以及对粮食的买贱卖贵，把持国家财政大权；并通过对市场、价格和信贷的控制调剂供给，平衡物价，控制流通领域。

国有十年之蓄，而民不足于食，是皆以其技能望君之禄也①。君有山海之金②，而民不足于用，是皆以其事业交接于君上也③。故人君挟其食④，守其用⑤，据有余而制不足⑥，故民无不累于上也⑦。

五谷粟米⑧，民之司命也⑨；黄金刀币⑩，民之通施也⑪。故善者执其通施以御其司命⑫，故民力可得而尽也。夫民者亲信而死利⑬，海内皆然。民予则喜，夺则怒，民情皆然。先王知其然，故现予之形，不现夺之理⑭，故民爱可洽于上也⑮。征籍者⑯，所以强求也；租税者⑰，所虑而请也⑱。王霸之君，去其所以强求⑲，废其所虑而请⑳，故天下乐从也。

---

① 望：希望，期待。“是”字原无，据下句文例补。 ② 金：指货币。 ③ 事业：指农、工、商等各种职业。交接：交往。 ④ 挟(xié 协)：把持。 ⑤ 用：指人们所需的货币。 ⑥ 据：掌握。 ⑦ 累：系，依靠。 ⑧ 粟米：“粟”原作“食”，据本书《轻重乙》改。 ⑨ 司命：掌管生命的神。 ⑩ 刀币：刀形货币。先秦时期，齐国是刀币的流行区。此处泛指货币。 ⑪ 通施：流通手段。 ⑫ 御其司命：指控制粮食市场。御：驾驭。 ⑬ 亲信：亲近守信的人。死利：利之所在，不怕死亡。 ⑭ 予：给予。 ⑮ 洽：融洽。 ⑯ 征籍：正税之外的额外征收。“征”原作“租”，据原书《轻重乙篇》改。 ⑰ 租税：正规赋税，主要指农业税。 ⑱ 所虑：意料中的。请：请求交纳。 ⑲ 去：废除。 ⑳ 废：置，设立。

利出于一孔者①，其国无敌；出二孔者②，其兵半诎③；出三孔者④，不可以举兵；出四孔者，其国必亡。先王知其然，故塞民之羡⑤，隘其利途⑥，故予之在君，夺之在君，贫之在君，富之在君，故民之戴上如日月⑦，亲君若父母。

凡将为国，不通于轻重⑧，不可为笼以守民⑨；不能调通民利⑩，不可以语制为大治⑪。是故万乘之国有万金之贾⑫，千乘之国有千金之贾。然者何也？国多失利⑬，则臣不尽其忠，士不尽其死矣。岁有凶穰⑭，故谷有贵贱；令有缓急⑮，故物有轻重⑯。然而人君不能治，

---

① 利出一孔：指由国君控制粮食、货币等经济命脉。利，指经济利益。孔，渠道。 ② 出二孔：指出自君与相。 ③ 兵半屈：兵力损失一半。“诎”同“屈”，竭，穷尽。 ④ 三孔：此及下“四孔”指经济命脉分别由臣民控制。 ⑤ 塞：堵塞，防止。羡：多余的钱财。字原作“养”，形近而误。 ⑥ 隘其利途：防止利出多门。隘，限制。利途，获利的渠道。 ⑦ 戴：拥戴。 ⑧ 轻重：这是《管子》书中的重要术语，主要指国家运用经济实力来调节物价的贵贱和供求关系，以达到控制市场、增加财政收入的目的。 ⑨ 为笼：控制财货。守民：指掌握百姓。 ⑩ 调通：调节、沟通。 ⑪ 制：通过法制。 ⑫ 万金之贾（gǔ 古）：拥有万金的大商人。 ⑬ 国多失利：这是指国家不能控制利源，以致财利流失。 ⑭ 凶：歉收。穰（ráng 瓤）：丰收。 ⑮ 令：指征收赋税的法令。缓急：指征收期限的宽或紧。 ⑯ 轻重：指物价的贵贱。

故使蓄贾游市①,乘民之不给②,百倍其本。分地若一,强者能守;分财若一,智者能收。智者有十倍人之功,愚者有不赓本之事③。然而人君不能调,故民有相百倍之生也④。

夫民富则不可以禄使也,贫则不可以罚威也。法令之不行,万民之不治,贫富之不齐也。且君引錣量用⑤,耕田发草土得其谷矣⑥;民人所食,人有若干步亩之数⑦,计本量委则足矣⑧;然而民有饥饿不食者,何也?谷有所藏也⑨。人君铸钱立币⑩,民庶之通施也⑪,人有若干百千之数矣⑫,然而民事不及、用不足者何也⑬?利有所并也⑭。然则人君非能散积聚,均羡不足⑮,分并财

① 蓄贾:囤积居奇的大商人。 ② 不给:不足。指生产或生活上遭到困难。 ③ 不赓(gēng 耕)本:不够本。赓,补偿。 ④ 相百倍之生:指贫富之间有百倍差距。生,财产。 ⑤ 引錣(zhuì 坠)量用:用筹码计算对粮食的需要。錣,筹码。 ⑥ 发草土:垦荒。谷:原作“数”,据本书《轻重甲》改。 ⑦ 步亩:田亩。先秦时六尺为一步,百步为一亩。“数”下原有“矣”字,据《通典》卷十二引此文删。 ⑧ 本:指生产。委:积蓄。 ⑨ 藏:收藏,囤积。 ⑩ 铸钱立币:铸造和发行货币。 ⑪ 民庶:指民间。 ⑫ 若干百千:几百几千,指人们手中应有一定的货币数量。 ⑬ 民事:指人们日常生活需要。“民”原作“人”,是避讳字,今改回。及:通“给”,够用。用不足:与“民事不及”同意,当是衍文。 ⑭ 并:也是藏的意思。“并”下原有“藏”字,据别本删。 ⑮ 均:平均。羡:有余。

而调民事也[1]，则君虽强本趣耕[2]，而自为铸币而无已，乃今使民下相役耳，恶能以为治乎[3]？

岁适美则市粜无予[4]，而狗彘食人食[5]；岁适凶则市籴釜十繦[6]，而道有饿民。然则岂壤力固不足而食固不赡也哉[7]？夫往岁之粜贱[8]，狗彘食人食，故来岁之民不足也[9]。物适贱，则半力而无予[10]，民事不偿其本[11]；物适贵，则十倍而不可得，民失其用。然则岂财物固寡而本委不足也哉？夫民利之时失而物利之不平也[12]。故善者委施于民之所不足[13]，操事于民之所有余[14]。夫民有余则轻之，故人君敛之以轻[15]；民不足则重之，故人君散之以重[16]。敛积之以轻，散行之以重，故君必有十倍之利，

① "财"下原有"利"字，据《轻重甲》文例删。调：调节。 ② 趣：同"促"。 ③ 恶（wū 乌）：怎么。 ④ 岁适美：遇上大丰收年成。适，当。粜（tiào 跳）：卖粮。无予：卖不掉。 ⑤ 彘（zhì 矢）：猪。 ⑥ 籴（dí 敌）：买粮。釜：（fū 府）：古代容量单位，一釜合六斗四升。繦（qiǎng 抢）：钱串，此指一串钱或一贯钱。 ⑦ 壤力：地力。赡：充足。 ⑧ 往岁：上一年。 ⑨ 来岁：下一年。 ⑩ 半力：是说谷价仅能偿付劳动力的一半。这是我国用劳动力计算物价的最早文献记载。 ⑪ 民事：指农事。 ⑫ 民利之时失：指政府未能利用物价高低，买贱卖贵，及时调节民利。物利：指物价。不平：指价格波动。 ⑬ 委施：抛售。 ⑭ 操事：操纵。 ⑮ 敛（liǎn 脸）：收集，收购。 ⑯ 散：散发，指卖出。

而财之扩可得而平也①。

凡轻重大利，以重射轻②，以贱泄贵③。万物之满虚随时④，准平而不变⑤，衡绝则重见⑥。人君知其然，故守之以准平。使万室之都必有万钟之藏⑦，藏镪千万⑧；使千室之都必有千钟之藏，藏镪百万。春以奉耕⑨，夏以奉耘，耒耜械器⑩，种穰粮食⑪，毕取赡于君，故大贾蓄家不得豪夺吾民矣⑫。然则何？君养其本谨也⑬。春赋以敛缯帛⑭，夏贷以收秋实，是故民无废事⑮，而国无失利也。

凡五谷者，万物之主也。谷贵则万物必贱，谷贱则

① 财之扩（guàng 逛）：货物的价格。扩，通"衡"，指价格。② 以重射轻：用购买力高的货币来收购低价商品。射，射取，购进。 ③ 以贱泄贵：用贱价销售的办法把昂贵的物价拉下来。泄，宣泄，往下拉。贵，原作"平"，据文义改。 ④ 满虚：盈虚，多少。 ⑤ 准平：指政府的平准基金。变：指价格波动。⑥ 衡绝则重见：失去平衡，就会出现价格涨落的现象。⑦ 万室之都：拥用万家的大城。钟：古代容量单位，每钟六斛（hū 胡）四斗。 ⑧ 镪：千钱为一镪（贯、串）。 ⑨ 奉：供给，满足。 ⑩ 耒耜（lěi sì 垒四）：古代农具。耒是有歧头的木棍，耜是在木棍前端装有半圆形的金属冠。械器：农具。 ⑪ 种穰（ráng 瓤）：种子。穰，原作"镶"，形近而误。 ⑫ 蓄家：囤积财物的商人。 ⑬ 养：扶植。 ⑭ 赋：发放贷款。缯帛：丝织品。 ⑮ 废事：指荒废农业。

万物必贵，两者为敌则不俱平①。故人君御谷物之秩相胜②，而操事于其不平之间，故万民无籍而国利归于君也③。夫以室庑籍④，谓之毁成⑤；以六畜籍，谓之止生⑥；以田亩籍⑦，谓之禁耕⑧；以正人籍⑨，谓之离情⑩；以正户籍⑪，谓之养赢⑫。五者不可毕用，故王者偏行而不尽也⑬。故天子籍于币，诸侯籍于食。中岁之谷，粜石十钱⑭，大男食四石⑮，月有四十之籍；大女食三石⑯，月有三十之籍；吾子食二石⑰，月有二十之籍。岁凶谷贵，籴石二十钱，则大男有八十籍，大女有六十之籍，吾子有四十之籍。是人君非发号令亩啬而户籍也⑱，彼人君守其本委谨，而男女诸君吾子无不服籍者也。

---

① 为敌：对立。不俱平：指粮价的涨落与物价的涨落不能一致。 ② 御：掌握。谷物：粮食与其他货物。秩：同“迭”，交替。相胜：互相争胜，指粮价和其他物价的交替涨落。

③ 籍：收税。 ④ 室庑（wǔ 五）：房屋。 ⑤ 毁成：毁坏修好的建筑。 ⑥ 止生：妨碍生殖。 ⑦ 以田亩籍：按田亩征收附加税。 ⑧ 禁耕：禁止耕种，指影响农业生产。 ⑨ 以正人籍：按人口征税。正：同“征”。 ⑩ 离情：隔断情欲，指不敢生儿育女。 ⑪ 以正户籍：按户征税。 ⑫ 养：扶持。赢：指人口多的富商大户。 ⑬ 偏行：不全面实行。偏，侧重。字原作“徧”，今改正。 ⑭ 粜石十钱：卖粮每担加十钱。加价数等于税收。石：约合现在二十斤。 ⑮ 大男：成年男子。 ⑯ 大女：成年女子。 ⑰ 吾子：小孩。 ⑱ 亩啬：按亩征收。亩，原作“收”，形近而误。啬，收敛。户籍：按户收税。

一人廪食①，十人得余；十人廪食，百人得余；百人廪食，千人得余。夫物多则贱，寡则贵，散则轻，聚则重。人君知其然，故视国之羡不足而御其财物。谷贱则以币予食②，布帛贱则以币予衣，视物之轻重而御之以准，故贵贱可调，而君得其利。

前有万乘之国而后有千乘之国③，谓之抵国④。前有千乘之国而后有万乘之国，谓之距国⑤。壤正方，四面受敌，谓之衢国⑥。以百乘衢处，谓之托食之君⑦；千乘衢处，壤削太半⑧；万乘衢处，壤削小半。何谓百乘衢处托食之君也？夫以百乘衢处，危慑围阻千乘、万乘之间⑨，大国之君不相中⑩，举兵而相攻，必以为扞格蔽圉

---

① 廪食：储存粮食。廪，储积。 ② 以币予食：用钱卖粮。 ③ 万乘：万辆兵车。 ④ 抵国：强敌在前之国，强敌在前，须作抵御，象牛用角往前触，因称"牴国"。抵，通"牴"，兽角。 ⑤ 距国："距"是鸡、雉等禽类脚跖后面向后突出的趾爪。大国在后，主要抵御背后的大国，就象鸡用距往后刺，因此称为"距国"。 ⑥ 衢国：处于交通要道、四方受敌的国家。衢，四通八达的道路。 ⑦ 托食：依靠别人过活。 ⑧ 太半：大半。太，原作"少"，据文义改。 ⑨ 危慑围阻：被威胁和包围。 ⑩ 大国：指上述千乘、万乘之国。大，原作"夫"，形近而误。不相中(zhòng 众)：不和睦。

之用①，有功利不得飨②。大臣死于外，分壤而功③；列阵系累获虏④，分禄而赏⑤。是壤地尽于功赏，而税藏殚于继孤也⑥。是特名罗于为君耳⑦，无壤之有。号有百乘之守，而实无尺壤之用，故谓托食之君。

然则大国内款⑧，小国用尽，何以及此⑨？曰：百乘之国，官赋轨符⑩，乘四时之朝夕⑪，御之以轻重之准，然后百乘可及也。千乘之国，封天财之所殖⑫，械之所出，财物之所生，视岁之满虚而轻重其准⑬，然后千乘可足也。万乘之国，守岁之满虚，乘民之缓急，正其号令而御其大准⑭，然后万乘可资也⑮。

---

① 扞(hàn 捍)格：对抗。蔽圉：防卫，掩护。 ② 功利：成功和利益。飨：同“享”，分享。 ③ 分壤：分土地。功：指奖励有功。 ④ 列阵：阵前的战士。系累：捆绑。获虏：获得战俘。 ⑤ 分禄而赏：原作“分赏而禄”，据文义改。 ⑥ 税藏：税收和储备。殚：耗尽。继孤：抚恤战死者的遗孤。 ⑦ 特：只是。罗：列。 ⑧ 内款：内部府库空虚。款，空。 ⑨ 及：通“给”，供应。 ⑩ 赋：发放。轨：合法的。符：证券。 ⑪ 朝夕：同“潮汐”，指物价涨落。 ⑫ 封：封禁。天财：自然资源。 ⑬ 准：原作“禄”，据文义改。 ⑭ 正其号令：制定法令。御：掌握。大准：物资供求的总平衡关系。 ⑮ 资：满足需要。

玉起于禺氏[①]，金起于汝汉[②]，珠起于赤野[③]，东西南北距周七千八百里[④]，水绝壤断[⑤]，舟车不能通。先王为其途之远，其至之难，故托用于其重[⑥]，以珠玉为上币[⑦]，以黄金为中币，以刀布为下币。三币握之则非有补于暖也，食之则非有补于饱也，先王以守财物[⑧]，以御民事，而平天下也[⑨]。

今人君籍求于民，令曰十日而具[⑩]，则财物之价十去一[⑪]；令曰八日而具，则财物之价十去二；令曰五日而具，则财物之价十去半；朝令而夕具，则财物之价十去九。先王知其然，故不求于万民，而籍于号令也[⑫]。

① 禺氏(yú zhī 余支)：即月氏，我国古代的一个少数民族，最初在今山西北部，后迁至今新疆维吾尔自治区境内的且末。于阗两县一带，这正是产玉的地方。 ② 汝：今河南境内的汝河。汉：今湖北境内的汉水。 ③ 赤野：南方某地，具体地点不详。有人推测可能是今广东的合浦县，是古代著名的产珠之地。 ④ 周：指周王朝的政治中心。七千八百里：形容路途遥远，不是确数。 ⑤ 水绝壤断：有高山大河阻隔。⑥ 托：依托，寄托。重：贵重。 ⑦ 珠玉为上币：珠玉本不是货币，但因为一般人所珍视和收藏，价格昂贵，实际上起了货币的作用。 ⑧ 守：控制。 ⑨ 平：治理。 ⑩ 具：具备，交纳完毕。 ⑪ 十去一：减少十分之一。政府强迫交纳的时间越短，人民急于抛售以换得交税的钱，以便如期交纳，则物价下降的幅度越大。 ⑫ 籍于号令：指通过政令操纵物价，变相地增加税收。

【翻译】

国家有十年的粮食储备，而百姓仍感到粮食欠缺，他们就都希望用自己的技能去换取君主的俸禄。君主拥有山海出产的大量财富，而百姓却不够用，他们就希望通过自己的职业来为君主效劳。所以君主只要掌握住百姓需要的粮食和货币，用自己有余的东西作手段来控制百姓的不足，百姓就没有不依附君主的了。

粮食是百姓的生命线，货币是百姓的交易手段。因而，善于治国的君主要掌握货币以控制粮食，百姓就可尽心尽力地为君主卖命了。百姓们都亲近守信用的人，为了利益，不怕丧命，普天下都是这样。百姓得利就高兴，夺走他们的利益就愤怒，人心都是这样。先王知道这个道理，因而只表露出给予的现象，而把剥夺的事实掩盖起来，所以，人们和君主的情感就和谐融洽了。额外的捐税，是君主强行征收的；正额的租税，是百姓有思想准备而愿意交纳的。能够实现王霸之业的君主，应该去掉强行征收的额外捐税，只征收正额租税，因而天下的人都乐于俯首听命了。

经济命脉都由国家这一个渠道控制，这个国家就所向无敌；出自两个渠道，这个国家的兵力就削弱了一半；出自三条渠道，就不能用兵作战；出自四条渠道，这个国家就必然灭亡。先王知道这个道理，所以防止百姓有多余的钱财,限制他们获利的途径,使百姓感到给予他们利益的是君主,夺走他们利益的也是君主,叫他们贫困的是君主,让他们富裕的也是君主,所以百姓崇拜君主就像对待日月一样,亲近君主就像亲近父母一样。

凡是要治理国家,不懂得"轻重之术",就不能通过控制财货来控制百姓,不能调节百姓的财富,也就谈不到通过法制来达到大治。万辆兵车的大国存在拥有万金的大商人,千辆兵车的国家存在拥有千金的商人。为什么会这样呢?因为国家财利大量流失,使得群臣不会尽忠,战士也不肯为君主牺牲了。年成有丰有歉,所以粮价有贵有贱;征税的法令有缓有急,所以物价有高有低。由于君主不能治理,致使大商人操纵市场,乘百姓困难之机,牟取暴利。地分得一样多,能干的人就能守住;财产分得一样多,精明的人就能增加收入。精明的人可以获得十倍的利益,愚笨的人却会出现赔本的事。君主要是不能进行调节,贫富的差距就会拉大。

百姓的生活富裕了,就不会受俸禄的驱使;生活贫困了,就不能用刑罚来威胁他。法令之所以不能推行,万民之所以不能治理,都是贫富不均所造成的。君主计算全国的用粮食数量,耕种熟地,开垦荒地,得到所需的粮食了;再算算人民所吃的粮食,以及每人占有的田亩数,生产和储积的粮食也足够了;但百姓却还是有吃不上饭的，这是为什么呢？因为粮食被人囤积起来了。君主铸造和发行钱币，作为百姓的流通手段，每个人手中都应持有一定的货币数量，但仍然有一部分人感到没有钱花，这是为什么呢？因为钱币被一些人占有和储备起来了。如果君主不能消除囤积现象，调节有余和不足，分散集中的财富，调剂人们的需要，即使加强农业，督促耕种，并不断地铸造货币，结果不过是助长有钱人奴役穷人罢了，怎么能把国家治理好呢？

遇到好年成，粮食就卖不出去，连猪狗都吃的是人食；碰上荒年，一釜粮食卖到十缫，连路上都有挨饿的人。这难道是地力不足，粮食确实不够吃吗？这是因为上一年粮价太贱，猪狗都吃人食，所以第二年人们粮食不够啊！物价便宜的时候，仅偿付劳动力价值的一半都卖不出去，农民收不回自己的成本；物价贵了，出十倍的高价也买不到，不能满足人们的需要。这难道是财物确实不够，生产和储积不足吗？这是因为政府没有及时调节民利，以致引起物价的上下波动啊！所以，善于治国的君主总是在人们感到不够的时候把东西卖出去，在人们有余的时候进行收购。民间的物资多了，物价就低，君主就在价低的时候收购；民间感到不够的时候，物价就高，君主就在价高的时候抛售。买得贱，卖得贵，君主就能获十倍之利，而物价就能保持平稳了。

掌握“轻重之术”的巨大利益，在于用购买力高的货币来收购低价商品，用低价倾销的办法把昂贵的物价拉下来。万物的多少是随着时令变化的，要保持供需的平衡，失去平衡就会出现物价波动。君主了解这个道理，所以采取调节市场的措施。使拥有万户人家的大城一定要拥有万钟的粮食储备，并储备上千万贯的钱；使拥有千户人家的城市一定拥有千钟的粮食储备，并储备上百万贯的钱。用这些钱去满足农民春夏两季生产的需要，农民的农具、种子和粮食，都由君主充分供给，这样，巨商大贾就不能对我的百姓进行巧取豪夺了。为什么这样呢？这是因为君主对发展农业非常重视的原故。春天发放贷款，用以收回丝织品，夏天发放贷款，秋天收回粮食，所以农民不会荒废农事，国家也就不致遭到经济损失了。

粮食，这是万物中的主宰。粮价贵，其他物价就贱；粮价贱，其他物价就贵；粮价和其他物价处于对立地位，它们不能同时一起涨落。君主根据粮价和其他物价的交替涨落，在这种不平衡中间加以操纵，这样，即使不向百姓征税，君主也能从中得到利益。要是征收房屋税，就会影响房屋的修建；征收家畜家禽税，就会影响牲畜的繁殖；征收田亩附加税，就会影响农业耕种；征收人口税，就会隔绝人们的情欲；征收户口税，就会使富户占便宜。这五种税不能同时征收，王者只能有选择地部分选用。天子靠掌握货币增加收入，诸侯靠控制粮食增加收入。平常年景，每卖粮一石增加十钱，成年男子一月吃粮四石，等于一月向国家纳税四十钱；成年女子一月吃粮三石，等于一月交税三十钱；小孩一月吃粮二石，等于一月交税二十钱。荒年粮价贵，每卖粮一石加价二十钱，等于成年男子一月交税八十钱，成年女子一月交税六十钱，小孩一月交税四十钱。君主并没有下令按亩和挨户征税，只须控制生产和储备，男女老少自然没有不纳税的了。

一个人储粮，十个人有粮吃；十个人储粮，一百人有粮吃；百人储粮，一千人有粮吃。商品多了价就贱，商品少了价就贵，抛售时物价就下跌，囤积时物价就上涨。君主懂得这个道理，就根据市场上商品的多少来控制物资和价格。粮价低就用钱买粮，纺织品价低就用钱买衣料，掌握物价的高低，使它保持平衡，所以物价可以由国家调节，利益都归于君主。

前面有万乘大国而后面有千乘的中等国家，称为"抵国"。前面有中等的千乘国家而后面有万乘大国，称为"距国"。领土四四方方而四面受敌的国家，称为"衢国"。百乘的小国处在四通八达的地位，称为靠别人过活的君主；中等的千乘国家处在四通八达的地位，领土将被割去大半；万乘大国处在四通八达的地方，领土将被割去小半。为什么把地处要道的百乘小国称为靠别人过活的君主呢？因为百乘小国处在交通要道上，受到千乘、万乘国家的包围，要碰上大国之间发生纠纷，发兵相攻，必然把小国作为进攻和防守的工具，而战争的胜利果实却享受不到。大臣战死了，还得把土地奖给他的后人；军队抓住俘虏，也要分发钱粮表示奖励。结果土地都用来赏赐功臣，国库被抚恤战死者的家属消耗殆尽。这样的国君徒有君主的虚名而已，没有领土。虽是号称为百乘的君主，实际上无一尺一寸土地可供利用，所以叫做依赖别人过活的君主。

那么，在大国内部空虚，小国财用耗尽的时候，怎么样才能改善供应呢！办法是，百乘的国家，政府可以发放债券，根据四季物资的多少，控制物价的涨落，使之平衡，这样就可以满足需要了。千乘的国家，由政府统一管理自然资源、用具和财物的生产，根据年成的好坏，调节供求和物价，这样就可以满足千乘之国的需要了。万乘大国，要根据年成的好坏，看人民需要的缓急，调整国家的方针政策，掌握物资供求的总平衡，这样就可以满足万乘之国的需要了。

玉出产在禺氏，黄金出产在汝水和汉水，珍珠生在赤野，它们和周朝的中心相距遥远，有高山大河的阻隔，车船难通。先王因为这些东西产地遥远，得来不易，所以借助于它们的贵重，以珠玉为上币，黄金为中币，刀布为下币。掌握这三种货币对取暖毫无帮助，肚子饿了也不能用来充饥，先王是借用它们来控制财物、掌握民用和治理天下。

现在君主向民间征收货币税，下令十天交清，物价就会下降十分之一；下令八天交清，物价下降十分之二；下令五天交清，物价就会下跌一半；早上下令，晚上就要交清，物价就会下跌十分之九。先王懂得这个道理，所以不向百姓征税，而是通过政令来操纵物价，使国家无形中增加收入。

国　　准

本文是一篇论述治国准则的短文。

本篇的中心内容是，治国应该随着时代的发展而建立不同的制度，不能死守过时的老办法不放。文章以黄帝、虞、夏、商、周五代的做法为例，说明他们都是因时变化，殊途同归。文中还强调了当变则变，不要留恋。对别人的办法要用其所长，不能固守一家，不能全盘照搬。

桓公问于管子曰："国准可得闻乎[①]？"管子对曰："国

① 国准：治理国家的准则。

准者，视时而立仪[1]。”桓公曰：“何谓视时而立仪？”对曰：“黄帝之王[2]，谨逃其爪牙[3]；有虞之王[4]，枯泽童山[5]；夏后之王[6]，烧增薮，焚沛泽[7]，不益民之利；殷人之王[8]，诸侯无牛马之牢[9]，不利其器；周人之王[10]，官能以备物[11]。五家之数殊而用一也[12]。”桓公曰：“然则五家之数，籍何者为善也[13]？”管子对曰：“谨逃其爪牙者[14]，禽兽众也[15]；童山竭泽者，君智不足也；烧增薮，焚沛泽，不益民利，逃

① 视时而立仪：这是说治国之法应该因时制宜，不能死守旧制。这和商鞅所说的“当时而立法，因事而制礼”与韩非子所说：“世异则事异，事异则备变”的意思是一脉相通的。仪：法度。 ② 黄帝：传说中的古帝王，是五帝之首。王（wàng 旺）：称王，统治天下。 ③ 逃其爪牙：逃避凶禽猛兽爪牙的伤害。其：指禽兽。 ④ 有虞：即虞舜时代。有：语首助词，用在名词之前，本身没有实义。古书中在朝代名的前边每加“有”字。 ⑤ 枯泽：使薮泽枯竭。童山：砍光山林。童，秃，指山上没有草木。 ⑥ 夏后之王：指大禹的儿子启建立夏朝。后，君主。 ⑦ 沛泽：有水有草的地方。 ⑧ 殷人之王：指成汤建立商朝。商王盘庚以后，定都殷（今河南安阳），所以又称殷，或连称“殷商”。 ⑨ 诸侯无牛马之牢：诸侯对牛马敞放饲养，没有固定的圈，表现了生产水平的落后。当时只有王室才有圈。牢，圈。 ⑩ 周人之王：指周武王建立周王朝。 ⑪ 官能：设立官职，任用贤能。备物：各种制度完备。 ⑫ 数：策，措施。用：指“视时而立仪”的精神实质。 ⑬ 籍：通“藉”，借，采用。 ⑭ 谨逃其爪牙：原作“烧山林，破增薮，焚沛泽”，据上文文例改。 ⑮ 禽：原作“猛”，据古本改。

械器、闭知能者，辅己者也；诸侯无牛马之牢，不利其器者，毋淫器而壹民心者也①；官能以备物者②，以人御人③，逃戈刃④，高仁义⑤，乘天固以安己者也⑥。五家之数殊而用一也。”

桓公曰：“今当时之王者，立何而可？”管子对曰：“请兼用五家而勿尽⑦。”桓公曰：“何谓？”管子对曰：“立祈祥以固山泽⑧，立械器以使万物，天下皆利而谨操重策⑨；童山竭泽，益利搏流⑩，出山金立币⑪；存菹丘⑫，立骈牢⑬，以为民饶⑭；彼菹莱之壤非五谷之所生也⑮，麋鹿牛马之地，春秋赋生杀老⑯；立施以守五谷⑰。此以无用

① 毋：原作“曰”，字坏而误。淫器：奇巧的器物。壹民心：使百姓专心于农业生产。 ② 官能以备物者：此句原无，据上文文例补。 ③ 以人御人：设官吏来统治人民。御，驾驭，统治。 ④ 逃戈刃：把武器收藏起来。《史记·周本纪》说，武王克商之后，“偃干戈，振兵释旅，示天下不复用。” ⑤ 高：崇尚。 ⑥ 乘天固：顺承天命。 ⑦ 兼用五家：指灵活地兼采五家之长。勿尽：指不全盘照搬某一家。 ⑧ 祈祥：指祭祀鬼神的事。 ⑨ 重策：国家的重要决策，指控制经济利益。 ⑩ 益利：增加收入。搏流：控制经济利益。 ⑪ 出：开采。山金：山中的金，指铜。 ⑫ 菹(zū 租)丘：水草多的地方。 ⑬ 骈牢：并列成排的牲畜圈。 ⑭ 饶：利。 ⑮ 菹莱之壤：生长杂草的地方。“莱”原作“菜”，形近而误。 ⑯ 赋生：春天进行兽类配种。杀老：秋天杀掉老的牲畜以供祭祀和食用。 ⑰ 立施：指铸币。守：控制。

之壤臧民之羸①，五家之数皆用而勿尽。”

桓公曰：“五代之王，已尽天下数矣②。来世之王者③，可得而闻乎？”管子对曰：“好讥而不乱④，亟变而不恋⑤，时至则为、过则去⑥，王数不可豫致⑦。此五家之国准也。”

【翻译】

齐桓公问管子道：“可以让我知道治国的准则吗？”管子回答说：“治国的准则是根据时代的要求去建立相应制度。”桓公问：“什么叫按时代要求去建立制度？”回答说：“在黄帝那个时代，只能小心地避开禽兽的侵害；在虞舜时代，使水泽干竭，砍光山林；在夏代，焚烧草木丛生的地方和水草滋生的沼泽，但还不能增加百姓多少利益；在殷商时代，诸侯都没有设立饲养牛马的圈，器械也不锋利；在周代，设官任能，各种制度也都完备起来。这五个时代的做法不同而精神实质则是一致的。”桓公问：“那么在他们五个时代的做法中，采用哪种办法好

① 臧：善，改善，这里意为补充。羸：困乏。 ② 已：原作“以”，古通用。 ③ 来世：将来的时代。 ④ 讥：调查，查问。⑤ 亟变：当变即变。不恋：不留恋。原作“不变”，形近而误。⑥ 时至则为，过则去：指机不可失，时不再来。 ⑦ 王数：帝王的政策。豫致：预先测定。

呢?”管子回答说:“小心地避开爪牙的伤害,是因为禽兽太多;砍光山林使沼泽枯竭,是因为君主的智慧不够;焚烧长满草木和水草丛生的薮泽,对于人们的利益没有什么增益,这是因为不用器械、只有智慧未开的人辅助自己;诸侯没有饲养牛马的圈,也没有把器械搞得锋利,这是为了禁止制造奇巧的器具,使百姓专心地从事农业;设官任贤,建立各种制度,用人来治理人,不用兵器,崇尚仁义,这是顺应上天的宠眷,通过文教来巩固自己的统治。五个时代的做法尽管有差别,他们的精神实质却都是一样啊!”

桓公问:“现在建国称王的人,采用哪种办法好呢?”管子回答说:“希望你兼采五个时代的做法而不要只照搬某一种。”桓公问:“这是什么意思呢?”管子回答说:“祈祷鬼神以乞求山泽的风雨调和,使用器械以充分利用万物,天下的人都能得利而由国家控制经济命脉;对无树木的山、枯竭的湖泽,可以想法增加收入,由国家控制利途,开采山中的铜来铸造货币;在有水的地方可设立成排的牲圈来发展畜牧业,使百姓富足起来;那些杂草丛生的地方,不适宜粮食生长,但可以饲养麋鹿牛马,春秋繁殖牲畜,并把老的杀掉以供祭祀和食用;通过铸造、发行货币来控制粮食。这是把无用的地方来弥补百姓的匮乏。以上就是我所说的兼采五个时代的做法而不去全盘照搬某一家。”

桓公问:“五个时代的君王,已经把各种办法都用尽了。未来的王者,采用的办法,可以让我知道吗?”管子回答说:“重视调查研究而秩序井然,抓紧时机进行改革而不留恋,不失当前时机,过去的就让它过去。未来时代的做法是无法确切说个明白的。这就是五个时代治理国家的准则啊!”

《古代文史名著选译丛书》编纂始末①

马樟根　安平秋

今年1月，《古代文史名著选译丛书》已经出到100种101册(其中《史记》为2册)。4月份，最后的33种也已交稿。这样，全书133种即将呈献在读者面前。② 一项服务当前、造福子孙的普及优秀古代文化、进行爱国教育的大工程将宣告完工了。回想

①《古代文史名著选译丛书》由全国高校古籍整理研究工作委员会主持，古委会直接联系的18个古籍整理研究所为主要承担机构，章培恒、安平秋、马樟根任主编。本文于1992年4月，在《中国典籍与文化》杂志发表时题目是《衣带渐宽终不悔——〈古代文史名著选译丛书〉编纂始末》。这次将此文作为2011年修订版附录时，去掉原正标题，以原副标题为正式题目。 ② 至1994年4月最后定稿时，全书为135部。2011年修订版出版时，全书为134部。

这一套丛书动员18所院校，投入100余人，从1985年筹划，1986年起步，到今天已度过了六七年的岁月，个中甘辛令人难以忘怀。

一、北大·苏州·北大

——酝酿与筹划

编纂这样一套丛书，起因于1981年7月。当时陈云同志派人到北京大学召开了小型座谈会。来人告诉与会人员陈云同志最近在考虑两个问题：一个是粮食，一个是古籍整理。对古籍整理，特别讲到陈云同志说："整理古籍，为了让更多的人看得懂，仅作标点、注释、校勘、训诂还不够，要有今译，争取做到能读报纸的人多数都能看懂。有了今译，年轻人看得懂，觉得有意思，才会有兴趣去阅读。今译要经过选择，要列出一个精选的古籍今译的目录，不要贪多。"这就是后来收入《陈云文选》的那段话。1981年9月，中共中央关于整理我国古籍的文件中一字不差地强调了这段话。1983年，教育部成立了全国高校古籍整理研究工作委员会(简称古委会)。古委会主任周林同志根据中央和陈云同志意见，提出了组织力量今译古籍。但在当时，经过"文革”后的古籍整理工作百废待兴，加之一些学者对今译重要性的认识远非今日之深，这一工作一拖便是两年。

1985年5月，全国高校古委会在苏州召开了一届二次会议。周林同志在会上作了“人才培养和古代文化遗产普及问题”的专题发言，他分析了“解放三十多年来，由于‘左’的路线干扰，特别是‘文化大革命’，几乎使我们的民族文化到了中断的边缘，出现了对古代文化知之不多，或知之甚少的状况”，要教育界的同志“做好普及古代文化知识的工作”，搞好古籍的今注今译就是其中的一项重要任务，“高校古委会要在这方面多下功夫”，“高校古籍研究所无疑应担负起这个任务”。他针对当时一些人轻视古籍的今注今译思想，呼吁“我们对于选本、今译等有利于教育普及的东西，应承认它的学术价值”，“《昭明文选》、《唐诗三百首》、《古文观止》等是地道的选本，流传几百年，发生那么大的影响，能说没有水平?”“专家们深入浅出的在对古文献研究基础上的译注，对普及古代优秀文化作出重大贡献，算不算高水平的成果呢?”“古文既要译得恰当、准确，又要通畅易懂，难度是很大的”，“为了社会主义精神文明建设，古籍整理这方面也要作出应有的贡献”。一石激浪，沉寂了几年的今译古籍的话题又重新活跃起来。会上作了一番认真讨论。

经过这样的酝酿，1985 年 7 月，全国高校古委会科研项目评审组的专家们聚集在北京大学勺园，筹划编纂一套古籍今译的精选本。初步定名为《古籍今译丛书》，议定了收书范围、内容，开列了 65 种书的选目。并决定由科研项目专家评审组召集人、复旦大学古籍所所长章培恒教授和参加过陈云同志在北大召开座谈会、当时古委会主管科研工作的副秘书长安平秋同志共同负责，与秘书处同志一起具体筹划。经几个月的筹备，决定由古委会直接联系的 18 个高校古籍研究所承担这一工作，组成编委会，并开列出 89 种书的选目，对选译的进度、规划亦作了设计。此时，几家出版社闻讯而至，表示愿意出版这套丛书。最早与我们联系的巴蜀书社的段文桂社长以其强烈的事业心和对古籍今译的高度重视感动了我们，于是决定邀请巴蜀书社编辑参加第一次编委会议。

二、从柳浪闻莺到桂子山上

——第一批书稿的产生

第一次编委会于 1986 年 5 月在杭州柳莺宾馆

召开。宾馆因位于西湖十景之一的柳浪闻莺而得名。全国高校18个研究所的24名学者和有关人员聚集在这风景胜地，无心观柳，亦无从闻莺，紧张地工作了三天。会上确定了这套普及读物的读者对象是具有中等以上文化程度的广大群众，收书范围是中国历代文史名著，在名著之中选精。所选书目，在原拟89种基础上，调整为116种，以形成系统性。书中选篇之下分提示、原文、今译、注释四部分，以译文为主，书前有一前言，书中加入必要的插图。每一种书约10—15万字。书名确定为《古代文史名著选译丛书》。即由到会的24位学者组成丛书编委会①，由章培恒、马樟根、安平秋三人任主编。于是，编委会立即分成三个工作小组，在会上分头拟出丛书《凡例》、《编写、审稿要求》和《文稿书写格式》，经讨论修改而形成了正式文字以供遵循。在

① 编委会成员按姓氏笔划排列为：
马樟根　平慧善　安平秋　刘烈茂　许嘉璐　李国祥
金开诚　周勋初　宗福邦　段文桂　董治安　倪其心
黄永年　章培恒　曾枣庄(以上为常务编委)
王达津　吕绍纲　刘仁清　刘乾先　李运益　杨金鼎
曹亦冰　常绍温　裴汝诚(以上为编委)

自报的前提下，会上确定了由18个研究所承担前40部书的今译任务，要求当年年底完成。古委会主任、丛书顾问周林同志对编委会的认真精神、紧张工作和显著效率十分赞赏，他说："有这样一个编委会，有这样一个阵容来做选译，使中国历史文化不成为专属于少数人的知识，使能看报纸的人都读懂自己民族的名著，从而树立爱国主义、建设有民族特色的精神文明，其意义之深远将会在今后愈益显露出来。"于是，有1000余万字的大工程便从这里开始了。

当年年底各研究所的今译书稿经作者完成后，由在该所的编委审改，到1987年5月和7月，先后在复旦大学、北京大学两次召开编委审稿会。这种审稿会，说是审稿，实际上是边审边改，字斟句酌，每部书稿必须经一位编委、一位常务编委审改把关，经过这样两道工序，汇总到主编手中，40部书稿通过了25部。其中部分书稿赶印了样稿征求意见。于是周林同志于7月6日在北大临湖轩邀请了在京十几位专家与正在审稿的编委一起研究样稿，探讨如何提高这套今译丛书的质量。

根据编委审稿发现的问题和在京专家们的意

见，从书亟需在已定体例的框架中条列细则；而出版单位巴蜀书社又希望所出版的第一批书为50种以便形成格局，需要布置各研究所承担新的今译任务。这样，1987年10月在华中师范大学再次召开了编委会，又请了詹锳、周振甫、刘乃和、郭预衡等先生到会指导。

这次编委会是在审看了40部书稿后，发现了一大批问题亟待解决，又是在需要布置下一步任务的状况下召开的，是一次承上启下的编委会。会议初期人们的心情和会上的气氛都带有一股子严峻与急切。会议从5日到8日开了三天半。但是在4日晚上开预备会的时候，主编章培恒先生尚未到会，亦无他是否已从上海出发的信息。5日上午就要开会了，主编不到怎么行呢？5日一早，我们还在沉睡之中，忽听有人敲门，进来的竟是章培恒！一向风神儒雅、衣装考究的章培恒先生，此时却是一身尘灰、满脸疲惫地站在我们面前。原来他从上海出发前，未能买到机票或船票，而上海到武汉又没有直达火车，只好先从上海坐火车到长沙，为了不误5日上午开会，他只好买了一张无座票，夜间从长沙出发一直站到武昌。一向走路辨不清方向的章培恒竟然在夜色未退之前一人从车站摸到了华中师大专家楼，也算是奇迹。

这次编委会，从体例的具体要求、书中选篇是否合适、每篇中的提示如何写、注释的繁简和语言的通俗性，到今译的信达雅如何把握，例如李白的“床前明月光，疑是地上霜，举头望明月，低头思故乡”这样通俗的诗是否要翻译，在在都有热烈的争论。感谢编委们的努力和学术判断力，最后终于形成了一个《细则》，一切争论都统一在这个《细则》之上。编委们在思想明确、分得新的任务之后，显出了少有的轻松与喜悦。会议结束正逢中秋节，华中师大的专家楼坐落在武昌桂子山上。入夜，桂子山上举行了赏月茶会，几张方桌，围坐着全体编委和特邀到会专家。天上明月如盘，清辉洒地，眼前桂树葱茏，桂花飘香，华中师大古籍研究所的青年们活跃席间，引得王达津先生即席赋诗，刘乃和先生清唱京戏。这气氛预示着《古代文史名著选译丛书》克服了当前的困难，第一批50种书稿有如母腹中的胎儿，快要降生了。

三、华清池畔的愁云与人民大会堂的欢欣

——第一批书出版的柳暗花明

1988年10月，编委们再一次聚会，审定第一批

50种中的最后十几部书稿、修改第二批50种中的大量书稿。这次审稿是在“东枕华山、西拒咸阳”的骊山脚下、华清池滨的一家招待所。这里古朴而不豪华，食宿低廉却又实惠，审稿之余，左近有风景可观，有古迹可寻，房内有43℃的温汤沐浴，编委们平日在校教学、科研工作劳累而生活清苦，如今有这样的环境与条件，感到少有的惬意。我们作为主编觉得这也是对编委们两年来辛勤编书的一点补偿。但这种适意之感很快就被两件事所驱散。一件事是书稿的质量。几十部书稿交来，一经审看，从注译到体例完全合格的只有寥寥可数的三四部，余下的，或需小改，或需大改，或根本不合格需退回重作。另一件事是出版发行成了问题。到会的巴蜀书社副社长黄葵同志向大家通报了即将印出的16本书征订情况，最多的为2000册，且只有一种，其他的只有800册、600册，甚至还有200余册。征订不佳，销路不畅，出书要赔钱，出版社为难，编委们又无计可施。此时哪还有心思去观赏“骊山云树郁苍苍，历尽周秦与汉唐”？也无心绪登上骊山，在烽火台前怀古。且正值“楼台八月凉”的节令，只有华清池畔秋雨飘零，秋风瑟瑟，落叶满地，不禁愁从中来。

愁则愁，还得面对现实。书稿质量不高，靠到会近20位编委十余天的逐字逐句修改，终于改定合格17部。至于出版发行问题，巴蜀书社的朋友费心经营，重新设计了封面，改进装帧，将第一批50种装成一个大礼品盒，成盒出售。从中又得到了国家新闻出版署、四川省出版局、国家教委有关司局和各省市教委的大力支持与帮助，发行面得以扩大，到了1990年下半年，首印的17000套书销售已尽，而问讯、索购者不绝，出版社决定再印30000套以供读者需要。中央领导了解到这套丛书受到读者欢迎，欣然为丛书题辞，江泽民总书记的题辞是“做好我国古代文史名著的传播普及工作，使其古为今用，以发扬爱国主义精神”，李鹏总理的题辞是“弘扬民族优秀文化，激励爱国主义精神”。李瑞环同志也为丛书题了辞。

1990年8月22日在北京人民大会堂召开了《古代文史名著选译丛书》出版座谈会。国家领导人李铁映、胡乔木、李德生、陈丕显、廖汉生、王汉斌、王光英出席，古委会主任周林同志主持会议，到会各阶层代表在发言中从不同角度肯定了这套书对促进青少年了解历史、了解国情、了解中华民族优秀传统文化、进行爱国主义教育的作用。时值盛夏，却逢喜雨，洗却了编委和出版社同志心中的忧虑，参加大会堂座谈会的13名常务编委会后又聚集在北京大学讨论深入认识编纂这套丛书的重大意义，研究审改好第二批书稿的具体措施。

四、从舜耕山庄耕作到乐山脚下

——第二批书稿审定之艰辛

第二批书稿50种50册，是1987年10月布置的。1988年10月在西安审改合格的17部书稿都已放入第一批中以替换原已通过的第一批中质量较差的书稿。这样，第二批书稿当时余下的已完成的有20余部，却都不合格，只能要求译注者和编委再行修改。一年之后，编委会汇总来重新改好和新译注交来的第二批书稿44部，1989年10月于济南千佛山下的舜耕山庄召开了常务编委审稿会。

这次审稿，发现的问题较多。有的选目不当，如有的史书重要人物的传不选却选入无关紧要而又无学习价值的人物传，有的名家的文章名篇不选却选入既无文学价值又无借鉴意义的篇章。有的选译所依据的底本不当，舍弃现有的精校本却用校勘不善的本子。有的虽有根据地改动正文却只在注释中说"原作……据别本改",而不指明据何本改。有的注释过繁,不利于一般读者阅读;有的注释极简,该注释的地方不注,使广大读者看了译文仍无法理解全文的精妙;而更多的是注释不准确,对一字一词增字为训而歪曲了原意的毛病也较普遍。译文问题更多,有的语义不清,佶屈聱牙,把"三顾频烦天下计,两朝开济老臣心"译为"三顾茅庐频烦为天下大计,两朝事业开济尽老臣忠心",有的为追求通俗生动把"君何往"中的"君"译为"老兄"。每篇的提示,有的写得很长变成了文章赏析,有的虽短却不中肯綮,用了类似"文革"期间的语言扣几顶大帽子了事。看这样的稿子都觉头痛,改这样的稿子更感艰难。审稿历时12天,参加审稿、当时63岁的黄永年先生向我们诉苦:"头发掉了一把!"有的编委说,千佛山古称历山,传说舜在这里开垦耕耘,十分艰辛,我们住在舜耕山庄,预示着我们为这套丛书垦荒笔耕,也要历尽千辛。这次审稿,经过审改之后,有10部书稿合格,有11部需会后再作小的修改方能通过,余下的均需作大的改动或另请人译注。

这次审稿还研究了所选戏曲部分的曲辞如何今译问题，如规定了念白中出现的诗句只注不译，上、下场诗只注不译，注而不译的文字在译文中应予保留以便参读。

到1990年12月，丛书常务编委在广州研究丛书如何体现批判继承精神、如何提高第二批书稿质量时，又有18部书稿完成交来。为了保证书稿质量，使1991年上半年召开的常务编委审稿会得以顺利进行，我们三个主编从广州匆匆赶到北京，用了一周时间审看了这18部书稿，通过了7部，11部退改。当我们看完最后一部书稿碰头研究时，已是12月31日。在1990年一年内，我们仅仅通过了这7部书稿。加上1989年在舜耕山庄通过的10部，也仅有17部，尚差33部方足第二批的50部。

1991年5月，常务编委来到古称嘉州的乐山市，在乐山山腰的八仙洞宾馆继续审改第二批书稿。改稿时间只有十天，要力争将50部推出，其繁重可知。我们在改稿过程中，不禁想到明万历年间嘉州知州袁子让的诗句“登临始觉浮生苦”，想到这套丛书从起步到这次审改已历时5年，当初怎么也没有想到完成这套丛书会是如此的艰辛，真是登临始觉笔耕苦啊!

这次乐山审稿,通过了13部书稿。好在余下的20部书稿只须小改即可在会后交稿,终于在1991年8月将这20部书稿全部改定交巴蜀书社。第二批50部历时近四年终于定稿了。

五、在金陵古都作光辉的一结

——第三批书稿的完成

1990年12月据出版社的要求,这套丛书出齐当为150种,到乐山会上又修正为110种至125种,最后数字的确定根据最后一次审稿结果而定,合格的即入选,不合格的不再修改选入。根据这一共识,今年4月中旬,我们一部分常务编委聚集到六朝古都南京,从已经交来的35部书稿中选择经小改合格的书稿。经过十一天的劳作,选择、改定33部,由到会的常务编委、巴蜀书社的段文桂总编和编委、巴蜀书社的刘仁清副编审带回成都,将经由他们的继续辛苦而使《古代文史名著选译丛书》以133部、1500万字之数呈献给热爱中华文化的读者。

这套丛书从1986年5月起步,历时整整六年,平日繁细工作不计,仅编委大小审稿会就开了12次之多。丛书的发起人、顾问、古委会主任周林同志先后参加了8次审稿会，每次都自始至终和大家在一起，听取审稿情况，了解遇到的问题；当我们遇到困难的时候他为我们鼓劲，当我们感到欣喜的时候他提醒我们不可大意。这次他又和我们一起来到虎踞龙蟠的石头城下，为我们督阵，看我们能否为这套丛书作出光辉的一结。

此时此刻，我们与这次会议的东道主、丛书常务编委、南京大学的周勋初先生漫步在中山陵旁，想到今译丛书已基本完成，自然感到如释重负，但理智却使我们不敢轻松，我们期待着全书133部出齐之后专家、读者的评头品足。

1992年4月26日

（原载《中国典籍与文化》1992年第1期）

古代文史名著选译丛书(修订版)总目

丛书主编:章培恒　安平秋　马樟根

书　名	译注者	审阅者	定价/元
老子注译	张玉春　金国泰	安平秋	16.00
庄子选译	马美信	章培恒	18.00
荀子选译	雪　克　王云路	董治安　许嘉璐	19.00
申鉴中论选译	张　涛　傅根清	董治安	18.00
颜氏家训选译	黄永年	许嘉璐	15.00
论语注译	孙钦善	宗福邦	28.00
孟子选译	刘聿鑫　刘晓东	黄　葵	20.00
墨子选译	刘继华	董治安	14.00
韩非子选译	刘乾先　张在义	黄　葵	19.00
新序说苑选译	曹亦冰	倪其心	25.00
论衡选译	黄中业　陈恩林	许嘉璐	22.00
管子选译	缪文远　缪　伟	董治安	18.00
列子选译	王丽萍	周勋初　倪其心	19.00
韩诗外传选译	杜泽逊　庄大钧	董治安	24.00
盐铁论选译	孙香兰　刘光胜	黄永年	13.00
诗经选译	程俊英　蒋见元	刘仁清	19.00
楚辞选译	徐建华　金舒年	金开诚	15.00
贾谊文选译	徐　超　王洲明	安平秋	17.00
司马相如文选译	费振刚　仇仲谦	安平秋	11.00
文心雕龙选译	周振甫	黄永年	17.00
庾信诗文选译	许逸民	安平秋	18.00

书　名	译注者	审阅者	定价/元
嵇康诗文选译	武秀成	倪其心	18.00
谢灵运鲍照诗选译	刘心明	周勋初	18.00
陈子昂诗文选译	王　岚	周勋初　倪其心	14.00
李白诗选译	詹　锳　等	章培恒	22.00
高适岑参诗选译	谢楚发	黄永年	23.00
元稹白居易诗选译	吴大逵　马秀娟	宗福邦	21.00
柳宗元诗文选译	王松龄　杨立扬	周勋初	18.00
李贺诗选译	冯浩菲　徐传武	刘仁清	20.00
杜牧诗文选译	吴　鸥	黄永年	14.00
李商隐诗选译	陈永正	倪其心	19.00
唐五代词选译	亦　冬	董治安	16.00
唐文粹选译	张宏生	周勋初	18.00
晚唐小品文选译	顾歆艺	平慧善	15.00
黄庭坚诗文选译	朱安群　等	倪其心	18.00
辛弃疾词选译	杨　忠	刘烈茂	24.00
元好问诗选译	郑力民	宗福邦	20.00
宋四家词选译	王晓波	倪其心	16.00
黄宗羲诗文选译	平慧善　卢敦基	马樟根	15.00
吴伟业诗选译	黄永年　马雪芹	安平秋	20.00
方苞姚鼐文选译	杨荣祥	安平秋	20.00
明代散文选译	田南池	马樟根	22.00
顾炎武诗文选译	李永祜　郭成韬	刘烈茂	23.00
张衡诗文选译	张在义　张玉春 韩格平	刘仁清	16.00
汉诗选译	张永鑫　刘桂秋	金开诚	19.00

书　名	译注者		审阅者		定价/元
阮籍诗文选译	倪其心		刘仁清		15.00
三曹诗选译	殷义祥		刘仁清		22.00
诸葛亮文选译	袁钟仁		董治安		16.00
陶渊明诗文选译	谢先俊	王勋敏	平慧善		16.00
杜甫诗选译	倪其心	吴　鸥	黄永年		17.00
王维诗选译	邓安生	等	倪其心		20.00
刘禹锡诗文选译	梁守中		倪其心		20.00
孟浩然诗选译	邓安生	孙佩君	马樟根		18.00
韩愈诗文选译	黄永年		李国祥		20.00
欧阳修诗文选译	林冠群	周济夫	曾枣庄		20.00
曾巩诗文选译	祝尚书		曾枣庄		19.00
苏轼诗文选译	曾枣庄	曾　弢	章培恒		23.00
李清照诗文词选译	平慧善		马樟根		15.00
陆游诗词选译	张永鑫	刘桂秋	黄　葵		24.00
朱熹诗文选译	黄　珅		曾枣庄		20.00
文天祥诗文选译	邓碧清		曾枣庄		20.00
袁枚诗文选译	李灵年	李泽平	倪其心		20.00
王安石诗文选译	马秀娟		刘烈茂	宗福邦	18.00
二程文选译	郭　齐		曾枣庄		25.00
范成大杨万里诗词选译	朱德才	杨　燕	董治安		26.00
萨都剌诗词选译	龙德寿		曾枣庄		28.00
王阳明诗文选译	吴　格		章培恒		18.00
徐渭诗文选译	傅　杰		许嘉璐	刘仁清	17.00
李贽文选译	陈蔚松	顾志华	李国祥	曾枣庄	17.00

书　名	译注者		审阅者	定价/元
三袁诗文选译	任巧珍		董治安	17.00
王士禛诗选译	王小舒	陈广澧	黄永年	13.00
龚自珍诗文选译	朱邦蔚	关道雄	周勋初	13.00
尚书选译	李国祥　谢贵安	刘韶军　庞子朝	宗福邦	14.00
礼记选译	朱正义	林开甲	宗福邦	22.00
左传选译	陈世铙		董治安	22.00
国语选译	高振铎	刘乾先	黄　葵	22.00
战国策选译	任　重	霍旭东	李国祥	21.00
吕氏春秋选译	刘文忠		董治安	17.00
吴越春秋选译	郁　默		倪其心	19.00
史记选译	李国祥　张三夕	李长弓	安平秋	29.00
汉书选译	张世俊	任巧珍	李国祥	22.00
后汉书选译	李国祥　彭益林	杨　昶	许嘉璐	24.00
三国志选译	刘　琳		黄　葵	18.00
晋书选译	杜宝元		许嘉璐	15.00
宋书选译	漆泽邦	孔　毅	李国祥	19.00
南齐书选译	徐克谦		周勋初	18.00
北齐书选译	黄永年		安平秋	16.00
梁书选译	于　白		周勋初	17.00
陈书选译	赵　益		周勋初	17.00
南史选译	漆泽邦		安平秋	22.00
北史选译	刁忠民		段文桂	20.00

书　名	译注者	审阅者	定价/元
周书选译	黄永年	安平秋	15.00
魏书选译	杨世文　郑　晔	周勋初	22.00
隋书选译	武秀成　赵　益	周勋初	20.00
新唐书选译	雷巧玲　李成甲	黄永年	16.00
旧唐书选译	黄永年	章培恒	16.00
新五代史选译	李国祥　王玉德 姚伟钧	周勋初	18.00
旧五代史选译	贾二强	黄永年	17.00
宋史选译	淮　沛　汤　墨	曾枣庄	20.00
辽史选译	郭　齐　吴洪泽	曾枣庄	21.00
金史选译	杨世文　祝尚书 李文泽　王晓波	曾枣庄	21.00
元史选译	樊善国　徐　梓	马樟根	25.00
明史选译	杨　昶	李国祥	20.00
清史稿选译	黄　毅	章培恒	22.00
贞观政要选译	裴汝诚　王义耀	黄永年	18.00
史通选译	侯昌吉　钱安琪	周勋初	16.00
资治通鉴选译	李　庆	黄永年	16.00
续资治通鉴选译	徐光烈	安平秋	24.00
通鉴纪事本末选译	谈蓓芳	章培恒	21.00
洛阳伽蓝记选译	韩结根	章培恒	22.00
梦溪笔谈选译	李文泽	曾枣庄	20.00
徐霞客游记选译	周晓薇　等	黄永年　马樟根	17.00
宋代笔记小说选译	朱瑞熙　程君健	金开诚等	19.00
关汉卿杂剧选译	黄仕忠	刘烈茂	24.00

书　名	译注者	审阅者	定价/元
明代文言短篇小说选译	黄　敏	章培恒	23.00
六朝志怪小说选译	肖海波　罗少卿	刘仁清	21.00
世说新语选译	柳士镇　钱南秀	周勋初	23.00
水经注选译	赵望秦　段塔丽　张艳云	许嘉璐	19.00
唐人传奇选译	周　晨	曾枣庄	24.00
唐五代笔记小说选译	严　杰	周勋初	21.00
大慈恩寺三藏法师传选译	贾二强	黄永年	18.00
宋代传奇选译	姚　松	周勋初	22.00
聊斋志异选译	刘烈茂　欧阳世昌	章培恒	22.00
阅微草堂笔记选译	黄国声	安平秋	16.00
清代文言小说选译	王火青	周勋初	23.00
历代名画记图画见闻志选译	周晓薇　赵望秦	黄永年	17.00
容斋随笔选译	罗积勇	宗福邦	20.00
唐才子传选译	张　萍　陆三强	黄永年	24.00
西厢记选译	王立言	董治安	20.00
元代散曲选译	彭久安	刘烈茂　金开诚	21.00
日知录选译	张艳云　段塔丽	黄永年	22.00
桃花扇选译	张文澍	章培恒　段文桂	15.00
牡丹亭选译	卓连营	章培恒	14.00
长生殿选译	戚海燕	董治安	20.00